U0519534

南宋名家词解读

谢桃坊 著

四川文艺出版社

图书在版编目（CIP）数据

南宋名家词解读/谢桃坊著. —成都：四川文艺
出版社，2021.6
　ISBN 978-7-5411-6009-7

　Ⅰ.①南… Ⅱ.①谢… Ⅲ.①宋词－诗词研究－南宋
Ⅳ.①I207.23

　中国版本图书馆CIP数据核字（2021）第093486号

NAN SONG MING JIA CI JIE DU
南宋名家词解读

谢桃坊　著

出 品 人　张庆宁
责任编辑　张亮亮
封面设计　叶　茂
内文设计　史小燕
责任校对　汪　平
责任印制　崔　娜

出版发行　四川文艺出版社（成都市槐树街2号）
网　　址　www. scwys. com
电　　话　028-86259287（发行部）　　028-86259303（编辑部）
传　　真　028-86259306

邮购地址　成都市槐树街2号四川文艺出版社邮购部　610031
排　　版　四川胜翔数码印务设计有限公司
印　　刷　四川华龙印务有限公司
成品尺寸　140 mm×203 mm　　开　　本　32开
印　　张　8.5　　　　　　　　　字　　数　190千
版　　次　2021年6月第一版　　印　　次　2021年6月第一次印刷
书　　号　ISBN 978-7-5411-6009-7
定　　价　45.00元

作者手稿

448

〈《在序注之下《向答释义》》以后人的又将婷为
方如。词有两句叙叙也有经证位"方释之声。他
有秘摇有位择特，"会把奇持阳佛"。"阳孙"
是经婶的各的关键。左团意容以择了字到官
人的友像没和七围店的图思者，"瘠瘳"、
"痫蹙"、"林荆"、"君客"的抵相含婷的绷状，
传居是对身遊去的好时走的拥佛。因你为不用
了和入化的乡法诉婷你为官人之琐末持也，
昊乡乡诗托之志图的。但如景汉以找用愚否了，奇生
左尸化名婷的修法，也于诀人取葱水角言诸位
把隆萎任走复援位尸各报弁于筝竹之怨惨"，
这种胨急例见缺仝佺佺价拟。因方代价从词逮
的奏我不而有美于尸膺弁之筝竹的任好名字
求帿末。王价拟修价将有窗写官人之声以者哟吟拟拗
"庆窗是。火但光力嗌"因各米史派收，俐冬以
后，模成耗绝。--试但心烦，本窗复盛的，哟奕好了
窗发月心如—"小刻发。日窗沙烧搭搞强。搞亦物不
"太激表宇，浮山依约，耗绪解许……三十七限
幌床。的浪琭分依揭佛。以后浮汶，他窗方陷
前心多者"。左面句嗌后因窗人之家那又水秀
仲進的。如景汶又冷"嗌天围样"声......价有可奋因奇
摒测里而而失以是材窗的官人的意惨。南寿无
蒙宇于伦文1776年支拔右南东靳城烁东洗，望
窗展陵及伱为官人因邛报修拥遥拟了方。学
的左佺工的人的的赈脺我的收，但因之寺时的

                                                    和会逑的用引
                                                         。

                                                              544

序言

我在西南师范学院读书时便志于写一部宋词史，而且草成了初稿，当然那是很幼稚的。自二十世纪八十年代之初从事中国古代文学专业研究以来，又准备写词史，但发觉这并非易事。因为学术性的专史不是常识的简单罗列，要求对宋词有全面而深入的认识，尤其对著名词人更应有认真的探讨。这样必然会遇到各种各样的学术疑难问题，而又理应逐一解决，此外似无其他捷径。后来知道词学界已有词史新著即将完成，我遂放弃原有计划，决定选择宋代最有特色和影响的著名词人进行研究。这样，我既可集中精力，又可避免某些客观条件的局限。近十年来，在研究过程中陆续发表了关于宋代词人事迹考述、词集辨证、作品赏析、作家评论及宏观思考的系列论文。

关于两宋词名家的选择是我颇为踌躇的，也是词界师友最为关注的。宋代有词作传世者共一千三百余家，其中可称为名家的不少。宋季词人张炎于宋亡后撰著的词学专著《词源》，于序言里谈到"旧有刊本《六十家词》"，这应是两宋较有影响的名家词集汇编，但早已佚，无可详考了。明代毛晋重新编集了《宋六十名家词》，而实为六十一家，分别是：晏殊、欧阳修、柳永、苏轼、黄庭坚、秦观、晏几道、毛滂、陆游、辛弃疾、周邦彦、史达祖、姜夔、叶梦得、向子谌、谢逸、毛开、蒋捷、程垓、赵师侠、赵长卿、杨炎正、高观国、吴文英、周必大、黄机、石孝友、黄升、方千里、刘克庄、张元幹、张孝祥、程珌、葛立方、刘过、王安中、陈亮、李之仪、蔡伸、戴复古、曾觌、杨无咎、洪瑹、赵彦端、洪启夔、李公昂、葛胜仲、侯寘、沈端节、张榘、周紫芝、吕渭老、杜安世、王千秋、韩玉、黄公度、陈与义、陈师道、卢祖皋、晁补之、卢炳。由于宋代文献在元代大量散佚，毛晋在搜集过程中"随得随雕"，以致如张先、贺铸、李清照、周密、王沂孙、张炎等名家词，都因客观条件限制而未曾收入。毛晋确定的名家是广义的，严格说来这六十一家之中有的是不配称为名家的。清代冯煦编《宋六十一家词选》，他是同意毛晋所列之名家的。近世词学家龙榆生的《唐宋名家词选》，选宋词六十九家，选取的标准虽然比毛晋恰当得多，而仍过于宽泛。在宋词里虽然名家很多，但真正可称为大家的毕竟较少，而堪称为我国文学史上古典作家的就更少了。如刘毓盘说："究之宋人之词，与唐诗相等，荆璞隋珠，俯拾即是，其成名家者多，其成大家者少耳。"① 清代周济编的《宋四家词选》，选了周邦彦、辛弃疾、王沂孙、吴文英四家，以"领袖一代，余子莘莘，以方附庸"（《宋四家词选目录序论》）。戈载的《宋七家词选》，选周邦彦、姜夔、史达祖、吴文英、周密、王沂孙、张炎为七大家。这两个选本所选之名家又过于狭隘，

---

① 刘毓盘《词史》第 107 页，上海群众图书公司，1931 年。

侧重于南宋词人，具有明显的艺术偏见。近世词家陈匪石于 1927 年编著的《宋词举》，"方有宋十二家之拟议"[1]，选了北宋六家：柳永、苏轼、晏几道、秦观、贺铸、周邦彦；南宋六家：辛弃疾、姜夔、史达祖、吴文英、王沂孙、张炎。后来他又有所修正，以为"十二家之甄选，乃二十余年前之见解。近来研讨所获，略有变更。以史达祖附庸清真，有因无则。而北宋初期，关于令曲已开宋人之风气，略变五代之面目者，则为欧阳修。且欧阳公近体乐府慢词不少。其时慢词虽未成熟，而其端已由欧阳发之。爰拟南宋删史，北宋增欧阳。南宋五，北宋七，仍为十二"（《声执》卷下）。近世词曲家吴梅在《词学通论》里论北宋词时列举了晏殊、欧阳修、柳永、张先、苏轼、贺铸、秦观、周邦彦八家，论南宋词时列举了辛弃疾、姜夔、张炎、王沂孙、史达祖、吴文英、周密七家。他以这十五家为两宋词坛的领袖[2]。陈匪石所举十二家，除晏几道而外，其余十一家都见于吴梅所列十五家之内，若加上小晏则共为十六家。他们确是宋词名家，但也并非十分完善，例如李清照是特出女词人而未列入，而史达祖则已为陈匪石所舍弃。尽管如此，陈匪石和吴梅关于两宋名家词的确定，至今仍颇为词学界所认许的。

　　我所选择的两宋词家是晏殊、柳永、欧阳修、苏轼、周邦彦、李清照、辛弃疾、姜夔、刘克庄、吴文英、王沂孙、张炎，共十二家。这与吴梅的十五家略有出入：略去张先、秦观、贺铸、史达祖、周密，增补了李清照与刘克庄。所略去的五家虽然也是名

---

①　陈匪石《宋词举》，正中书局，1947 年。
②　吴梅《词学通论》第 7 章，商务印书馆，1933 年。

家，但他们在词史上的影响并不是很大，有的则是缺乏独创的艺术风格。这种种原因不宜于此详加评说了。就这十二家词人而言，他们都是优秀的词人，或者可以称为大词人的。南宋辛弃疾是我国文学史上杰出的爱国词人，在作品里表达了爱国的民族情感，发展了豪放艺术风格，受其影响而出现了一个词人群体。姜夔在创作里实现复雅的主张，对题材有所开拓，形成了新颖独特的艺术风格，改变了南宋婉约词的面貌。刘克庄是辛词的继承者和发展者，其作品虽不言情，而爱国主义的主题得到了强烈的表现，不愧为南宋豪放词的后起之秀。吴文英是一位追新务奇的词人，以新奇险怪的独创风格对词体艺术进行革新。王沂孙的咏物词是最具特色的，以隐晦曲折的方式表达了深厚的爱国思想，体现了宋季雅词的艺术倾向。张炎在理论上对宋词进行了全面总结，当词体趋于衰微之时，以其艺术精巧和风格别致的作品成为宋词的光辉终结。可见，以上六位词人在南宋词的发展过程中都是有重大作用的。他们分别体现了宋词各个历史时期的社会审美理想和艺术的价值取向。

我在治学过程中往往好尚新奇，喜以偏胜，但凡属所论及的范围都是经过艰苦探索的，而且希望持以真诚的态度。因此，本稿关于宋词的论述，如果不够全面、系统和周详，则祈读者谅解。我相信大多数的读者仍然喜欢颇有个性的论述，哪怕它稍为失之褊狭，毕竟其中含蕴有新的东西，能见到一种学术追求。

此稿是我在二十世纪八十年代写成的，历时数年，曾编入《宋词概论》，今出版社为适应读者之需特为刊出。当时我精力旺盛，正值带着热情专注研究宋词之际，写出之稿可以体现时代的学术思潮。时过三十余年，老大意拙，艺术感觉迟顿，再也写不出宋词解读之文了。

谢桃坊

2021年元月5日于奭斋

目　录

辛弃疾及其词

一

　　南宋初期的爱国词是在新的历史条件下对苏轼所开创的豪放风格的发展，它与汉民族反抗民族压迫的历史任务紧密联系起来，积极鼓舞民族的爱国主义情绪，同时对汉族统治集团的屈辱主和路线展开批判和斗争。特别是张元幹与张孝祥的作品在思想和艺术方面都达到很高的水平，他们为南宋词的发展开辟了一条广阔而健康的道路。因此，继南宋初期词坛爱国主义运动之后涌现了一位伟大的爱国词人辛弃疾，而且在其周围形成了一个作家群，从而使词坛的爱国主义运动出现新的高潮。

二

　　辛弃疾，字幼安，别号稼轩；南宋绍兴十年（1140，金天眷三年）五月生于山东历城（山东济南市西）。这时北宋灭亡已经十三年，山东等地已是金人的统治区域。祖父辛赞当南渡之际因家族人众之累未能脱身，遂留于沦陷区，虽被迫仕于金而未忘国耻，时常准备起义南归。辛弃疾十五岁时，曾因祖父之命"两随计吏抵燕山，谛观形势"，受到生动的爱国主义教育。金世宗大定元年，金主完颜亮大举南侵。时辛弃疾二十二岁，聚众二千，加入了耿京领导的北方忠义军，任天平军掌书记，在沦陷区与金人展开武装斗争。次年，南宋绍兴三十二年（1162）正月，因耿京之命奉表归宋，在建康（江苏南京）被召见，宋高宗授辛弃疾承务郎、天平节度掌书记。返回北方时，耿京已为叛徒张安国等所杀。辛弃疾径入金营生擒张安国，率众数千骑，历经艰险，渡江南归，以壮声英概而知名。这时辛弃疾二十三岁，青年时代的英雄生活成为他后来文学创作的重要泉源，而其英雄事业又使其在南宋开始走上仕宦之路。

　　南归后，辛弃疾迅即被朝廷解除了兵权，改差江阴（江苏江阴）签判的地方初等文官，所率忠义军亦被分散支遣。宋孝宗即位之初，有志于恢复中原，辛弃疾进呈了关于中兴大略的《美芹十论》。可惜，这样激烈的主战议论已不能被采纳，但它却广为流传。此后，辛弃疾出知滁州、提点江西刑狱、知江宁府、湖北转运使、湖南安抚使、江西安抚使等重要地方官职，以镇压赖文政茶商起义军和创置湖南飞虎营显示出将帅的才能。由此也遭到统治阶级当权者的嫉恨，终于在淳熙八年（1181）落职罢新任。自绍兴三十二年南归至淳熙八年，即辛弃疾二十三岁至四十二岁，这二十年间是其仕宦时期，也是其创作的前期，有编年词七十一首，未编年的可能尚有数十首。最早的编年词为乾道三年的《水调歌头·寿赵漕介庵》。在此之前，辛弃疾江阴签判职满之后，有一段时期流落吴江，"唤取红巾翠袖，揾英雄泪"，写作了一些狎昵温柔的作品。前期多数的作品是南宋初年爱国词的继续发展，作者在继承苏轼所开创的豪放词风的基础上形成了自己的艺术个性。

在江西上饶境内的带湖，辛弃疾营建了一座精美宏大的庄园，落职后在此闲居了十年，自号稼轩居士。直到宋光宗绍熙三年（1192），他五十三岁时才起任福建提点刑狱，仅任两年多，又遭到朝臣的诬陷弹劾而落职，仍回到上饶家居。宋宁宗庆元二年（1196），辛弃疾迁移到上饶附近的铅山县期思瓜山下的瓢泉新居。这次闲居八年，到嘉泰三年（1203）夏季，再起知绍兴府兼浙东安抚使，他已是六十四岁的老人了："谗挞销沮，白发横生。"时值韩侂胄执政，酝酿着进行北伐，企图借辛弃疾的名望为号召。辛弃疾被宋宁宗召见，被差知镇江府。虽然他对北伐的看法与当政者不一致，反对草率从事，但仍积极部署战争准备工作。宋王朝统治集团内部矛盾重重，对北伐的意见不一致。开禧元年

（1205），辛弃疾又因言者论列而罢任，归铅山家居。这次北伐终因计划不周、准备仓促而失败。开禧三年（1207）九月，辛弃疾在铅山家中逝世，终年六十八岁。他临终时说："佗胄岂能用稼轩以立功名者乎，稼轩岂肯依佗胄以求富贵者乎？"（谢枋得《祭辛稼轩先生墓记》）第二年宋金又达成了"嘉定和议"。从淳熙九年至开禧三年，即辛弃疾四十三岁至六十八岁的二十五间，其中二十年都是废置闲居的，两次起用的时间都很短，致使"英雄老江左"。这是其创作的后期，有编年词三百零二首，还有一些未编年的，共约占全部词作的三分之二。它是辛弃疾创作的丰收时期，词作在题材方面大大开拓，有多数反映闲居生活的作品，也有描写山水景物和农村生活的作品；而其被压抑的爱国思想则常以放达的曲折的方式表达，某些作品更有历史批判的深度；在艺术上开始了以文为词的倾向。这时期，稼轩词艺术风格发展成熟："大声鞺鞳，小声铿鍧，横绝六合，扫空万古。"（刘克庄《辛稼轩集序》）

今存稼轩词六百二十六首，其数量之多在宋代各家词中冠居首位。辛弃疾的重要主战论文《美芹十论》和《九议》也得以幸存，诗亦存一百二十四首①。稼轩词不仅数量居两宋词家之首，其社会意义和艺术成就都是最特出的。与辛弃疾同时代的岳珂曾说："稼轩以词名。"（《桯史》卷三）范开在淳熙间编集《稼轩词》时谈到其词"近时流布于海内"（《稼轩词序》）。稍后的宋人刘克庄、潘牥、陈模、刘辰翁等都给予稼轩词以极高的评价。如以其"自

---

① 见邓广铭《辛稼轩诗文钞存》，古典文学出版社，1957 年；孔凡礼《辛稼轩诗词补辑》，《文史》第九辑，中华书局，1980 年。

苍生以来所无",为"万古一清风也哉"。辛弃疾在词坛上异军突起,因有了这位词人,宋词的历史才显得异常光彩。

三

南宋初期的将近四十年间,史称中兴时代,但实际上宋高宗等统治集团却阻挠破坏国内军民的抗战力量,坚持屈辱乞和,仅保得半壁江山。所以这远不能与我国历史上的东周和东汉的中兴相比,一部《中兴小纪》读之只能使人感到悲愤和耻辱。宋王朝在这四十余年间以屈辱的条件换得偃安和平,主和势力居于优势地位,主张抗战的将领和朝臣受到排斥打击,恢复中原的主战论仅流于空谈。这比绍兴之初的"中兴"时代更令爱国志士感到压抑和窒息。非常不幸,辛弃疾二十三岁率北方忠义军渡江南来,正遇上朝野偃安侘傺的时代。他晚年读到抗金名臣陈康伯于绍兴三十一年(1161)冬十月为宋高宗所草的亲征诏书,异常激动。这《亲征诏草》曾经在民众中掀起抗金雪耻的热潮:"读者痛愤,闻者流涕。"时过多年,当辛弃疾读到时写下跋语:"使此诏出于绍兴之初,可以无事仇之大耻;使此诏行于隆兴之后,可以卒不世之大功。今此诏与此虏犹俱存也,悲夫!"(《宋史》卷四〇一)诏书虽写得如此振奋动人,可惜未出现在最好的时机,和议之后竟成无用的空文,读之徒增人叹惋。辛弃疾的感慨真切地寄寓了其个人生不逢时之感。

辛弃疾生长在金人的沦陷区，少年时受过爱国主义传统的教育，青年时代有过英雄的业绩，平生"以气节自负，以功业自许"，自始至终准备献身于恢复中原的宏伟事业。他经过一生的努力奋斗，其爱国主义理想终不可能实现，而却以悲壮激烈的情绪在长短句中表达出来。由于所处的历史条件和个人遭遇，他在作品里表现的是汉族人民和爱国将领遭到阻碍压制的爱国思想情感，并且以嬉笑怒骂的方式或曲折隐晦的方式对统治集团给以嘲讽和批判，往往使其批判具有历史反思的深度出现。因而稼轩词为我们所展示的主要思想内容是丰富而深厚的爱国主义主题。它既反映了一个时代汉民族在民族压迫下的坚强的民族精神，也表现了作者个人的英雄的不平之鸣。从稼轩词里，亦可见到我们民族性格坚韧积极的一个侧面。

稼轩词里非常强烈地表现了作者爱国主义的理想；念念不忘"西北神州"（《声声慢·滁州旅次登奠枕楼》），准备着"袖里珍奇光五色，他年要补天西北"（《满江红·建康史帅致道席上赋》）；盼望"汉水东流，都洗尽髭胡膏血"（《满江红》），并以此自任："算平戎万里，功名本是，真儒事"（《水龙吟·甲辰岁寿韩南涧尚书》）。这种充满汉民族意识的爱国理想光辉照耀着辛弃疾的整个创作。在渡江不久，他写了著名的《水龙吟·登建康赏心亭》：

> 楚天千里清秋，水随天去秋无际。遥岑远目，献愁供恨，玉簪螺髻。落日楼头，断鸿声里，江南游子。把吴钩看了，栏干拍遍，无人会，登临意。　　休说鲈鱼堪脍，尽西风，季鹰归未？求田问舍，怕应羞见，刘郎才气。可惜流年，忧愁风雨，树犹如此！倩何人、唤取红巾翠袖，搵英雄泪？

词抒写了英雄报国的理想不被理解，寄身江南无用武之地而流露出苦闷沮丧的心情。如近代思想家梁启超所说："确是满腹经纶在羁旅落拓或下僚沉滞中勃郁一吐情状，当为先生词传世者最初一首。"（《稼轩词疏证》卷一引）这首词的思想深刻而含蕴，有"何意百炼钢，化为绕指柔"的悲痛，在艺术表现上已相当成熟了。这出自作者青年时代的作品，是其创作的良好开端，而且已预示了一个被压抑的爱国思想情感的主题。它被表现得最为悲壮激烈应是辛弃疾与陈亮于淳熙十六年（1189）同游鹅湖分别之后作的《贺新郎·同甫见和再用韵答之》：

> 老大那堪说。似而今、元龙臭味，孟公瓜葛。我病君来高歌饮，惊散楼头飞雪。笑富贵千钧一发。硬语盘空谁来听？记当时、只有西窗月。重进酒，换鸣瑟。　　事无两样人心别。问渠侬：神州毕竟，几番离合？汗血盐车无人顾，千里空收骏骨。正目断、关河路绝。我最怜君中宵舞，道男儿、到此心如铁。看试手，补天裂。

陈亮亦是南宋著名的爱国志士，"为人才气超迈，喜谈兵，议论风生，下笔数千言立就"，"志存经济，重许可"。但他一生困踬，屡遭陷害，空怀王霸之才而郁郁不得志。辛陈的友谊对相互的创作都发生了积极的影响。在辛弃疾作的赠陈亮的第一首《贺新郎》的结尾"铸就而今相思错，料当初费尽人间铁。长夜笛，莫吹裂"，就写出了爱国志士的不平之慨。在这第二首词里，愤激情绪达到了高潮。作者虽伤老大无成，而却自认为像三国时的陈登一样依旧"豪气不除"。他不能忘记挚友来带湖相聚之时，慷慨高歌，说尽辛酸硬语。他们所悲慨的是神州未复，而英雄已死。正像古代千里马之不为人识，服盐车而困惫于太行山之路，待欲求之时而骏骨空存了。这不仅是辛弃疾或陈亮所感到的悲哀。南宋以来，岳飞被害死狱中，韩世忠解甲闲废，张浚受到撤职处分；李显忠叹息"天欲未平中原耶？何阻挠若此"；牛皋临终时"所恨南北通和，不以马革裹尸，顾死牖下耳"。抗金英雄们的不平遭遇，最有力地说明了南宋统治集团不顾民族利益，为了狭隘的私利而对抗金爱国运动阻挠镇压，写下一段令汉族人民痛心的可耻的历史。词人所表达的悲愤正是南宋汉族人民的优秀分子竟成为本民族统治者的私利的牺牲品的千古不平之气。词的结尾表示"男儿到此心如铁，看试手、补天裂"，又真实地表达了英雄们即使在最悲惨的境遇，仍以民族利益为重的、以天下为己任的伟大精神。我们可以想见，词人写作时的心潮澎湃、奋笔疾书的情形。词是一气呵成，元气淋漓而真情感人的，难以较艺术之工拙而却是最杰出的艺术作品。辛弃疾后来在瓢泉作的《贺新郎·别茂嘉十二弟》更以奇特的方式抒发了心中的郁结：

> 绿树听鹈鴂。更那堪、鹧鸪声住，杜鹃声切。啼到春归无寻处，苦恨芳菲都歇。算未抵、人间离别。马上琵琶关塞黑，更长门翠辇辞金阙。看燕燕，送归妾。　　将军百战身名裂。向河梁回头万里，故人长绝。易水萧萧西风冷，满座衣冠似雪。正壮士悲歌未彻。啼鸟应知如许恨，料不啼清泪长啼血。谁共我，醉明月！

1995 年作者在济南辛弃疾纪念馆

我国诗赋中有一种罗列典实的传统写法，宋人的咏物词里也常用。这首辛词集中了古代美人王昭君出塞和番、名将李陵百战而身败名裂、壮士荆轲易水诀别西行刺秦皇等不幸的恨事，曲折地指责了南宋统治集团的主和路线及其对抗金英雄与爱国志士的政治迫害，以发泄作者之恨。作者妙于将历史事典融入自己的感受之中，不见斧凿痕迹，因而给人以自抒胸中恨事之感。全词充溢着热烈的情绪，为稼轩词的杰构。清人陈廷焯给予此词很高的评价，认为："稼轩词，自以《贺新郎》一篇为冠。沉郁苍凉，跳跃动荡，古今无此笔力。"（《白雨斋词话》卷一）词人晚年在镇江作的《永遇乐·京口北固亭怀古》是老境之作，标志其思想与艺术都达到精纯的程度。词云：

> 千古江山，英雄无觅，孙仲谋处。舞榭歌台，风流总被，雨打风吹去。斜阳草树，寻常巷陌，人道寄奴曾住。想当年：金戈铁马，气吞万里如虎。　　元嘉草草，封狼居胥，赢得仓皇北顾。四十三年，望中犹记，烽火扬州路。可堪回首，佛狸祠下，一片神鸦社鼓。凭谁问：廉颇老矣，尚能饭否？

词作于开禧元年（1205）北伐前夕，辛弃疾六十六岁再起知镇江府时。词中较多历史事典的运用造成在理解词意时的一些困难，但思想的内涵异常丰富，包含了历史上北伐的经验和教训。在上阕，作者怀念三国时吴帝孙权能阻挡曹魏大军南侵而保卫了国家的安全；但更赞美南朝的宋武帝刘裕北伐的功绩：驰骋中原，气吞骄虏。然而这两位历史上的英雄已成为往事了，如今只留下风吹雨打的台榭巷陌。虽然辛弃疾此时在镇江任上招募兵士、侦察敌情、做些抗战的准备工作，但又感到自己的衰老，而对韩侂胄等的北伐也不存更大的希望，现世已无孙权和刘裕那样的英雄了。词的下阕包含三层意义：一、指出好大喜功的宋文帝刘义隆草草北伐而遭到惨败的历史教训，似乎寓了韩侂胄北伐将重蹈刘义隆任王玄谟而惨败之故辙；二、金主亮大举南侵，洗劫扬州，已过去四十三年，金人统治区内仍然繁闹喧嚣，神鸦社鼓，中原未复；三、作者虽以古代名将廉颇自比，而隐伏着时机已失，力不从心的衰迟之感和终生遗恨。词以登临怀古的线索，借古讽今，使词意连贯而完整，体现出构思的谨严。作者的爱国主义思想建立在对历史经验的深刻剖析和对现实局势的清醒认识的基础上，而更具理想的光辉。其复杂内涵的爱国主义主题在词中是以晦涩曲折的方式并带着深沉的情感表达出来的，艺术结构极其完美，是南宋众多爱国词章中的优秀之作。

辛弃疾的爱国主义思想主要是以上述的艺术风格豪放的词表现的。这类作品若与苏轼等人的豪放词比较，它已具悲壮激烈的情调和沉郁苍凉的色彩了。在辛弃疾创作的后期，由于长期的闲居生活，产生了较多的吟咏山水园亭和农村风物的作品。这类作品基本上是属于艺术风格旷达的，旷达之中又具有狂放或沉郁的特点，间接地反映了作者对现实的执着追求和难以排解的愤懑。如南宋末年词人刘辰翁所说：因其"陷绝失望，花时中酒，托之陶写，淋漓慷慨，此意何可复道；而或者以流连光景、志业之终恨之，岂可向痴人说梦哉？"（《辛稼轩词序》）淳熙八年（1181）在江西安抚使任时，带湖营建的新居将成，辛弃疾便感到政治风险，准备急流勇退："意倦须还，身闲贵早，岂为莼羹鲈脍哉？秋江上，看惊弦雁避，骇浪船回。"当其"怕君恩未许，此意徘徊"

《沁园春》之际，便受到弹劾而落职了。从北方金人统治区起义而渡江归宋的人，当时称为"北方归正人"，在政治上暗中受到种种歧视。辛弃疾属于"北方归正人"，南宋统治集团对他采取了不能不用、又不能大用的态度，因而在南归后很长一段时期用他来镇压地方起义军，在其被委以一方重任之时则为人所嫉，必然受到谗害而落职罢祠。辛弃疾闲居时表面上是盟鸥耕稼，赏花游山，饮酒听歌，但实际上对此种生活是极端不满的。他深深感到"百炼都成绕指，万事直须称好，人世几舆台"（《水调歌头·再用韵答李子永提举》）；他不习惯于闲废生活，"未应两手无用，要把蟹螯杯。说剑论诗余事，醉舞狂歌欲倒，老子颇堪哀"（《水调歌头·汤朝美司谏见和用韵为谢》）；他在闲居时也受到谗言的干扰而不安，"此心无有新冤，况抱瓮年来自灌园。但凄凉顾影，频悲往事；殷勤对佛，欲问前因。却怕青山也妨贤路，休斗尊前见在身"（《沁园春·戊申岁奏邸忽腾报谓余以病挂冠，因赋此》）。词人以为命运如此乖蹇，联想到也许是自己的姓氏注定的。他嘲讽说："得姓何年，细参辛字，一笑君听取；艰辛做就，悲辛滋味，总是辛酸辛苦。更十分、向人辛辣，椒桂捣残堪吐。世间应有，芳甘浓美，不到吾家门户。"（《永遇乐·戏赋辛字》）这类作品最有代表性的当推《贺新郎·邑中园亭，仆皆为赋此词》：

甚矣吾衰矣。怅平生、交游零落，只今余几？白发空垂三千丈，一笑人间万事。向何物、能令公喜？我见青山多妩媚，料青山、见我应如是。情与貌，略相似。　　一尊搔首东窗里。想渊明、《停云》诗就，此时风味，江左沉酣求名者，岂识浊醪妙理。回首叫、云飞风起。不恨古人吾不见，恨古人不见吾狂耳。知我者，二三子。

这是辛弃疾的得意之作。据岳珂说："稼轩以词名，每燕必命侍妓歌其所作。特好歌《贺新郎》一词，自诵其警句曰：'我见青山多妩媚，料青山见我应如是。'又曰：'不恨古人吾不见，恨古人不见吾狂耳。'每至此，辄拊髀自笑，顾问坐客如何，皆叹誉如出一口。"（《桯史》卷三）词人独坐园亭中，神思飞动，抒写一时豪兴，力图以放达的态度对待现实，寻求陶渊明田园隐逸的闲适趣味。作者常将南宋比作偏安江左的东晋王朝，批判东晋诸公沉酣江左，徒求虚名，嘲笑他们没有陶渊明之清高超脱。这流露出对国事的忧患，而在无能为力的情形下只得以酒解愁的苦闷心情。但其爱国的理想、英雄的气概和激动不平的情绪却在"回首叫、云飞风起"一语里含蓄地表现出来，希望不久便能风起云涌，轰轰烈烈地干一番事业。这种复杂矛盾的心情，确实仅有二三知己所能理解。全词情感丰富，形象生动，气韵流走，用了经籍、史传和陶、杜、李诗句意，词风恣肆粗犷，宜为词之别调。

除了豪放旷达之作而外，稼轩词中还存在一少部分婉曲之作。后来的词人刘克庄早就注意到"其秾纤绵密者亦不在小晏（几道）秦郎（观）之下"（《辛稼轩集序》）。当辛弃疾在情绪最低沉、心中最苦闷之时，偶尔以诗人比兴寄托之体写婉曲悲凉之词。如淳熙六年（1179）自湖北漕移湖南作的传世名篇《摸鱼儿》：

更能消、几番风雨，匆匆春又归去。惜春长怕花开早，何况落红无数。春且住。见说道、天涯芳草无归路。怨春不语。算只有殷勤，画檐蛛网，尽日惹飞絮。 长门事，准拟佳期又误。蛾眉曾有人妒。千金纵买相如赋，脉脉此情谁诉？君莫舞。君不见、玉环飞燕皆尘土！闲愁最苦。休去倚危栏，斜阳正在，烟柳肠断处。

这首词纯用比兴手法，有一定政治寓意。上阕大致惋惜好景不长，作者当是指某种政治形势而言；或可能是惋惜宋孝宗即位之初有中兴之意，但很快便烟消云散了。下阕以汉武帝时陈皇后失宠，冷居长门宫之事，用《离骚》"众女嫉予之蛾眉兮，谣诼谓予以善淫"句意，表现忧谗畏讥之感；并以赵飞燕与杨玉环之善歌舞而皆为尘土，与友人共勉"处夫材与不材之间"庶几可以免乎累。"词意殊怨"，其政治寓意是较为明显的，所以宋孝宗"见此词颇不悦"（《鹤林玉露》卷四）。此词继承和发展了屈原以香草美人为寄托的传统表现方法，形象优美，词意绵密曲折，"然姿态飞动，极沉郁顿挫之致"（《白雨斋词话》卷一）。这对南宋词之重寄托是很有影响的。如果说《摸鱼儿》以感叹春归而寄托作者艰难的政治处境，《汉宫春》则以描述迎春而寓意对北方故土的思念。词云：

春已归来，看美人头上，袅袅春幡。无端风雨，未肯收尽余寒。年时燕子，料今宵、梦到西园。浑未办、黄柑荐酒；更传青韭堆盘。　　却笑东风从此，便薰梅染柳，更没些闲。闲时又来镜里，转变朱颜。清愁不断，问何人、会解连环？生怕见、花开花落，朝来塞雁先还。

词人似乎自己并未感到春天到来，仅仅是从美人头上戴着迎春的饰物而知道的。因此未准备好迎春的节物，而且风雨春寒更给人以不愉快的感受。春的到来本是带着旺盛的生机，词人为此反而感到极度的不安。虽然自此万象更新，却又意味着朱颜暗换，岁月逝去。这一切造成难解的清愁。词的结句将主题进一步予以深化：怕想起北方，年年花开，北雁南飞，而北方故土依然未收复。这隐伏了作者南渡后岁月蹉跎、壮志成空的感叹，流露出对故乡思念的爱国情怀。

　　辛弃疾也同其他一些豪放词人一样，习惯以传统的婉约词的表现方式抒写儿女之情。他以表现"唤取红巾翠袖揾英雄泪"为基本主题，因此这类离情别绪的词也写得清新激越、缠绵悱恻，比传统的婉约词更有深刻的意义。如其《满江红》：

　　　　敲碎离愁，纱窗外、风摇翠竹。人去后、吹箫声断，倚楼人独。满眼不堪三月暮，举头已觉千山绿。但试把一纸寄来书，从头读。　　相思字，空盈幅；相思意，何时足。滴罗襟点点，泪珠盈掬。芳草不迷行路客，垂杨只碍离人目。最苦是、立尽月黄昏，栏干曲。

这是拟托妇女的语气对离人的痛苦思念。作者青年时代在吴江与青楼女子有过一段难忘的情事，在后来许多词里都叙述了分别之苦。他在同调的几首词里也表示："尺素如今何处也，彩云依旧无踪迹"；"今古恨，沉荒垒，悲欢事，随流水"；"把古今遗恨，向他谁说"！辛弃疾的《念奴娇·书东流村壁》又是以自我抒情的方式，表现故地重游的念旧之情：

野棠花落，又匆匆过了，清明时节。划地东风欺客梦，一夜银屏寒怯。曲岸持觞，垂杨系马，此地曾轻别。楼空人去，旧游飞燕能说。　　闻道绮陌东头，行人曾见，帘底纤纤月。旧恨春江流不断，新恨云山千叠。料得明朝，尊前重见，镜里花难折。也应惊问：近来多少华发？

从作者的叙述中留下了其情事的线索。东流村在何处，难以确考，但词人青年时代曾经在此地结识一位歌妓，"清明时节"，"一夜银屏寒怯"的印象特别深刻。就在江边垂柳之处，当年曾轻易离别了，而今重经故地已人去楼空。探寻后知道人们曾在绮陌东头某家见到过她。"纤纤月"指瘦窄的金莲，借以代人。因此猜想：即使尊前重见，她也如镜中之花了。事隔多年，还引起作者无穷无尽的旧恨新愁，真是英雄气短，儿女情长了。辛弃疾这些婉曲悲凉的词，与传统艳科之作比较已是净化过了的，对情感的发掘很深，而且格调很高，表现细致，是继苏轼婉约词之后达到了新的思想深度的。

稼轩词有豪放的、旷达的和婉曲的作品，使其艺术风格呈现丰富性。其不同风格的作品，都以不同的方式表现了爱国主义思想。其中豪放与旷达的作品，就宋词大的风格类型而言是属豪放风格的；就其艺术个性而言，它又具恣肆豪迈、悲壮沉郁的特点并形成其独创的艺术风格。

伯兄嘗語余曰·稼軒先生之人格與事業·未免爲其
雄傑之詞所掩·使世人僅以詞人目先生·則失之遠
矣·意欲提出整個之「辛棄疾以公諸世·其作辛稼軒
年譜」之動機·實緣於此·所志未竟·而邃憂然·可爲深
惜·余不文·不敢爲先生作傳·且每見古人之傳·總不
免有作者之主觀語·難得眞相·蓋有時因行文之便·
此病最易犯也·今但列舉客觀之事實·以供讀者之
想象·雖只區區十條·似亦可以表現先生之全人格
矣·啟勳又記

四

　　使事用典、议论纵横和散文化自来被认为是稼轩词的特点。宋人潘牥说："东坡为词诗，稼轩为词论。"（《怀古录》卷中引）以为苏轼用作诗的方法作词，辛弃疾则在词中发表议论，是他们的艺术创新。苏轼以诗为词确实促进了词体的改革，但以议论为词的情形在范仲淹、苏轼、贺铸、朱敦儒、李纲等人的作品中皆已出现，与辛弃疾同时的陈亮以词略陈"经济之怀"，讥时议政；可见为词论并非始自稼轩。关于在词中大量使事用典，在清真词中已常见，放翁词也时时"掉书袋"。稼轩词的议论和用典只是在程度上大大甚于前人而已，"以文为词"才是其独创。并由此使其议论与用典服从于散文表现手段的需要。刘辰翁对于这点理解得最确切。他在《辛稼轩词序》里比较苏、辛的成就说：

　　　　词至东坡，倾荡磊落，如诗如文，如天地奇观，岂与群儿雌声学语较工拙；然犹未至用经用史，牵《雅》《颂》入郑卫也。自稼轩前，用一语如此者必且掩口。及稼轩横竖烂熳，乃如禅宗棒喝，头头皆是；又如悲笳万鼓，平生不平事并厄酒，但觉宾主酣畅，谈不暇顾。词至此亦足矣。

这指出了辛词的一个重要特点是"用经用史"。它与作为遣兴娱宾工具的小词甚不协调，而在辛词中却变得"横竖烂熳""头头皆是"，以此表达了被压抑的爱国思想情感。的确，用经用史的古文表现手段在词中发表议论，在辛弃疾之前必定令人绝倒，而他却出奇制胜，取得了成功。辛弃疾以特殊的艺术手段形成以文为词的倾向是在创作的中期开始的。他闲居上饶带湖之初，约于淳熙九年（1182）写作了第一首以文为词的作品《踏莎行·赋稼轩集经句》：

　　进退存仁，行藏用舍。小人请学樊须稼。衡门之下可栖迟，日之夕矣牛羊下。　　去卫灵公，遭桓司马。东西南北之人也。长沮桀溺耦而耕，丘何为是栖栖者？

此词集了儒家经典《周易》《论语》《诗经》《孟子》《礼记》中的经句，表现了作者取法儒家"用之则行，舍之则藏"的进与退的处世态度。它是辛弃疾创作道路上的里程碑，标志其以文为词的开始。从整个稼轩词来看，散文化很明显的作品只有数十首，但却是词史上的创举。如《沁园春·将止酒戒酒杯使勿近》：

　　杯汝来前，老子今朝，点检形骸。甚长年抱渴，咽如焦釜；于今喜睡，气似奔雷。汝说刘伶，古今达者，醉后何妨死便埋。浑如此，叹汝于知己，真少恩哉！　　更凭歌舞为媒。算合作、人间鸩毒猜。况怨无小大，生于所爱；物无美恶，过则为灾。与汝成言，勿留亟退，吾力犹能肆汝杯。杯再拜，道麾之即去，招亦须来。

词表现了作者罢职闲居的苦闷和豪放的气概。词中不仅大量使用了古文辞语和句式，还采用杂文小品的笔墨游戏的构思方法，夹叙夹议，穿插对话，冷嘲热讽。所以宋人陈模以为此词"如《宾戏》（班固）、《解嘲》（扬雄）等作，乃是把古文手段寓之于词"（《怀古录》卷中）。辛弃疾送别门人范开而作的《醉翁操》仿《离骚》体，是宋词中奇特的散文化作品。词云：

> 长松，之风。如公，肯余从，山中。人心与吾兮谁同？湛湛千里之江，上有枫。噫送子于东，望君之门兮九重。女无悦己，谁适为容？　不龟手药，或一朝兮分封。昔与游兮皆童，我独穷兮今翁。一鱼兮一龙，劳心兮忡忡。噫命与时逢。予取之食兮万钟。

词中除大量使用《楚辞》语句外，还使用了《世说新语》《史记》《诗经》《庄子》《孟子》中的语句，拉杂并用，笔势粗豪，写出深蕴的"平生不平事"。在瓢泉"独坐停云"作的《贺新郎》是辛弃疾以文为词的最有代表意义的作品，也是其平生得意之作。词里用了经籍史传和陶、杜、李诗句意，采用了古文表现手段，但情感丰富，气韵生动，读之并无冗散枯燥之感，更突出作者豪迈的个性。因此，它是辛弃疾以文为词的成功范例。像这样的作品，虽然采用散文的表现方法，却使它服从于词体内在的艺术结构，并未破坏词体，仍具词的艺术特征。它给人以异于传统词的美的感受，宜其为词之别调。至于在词中偶尔插入个别古文语句的情形，稼轩词里是极其常见的。嘉泰三年（1203），辛弃疾晚年起知绍兴府兼浙东安抚使，登会稽蓬莱阁怀古作的《汉宫春》在艺术上已达到非常成熟的程度。蓬莱阁为五代时吴越钱镠所建，附近的秦望山是秦始皇登高以望东海处，相邻的若耶溪是古代吴越故事中的西子浣纱处。作者登临凭吊，抚今追昔，不胜感慨：

> 秦望山头，看乱云急雨，倒立江湖。不知云者为雨，雨者云乎？长空万里，被西风、变灭须臾。回首听、月明天籁，人间万窍号呼。　　谁向若耶溪上，倩美人西去，麋鹿姑苏？至今故国人望，一舸归欤。岁云暮矣，问何不鼓瑟吹竽？君不见、王亭谢馆，冷烟寒树啼乌。

秦皇刻石纪功，登山观海，已成历史往事。词人在蓬莱阁上似乎为历史上宏伟事业所感动，出现"人间万窍号呼"的幻觉；于是激起对功成身退而泛舟五湖的范蠡的神往歆羡。这一切的幻象又都被兴衰更替的历史洪流所淹没了。词里隐藏着作者伟大事业成空的叹喟，词情悲壮苍凉，词意含蕴空灵，是辛词杰作。上下阕都出现了散文的句式，但全词却无散文化之嫌，几个散文句子使词笔显得老健奇崛。辛弃疾晚年的名篇《永遇乐·京口北固亭怀古》以"廉颇老矣，尚能饭否"的散文语句结尾，也使全词显得豪迈而耐人寻味。清代词家谭献甚至发现辛公摧刚为柔的《汉宫春·立春日》乃是"以古文长篇法行之"（《复堂词话》），无散文痕迹而却运用了散文的结构方法，词意特别绵密。像这样成功地适当使用散文手段，确实增强了词的艺术表现能力，收到了很好的艺术效果。

　　当然，辛弃疾使用散文手段也有一些失败的例子，句读不葺，枯燥乏味，破坏了词的音节和结构。例如《哨遍·秋水观》的

"于是焉河伯欣然喜，以天下之美尽在己。洚沧溟、望洋东视，逡巡向若惊叹，谓我非逢子，大方达观之家未免，长见悠然笑耳"；《六州歌头》的"删去竹，吾乍可。食无鱼；爱扶疏，又欲为山计，千百虑，累吾躯。凡病此，吾过矣，子奚如"；《水调歌头·题吴子似县尉蕺山经德堂》的"此是蕺山境，还是象山无？耕也馁，学也禄，孔之徒"。这些词多属逞才使气的纯粹笔墨游戏，不足为法。任何作家采用一种新的艺术表现方法时，很可能在某一些作品中出现内容与形式不协调之处而成为败笔的。

开禧三年（1207）辛弃疾临终病笃时作的《洞仙歌·丁卯八月病中作》结尾云："羡安乐窝中泰和汤，更剧饮无过，半醺而已。"北宋理学家邵雍隐居洛阳，"岁时耕稼，仅给衣食。名其居曰安乐窝，因自号安乐先生。旦则焚香燕坐，晡时酌酒三四瓯，微醺即止，常不及醉也。"（《宋史》卷四二七）邵雍称酒曰泰和汤。他的诗歌有《安乐窝中吟》和《泰和汤吟》以抒写闲适生活。辛弃疾的这首绝笔之作仍是以文为词的，词中所表述的哲理也深受邵雍诗歌的影响。从其"赋稼轩集经句"开始，又以学习邵雍闲适自况为终，这都为我们留下辛弃疾以文为词与南宋中期社会文化思潮之间的联系的线索。

每个历史时期的文化思潮，总是通过各种社会联系而影响作家的，并在其作品中间接或曲折地反映出来。如果我们纵观南宋爱国词人辛弃疾一生的社会交游和诗、文、词全部创作便可发现他与南宋中期文化主潮的理学存在着千丝万缕的联系。这有助于从更广阔的文化背景来进一步认识稼轩词的艺术特征。

我国理学兴于北宋中期，因理学家着重研究和注释儒家经典，他们以为孔子儒家之道至"孟子没而不传"，便以继孔孟之道为己任，故又称道学。理学在南宋中期是一个发展的高峰，出现了一群著名的理学家并形成许多派别，理学的研究与争论出现兴盛的局面，加以张栻、吕祖谦、杨万里、赵汝愚等名公的大力提倡，理学思潮遂成为南宋中期的文化主潮。周密追述当时的盛况说：

> 伊洛之学行于世，至乾道、淳熙间盛矣。其能发明先贤旨意，溯流祖源，论著讲解卓然自为一家者，惟广汉张氏敬夫（栻）、东莱吕氏伯恭（祖谦）、新安朱氏元晦（熹）而已。朱公尤渊洽精诣，盖以至高之才，至博之学，而一切收敛，归诸义理。其上极于性命天下之妙，而下至于训诂名数之末，未尝举一而废一。盖孔孟之道至伊洛而始得其传，而伊洛之学，至诸公而始无余蕴。（《齐东野语》卷十一）

辛弃疾正生活在宋代理学发展高峰时期，他较为明显地受到时代文化主潮的影响。宋季学者谢枋得称赞辛弃疾说："公有英雄之才，忠义之心，刚大之气，所学皆圣贤之事。朱文公所敬爱，每以'股肱王室，经纶天下'奇之。"（《祭辛稼轩先生墓记》）在他看来，辛弃疾俨似儒者效法的榜样，还特别强调了理学大师朱熹的敬爱。辛弃疾在自己生活的社会环境里颇为自觉地通过各种渠道与理学家交游，取得与南宋理学思潮的联系。朱熹曾惋惜辛公尚未真正加入理学家的队伍，以为他如果有较为纯正的理学修养，其事业必定会有更加辉煌的成就。朱熹说："今日如此人物，岂易可得。向使早向里来，有用心处，则其事业俊伟光明，岂但如今所就而已耶！"（《答杜叔高书》，《朱文公集》卷六十）辛弃疾一生的交游中结识了当时著名的理学家张栻、吕祖谦、陆九渊、朱熹、黄榦等人，友人陈亮也属理学别派的人物。辛弃疾与理学家们的交谊，反映了其思想和政治倾向的一个方面，其爱国而急于事功的积极人生态度与理学家提倡儒家的兼济思想有相通之处。宋孝宗乾道六年（1170），辛弃疾三十一岁，在都城临安任司农寺主簿职，张栻时任尚书吏部员外郎兼侍讲，吕祖谦任太学博士兼国史院编修。通过张栻的引见，他得与吕祖谦相识；此后又因张、吕的关系而与朱熹结识。辛弃疾在其《祭吕东莱先生文》中谈到当时理学发展情形说："厥今上承伊洛（二程之学），远沂洙泗（孔子之道），金曰朱（熹）、张（栻）、东莱（吕祖谦），屹鼎立于世。学者有宗，圣传不坠。"作为"北方归正人"而入仕于南宋朝廷，辛弃疾在政治上受到很大的歧视。他通过种种社交关系而结识"有中原文献之传"的吕祖谦和中兴贵胄之后的张栻，并与深孚儒者之望的朱熹结为知交。这样可以改变其政治处境的孤立状况和提高个人在政界与文坛的声望，因此其政治命运与理学在南宋中期的两起两落都潜伏着一定联系。辛弃疾与理学家们的密切交往并显著地受到理学思潮的影响是淳熙八年（1181）落职闲居上饶带湖之后。

上饶为信州之治所，江西信州在南宋时为衣冠人物汇聚之地。因为"国家行在武林（浙江杭州），广信（信州）最密迩畿辅，东舟西车，蜂午错出，势处便近，士大夫乐寓焉"（洪迈《稼轩记》）。信州境内的铅山鹅湖寺，自淳熙二年（1175）吕祖谦企图调和朱陆之争，约陆九渊兄弟与朱熹在此论辩以来，便成为理学的中心。辛弃疾闲居上饶时，陆九渊在附近的贵溪象山精舍讲学，朱熹在闽西武夷精舍讲学，陈亮居住于浙东永康县。元初戴表元说："广信为江闽二浙之交，异时中原贤士大夫南徙，多侨居焉。

济南辛侯幼安居址关地最胜，洪内翰所为记稼轩者也。当其时，广信衣冠文献之聚，既名闻四方，而徽国朱文公诸贤实来，稼轩相从游甚厚。于时鹅湖东兴，象麓西起，学者隐然视是邦为洙泗阙里矣。"（《稼轩书院兴造记》，《剡源集》卷一）阙里为孔子在曲阜开始讲学之地，洙泗为孔子在曲阜聚弟子弦歌之处。南宋以后学者们竟将辛弃疾居住之地视为理学家们汇集之所，宛如儒学发源圣地洙泗阙里了。这虽然有些夸大其词，但元初在此营建了稼轩书院确是事实。辛弃疾闲居上饶直到晚年，与朱熹的交游唱和对其思想产生了不可忽视的影响。今存辛诗有两首《寿朱晦翁》，其中一首有云："先生坐使鬼神伏，一笑能回宇宙春。历数唐尧千载下，如公仅有两三人。"以为自古以来的两三圣贤，便是朱熹和孔孟了。朱熹则称颂辛弃疾："卓荦奇材，疏通远识。经纶事业，有股肱王室之心；游戏文章，亦脍炙士林之口。轺车每出，必能著名；制阃一临，便收显绩。"（《答辛幼安启》，《朱文公集》卷八十五）以为辛公有济世之才。绍熙四年（1193）辛弃疾以集英殿修撰起知福州，时朱熹筑室于福建建阳考亭。辛公往访，二公同游武夷山。朱熹原作有《武夷棹歌十首》，吟咏山水，寄寓哲理。辛弃疾继而和作《游武夷作棹歌呈晦翁十首》，有云："人间正觅擎天柱，无奈风吹雨打何"；"费尽烟霞供不足，几时西伯载将归"。以擎天柱和帝王师美誉朱熹，并以其有似姜尚不遇周文王而叹惋。这次相会，辛弃疾与之"极谈佳政"，朱熹则以儒家教义"克己复礼"相勉。在理学大师看来，辛弃疾的私欲尚盛，未能净尽，故以孔子之言勉之。辛弃疾第二次罢职，正值韩侂胄等执政者攻击理学之时，史称"庆元党禁"，列入伪学党人有赵汝愚、朱熹等理学家及其追随者五十余人。朱熹于庆元六年（1200）去世。

辛弃疾得知噩耗时正读《庄子》，感慨之余，作了《感皇恩》词：

> 案上数编书，非《庄》即《老》。会说忘言始知道。万言千句，不能自忘堪笑。今朝梅雨霁，青天好。　　一壑一丘，轻衫短帽。白发多时故人少。子云何在，应有《玄经》遗草。江河流日夜，何时了。

词的上阕用《庄子·外物篇》："言者所以在意，得意而忘言；吾安得忘言之人而与之言哉。"忘言者为真正得道之士，朱熹的去世，使他失去了可与之言的友人。词的下阕将朱熹比作继《周易》而草《太玄经》的汉代儒者扬雄。结尾用杜诗《戏为六绝句》中肯定初唐四杰价值的诗句"尔曹身与名俱灭，不废江河万古流"，预言朱熹的成就将万世长存。"熹殁，伪学禁方严，门生故旧至无送葬者，弃疾为文往哭之，曰：'所不朽者，垂万世名；孰谓公死，凛凛犹生。'"（《宋史》卷四〇一）在禁伪学的政治环境里，对朱熹能作这样崇高的评价确是难能可贵的。

辛弃疾在渡江之初"致身须到古伊（尹）周（公）"的信念，在理学思潮影响下得到加强。其进退出处、立朝大节都较符合儒家伦理规范而受到理学家的钦佩。从他所生活的南宋中期和江西上饶的文化环境及其社会交游来看，正处在大发展的理学思潮对他有着较为重要的影响。这种影响明显地在其诗歌创作中见到。

从辛弃疾幸存的一百二十四首诗来看，它主要是学邵雍理学诗体的，在许多诗里发挥儒家学说义理，而且有散文化的倾向。宋代理学的创始者之一的邵雍（1011—1077）字尧夫，谥康节。他的《伊川击壤集》二十卷是一部诗歌集，收诗一千五百八十三首，对理学家很有影响，使他们在探究"穷理尽性至命"的义理之外，"以诗人比兴之体，发圣人义理之秘"。理学诗被称为"康节体"并自此形成理学诗派①。辛弃疾因与理学家的交游，受到理学思潮的影响，当诗坛风行理学诗时，他学习康节体诗是完全可以理解的。在其《书停云壁》诗里说"学作尧夫自在诗"，在《读邵尧夫诗》里又表示"作诗犹爱邵尧夫"。还有一首《有以事来请者效康节体作诗以答之》，风格极近康节体。辛诗也有康节体散文化的特点，如"何况人生七十少，云胡不归留此耶"（《书清凉境界壁》）；"《圆觉》十二菩萨问，吾取一二余鄙哉"（《戏书〈圆觉经〉后》）；"渊明避俗来闻道，此是东坡居士云"（《书渊明诗后》）。辛诗还多处阐发儒家学说义理，使用儒家经典语言，如"要识死生真道理，须凭邹鲁圣人儒"；"屏是佛经与道书，只将《语》《孟》味真腴"（《读〈语〉〈孟〉二首》）；"此身果欲参天地，且读《中庸》尽至诚"（《偶作》）。这些诗句表示了作者对儒家圣人孔子和孟子的崇敬、对儒家学说的信仰，而且学习儒者的修养功夫，潜心探究儒家哲学的要义。他的诗歌创作实际上成了理学诗派的附庸。显然辛诗具有理学诗散文化、议论化和用经史语言的特点，深受当时理学诗派的影响。但学康节体愈成功，便愈丧失了自己的艺术个性而失之平庸。在辛弃疾诗、文、词三类作品中，词作是最丰富和最成功的，使他无愧为词史上最杰出的词人。如果我们将其词作与诗作加以比较，便可发现其以文为词的倾向确实与其诗学康节体用经史语等散文表现手段，二者之间有惊人的相似之处。它们都可说明南宋中期文化主潮与辛弃疾创作存在

① 参见谢桃坊《略论宋代理学诗派》，《文学遗产》杂志 1986 年第 3 期。

着较为密切的联系。自中唐以来，韩愈在诗歌创作中开始了以文为诗，进行了诗歌的艺术革新。北宋诗歌革新运动之后，以文为诗的倾向有了发展而成为宋诗显著特点之一。理学诗出自另外的渊源和表述学理的需要，使用了大量经史散文语言，将以文为诗的倾向推至极端。文学的现象往往是非常复杂的。在我国文学史上，作家在某种文学体裁的创作中移置邻近的文学种类的艺术表现方法，有时竟能取得意外的良好效果，北宋苏轼以诗为词和周邦彦以赋为词就是成功的典型范例。辛弃疾继而以文为词也同样取得成功，适应了时代的需要和词体革新的要求。虽然辛弃疾与理学思潮和理学家有较密切的思想和政治的联系并受到影响，但他毕竟不是理学家，也不可能成为理学家，只是接近这个社会文化圈子而已。他弓刀游侠的个性、将帅的风度和特殊的生活经验都与理学家在气质上太不相类了。关于这点，朱熹是最理解的，所以只将他视为朋友和争取的对象。在辛弃疾整个的词作中，以文为词的作品只是一部分。以文为词的倾向虽是稼轩词创新的主要方面，但并不能概括其所有艺术特点。对于形成稼轩词的艺术风格，以文为词仅仅是一个较为重要的因素而已。因此，探讨辛弃疾以文为词的社会文化背景，旨在从这位词人与社会文化的复杂联系来理解其创作；这将有助于我们认识稼轩词艺术特点及其成因。

念奴嬌

書東流村壁

野棠花落，又匆匆過了，清明時節。剗地東風欺客夢，一夜雲屏寒怯。曲岸持觴，垂楊繫馬，此地曾輕別。樓空人去，舊遊飛燕能說。

聞道綺陌東頭，行人曾見，簾底纖纖月。舊恨春江流不斷，新恨雲山千疊。料得明朝，尊前重見，鏡裏花難折。也應驚問：近

元延祐刻本《稼軒長短句》书影

五

自南宋初年词坛爱国主义运动开展以来，词的理论批评与这一运动相适应而注重词的社会作用并对东坡词给以高度评价，强调发扬苏轼开创的豪放词风的意义。东坡词的重要意义，在北宋时人们还没有明确地认识到，甚而常常予以讥嘲。词论家们根据南宋初年社会现实的需要批判了传统婉约词的艳冶浮靡之习，将词体与诗体等量齐观，以学习东坡词为号召，大大地提高了词体的社会意义。辛弃疾在继承南宋初年词论的基础上也形成了他对词体的见解。岳珂记述了"稼轩论词"：

稼轩以词名，每燕必命侍妓歌其所作。特好歌《贺新郎》一词，自诵其警句曰："我见青山多妩媚，料青山见我应如是。"又曰："不恨古人吾不见，恨古人不见吾狂耳。"每至此，辄拊髀自笑。顾问坐客何如，皆叹誉如出一口。既而又作一《永遇乐》，序北府事，首章曰："千古江山，英雄无觅孙仲谋处。"又曰："寻常巷陌，人道寄奴曾住。"其寓感慨者则曰："不堪回首，佛狸祠下，一片神鸦社鼓。凭谁问：廉颇老矣，尚能饭否？"特置酒召数客，使妓迭歌，益自击节，遍问客，必使摘其疵，逊谢不可。客或措一二辞，不契其意，又弗答，然挥羽四视不止。余时年少，勇于言，偶坐于席侧，稼轩因诵启语，顾问再四。余率然对曰："待制词句，脱去古今轸辙，每见集中有'解道此句，真宰上诉，天应嗔耳'之序，尝以为其言不诬。童子何知，而敢有议？然必欲如范文正以千金求《严陵祠记》一字之易，则晚进尚窃有疑也。"稼轩喜，促膝亟使毕其说。余曰："前篇豪视一世，独首尾两腔，警语差相似；新作微觉多用事耳。"于是大喜，酌酒而谓坐中曰："夫君实中予痼。"乃味改其语，日数十易，累月未竟，其刻意如此。（《程史》卷三）

从这段记述，我们可看到辛弃疾对词作反复修改、征询意见、精心刻意的谨严认真的态度。他也同意"脱去古今轸辙""豪视一世"为其词的特点；他很重视词体的社会功能，常常"寓感慨"于词。从其对《贺新郎》与《永遇乐》两词的特别喜爱的情形，表现出豪放是其审美兴趣的中心。这些都间接反映了辛弃疾对词体的见解。淳熙十五年（1188）正月，门人范开辑辛词百余首，"皆亲得于公者"为一集。范开所作《稼轩词序》必然征得辛弃疾的许可或为其所授意。序有云：

> 虽然，公以一世之豪，以气节自负，以功业自许，方将敛藏其用以事清旷，果何意于歌词，直陶写之具耳。故其词之为体，如张乐洞庭之野，无首无尾，不主故常；又如春云浮空，卷舒起灭，随所变态，无非可观。无他，意不在于作词，而其气之所充，蓄之所发，词自不能不尔也。

这说明辛弃疾与许多士大夫文人对词体的态度不同，而是将它作为创作主体充中发外的陶写之具，曲折地表达其"气节"和对"功业"的理想。辛弃疾的友人陆游和陈亮也从不同角度发表了与辛公大致相同的见解。《花间集》长期以来为宋代词人模拟的范本，陆游批评说："方斯时，天下岌岌，生民救死不暇，士大夫乃流宕如此，可叹也哉，或者亦出于无聊故耶?"(《跋花间集》,《渭南文集》卷三十)这是对传统婉约词的批评，主张词体与社会现实生活相联系。叶适《书龙川集后》记述了陈亮以寄寓"微言"为词，"每一章就，辄自叹曰：'平生经济之杯，略已陈矣!'余所谓'微言'，多此类也。"(《水心集》卷二十九)叶适认为陈亮所谓"经济之杯"即是其文集中所寓之"微言"，亦即陈亮关于恢复中原、抗金救国的宏伟议论。陈亮认为他在词中正是表达了儒家经世济民之意。可见辛弃疾等词人，他们是有自己的词论并以之指导创作的。

辛弃疾在继承苏轼豪放词风和南宋初年爱国词的基础上形成自己独创的风格。在南宋时已经有苏辛并论，强调了二者之间的渊源关系。范开的《稼轩词序》全从苏辛异同立论，以说明辛词的渊源和特点。他说：

> 器大者必声闳，志高者必意远。知乎声与意之本原，则知歌词之所自出。是盖不容有意于作为，而其发越著见于声音言意之表者，则亦随其所蓄之深浅，有不能不尔者存焉耳。世言稼轩居士辛公之词似东坡，非有意于学坡也，自其发于所蓄者言之，则不能不坡若也。

范开是从词的声律、词意与词人的器识志趣的关系来比较苏辛词的。词人之"所蓄",即内在的器识志趣,乃"歌词之所自出"的本原,因此"辛公之词似东坡"是指二公词精神风貌的相似。这只能是神似而不是形似,因为二公皆"器大""志高",故辛公"发于所蓄",非有意在声律、体制、题材、辞句等方面徒事模拟坡公,而是在"非有意"时就"坡若"了。后来刘辰翁又在《辛稼轩词序》里比较苏辛词,他感叹说:"嗟乎,以稼轩为东坡少子,岂不痛快灵杰可爱哉!"明人王世贞也说:"词至辛稼轩而变,其源实自苏长公。"(《弇州山人词评》)尽管苏辛词在风格上有相同之处,但如范开和刘辰翁等,也见到了它们的相异之处。如果我们从辛词的艺术渊源来看,东坡词的豪放风格仅仅是辛词的远源;从宋词两大风格类型来看,苏辛词都属豪放风格。豪放词在南宋新的历史文化条件下的发展又具有某些新的特点。稼轩词的近源是南宋初年岳飞、张元幹、张孝祥等爱国词。辛弃疾有弓刀游侠的英雄气质和戎马生活的经验,又受到理学思潮的影响,其压抑的爱国主义思想情感以悲壮激烈、豪迈沉郁的抒情方式表现出来,形成独特的艺术风格。因而苏词无其悲壮激烈,张元幹、张孝祥等词无其豪迈沉郁。辛词豪迈悲壮之作的丰富性是大大超越了前代词人而取得了空前的成就。苏轼的周围虽有"苏门四学士",却未能形成艺术风格相近的群体。辛弃疾团结了杨炎正、韩元吉、陆游、陈亮、刘过等词人,与他们都有交游关系,影响了他们的词风,结成一个风格大体相同的作家群,"于唐宋诸大家之外,别树一帜"(《蒿庵论词》)。在当时和南宋后期词坛学习稼轩词成为一时风尚,"在南宋词人中造成五六十位与他作风近似的作者"①。其中较知名的有程珌、黄机、岳珂、方岳、陈经国、文及翁、王壑、李昂英、李好古、李泳、吴潜等词人,最特出的词人则是刘克庄。

---

①　引自陆侃如、冯沅君《中国诗史》第683页,作家出版社,1957年。

姜夔及其词

一

　　姜夔的第一首词《扬州慢》创作于南宋淳熙三年（1176），比辛弃疾最早的编年词乾道四年（1168）作的《水调歌头·寿赵漕介庵》迟八年；他们的创作活动都终止于南宋开禧年间（1205—1207）。所以姜夔虽然比辛弃疾约小二十岁，但从创作活动来看，他们仍是同时代的词人。这两位词人在南宋中期的词坛上都是产生了巨大影响的，而他们的艺术气质和艺术风格却迥异。如果说稼轩词最能体现南宋豪放词的特点，白石词则最能体现南宋婉约词的特点。

　　靖康之难以来，由于宋金民族矛盾的尖锐，词坛掀起了以抗金救国为主题的爱国运动，苏轼所开创的豪放词风为张元幹、张孝祥等一群中兴词人所发扬。高昂的时代精神与长于抒情的词体相结合而大大推动了豪放词的繁荣兴盛。倚红偎翠、柔靡低回的传统婉约词在南渡之后沿袭周邦彦的创作倾向前进，如史浩、康与之、曾觌、张抡等词人多应制奉和、流连光景、怡情湖山之作，远远脱离了严峻的社会现实。与南宋初年的豪放词相比，婉约词已面临停滞不前的状况，既没有出现杰出的作品，也未产生优秀的词人。婉约词如果不加以改革是不能适应社会审美要求的。在南宋中期，当辛弃疾等词人将豪放词推向发展的高峰时，姜夔也自觉地实现了对婉约词的改革，因其创作的成功而改变了婉约词不景气的现状，开启了新的发展道路。清初词家朱彝尊说："词莫善于姜夔，宗之者张辑、卢祖皋、史达祖、吴文英、蒋捷、王沂孙、张炎、周密、陈允平、张翥、杨基，皆具夔之一体。"（《黑蝶斋诗余序》，《曝书亭集》卷四十）此说虽有夸大之处，却也反映了姜夔在南宋词发展过程中不可忽视的意义。

二

姜夔，字尧章，号白石道人；饶州鄱阳（今属江西）人。姜夔的七世祖姜泮于北宋时为饶州教授，因家上饶。其父姜噩为南宋绍兴三十年（1160）进士，绍兴三十二年始赐进士出身，旋为新喻（今属江西）丞，于宋孝宗乾道元年（1165）迁为汉阳（今属湖北）知县，乾道三年卒于任上。姜夔生于绍兴二十九年（1159），孩幼时随父宦于汉阳，其姊亦嫁于该县；父卒时，姜夔约八岁，往依其姊。姜夔青少年时代多次应举而屡试不第，常往返于湖湘、江西、江苏之间。其早年便以诗词知名于文坛："少小知名翰墨场"（《除夜自石湖归苕溪》）。淳熙十三年（1186），姜夔二十七岁时在湖南认识萧德藻，这是其一生中的转折点。萧德藻字东夫，自号千岩，福州长乐县人；绍兴三十二年进士，同年与著名诗人杨万里定交于零陵，甚为杨万里所器重，将其诗与尤袤、范成大、陆游并称。宋末方回评萧德藻诗云："使不早死，虽诚斋（杨万里）诗格犹出其下。其诗苦硬顿挫而极其工。"（《瀛奎律髓》卷六）姜夔客寓湖南时，萧德藻正由湖北参议移任湖南通判，甚看重姜夔之诗才，如姜夔后来追忆说："复州萧公，世所谓千岩先生者也，以为四十年作诗，始得此友。"（《齐东野语》卷十二引）

不久萧德藻归居湖州，约姜夔东下，随即介绍他前往南宋都城临安认识诗人杨万里，并由杨万里的介绍又前往苏州拜谒诗人范成大。淳熙十五年（1188），萧德藻以其侄女与姜夔为妻，因定居于湖州境内武康县苕溪上与白石洞天为邻，自号白石道人。自此，"凡世之所谓名公巨儒，皆尝受其知矣。……或爱其人，或爱其诗，或爱其文，或爱其字，或折节交之"（《齐东野语》卷十二），遂成为一时的名士。

在青年时代姜夔也同许多词人一样曾流连于歌楼舞榭，他说："沉思年少浪迹，笛里关山，柳下坊陌"（《霓裳中序第一》）；"拂雪金鞭，欺寒茸帽，还记章台走马"（《探春慢》）。在作者的词作里，其情事留有线索可寻的只有吴兴情事与合肥情事。淳熙十六年（1189），姜夔在吴兴春游，因"感遇"而作了《琵琶仙》以记其情事。这年秋天作的《鹧鸪天》所写的"京洛风流绝代人"和《念奴娇》所写的"情人不见，争忍凌波去"等，都有寄寓吴兴情事的痕迹①。两年之后，即宋光宗绍熙二年（1191），姜夔客寓合肥，在那里认识了两姊妹，她们都是民间歌妓，但不久就分离了。此后，他经常怀念此事②。

自隋唐以来，印度系音乐经西域而传入我国，与我国民间俗乐相结合而形成新的燕乐。入宋以来，燕乐盛行并进一步华化，而古乐虽经宋儒多次详议而终于难复。姜夔不仅精通音律能自度曲，还对乐理有精深的研究。他有志于改革朝廷雅乐，以为"虽

① 关于姜夔的生年、萧夫人来归和吴兴情事等问题，请参见谢桃坊《姜夔事迹考辨》，收入《词学》第八辑，华东师范大学出版社，1990年。
② 参见夏承焘《合肥词事》，《姜白石词编年笺校》第269—282页，上海古籍出版社，1981年。

古乐未易遽复，而追还祖宗盛典，实在兹举"（《宋史》卷一三一）。于是在宋宁宗庆元三年（1197）四月，他上书论雅乐，进《大乐议》一卷，《琴瑟考古图》一卷，经太常寺讨论后，结果未被采用，以为"其议今之乐极为详明，而终谓古乐难复，则于乐律之原有未及讲"。庆元五年，姜夔有感于"神宗受命，帝绩皇烈，光耀震动，而逸典未举"，因作歌颂宋王朝文治武功的《圣宋饶歌吹曲十四首》献于朝廷，诏免解，与试礼部。即免去姜夔的乡试，让他直接参加礼部的进士考试，给他一个走向仕途的小小机会。可是考试的结果仍然不中，从此这位词人便布衣终身了。宋代的考试很重视策论，而姜夔却是一位艺术家；他的艺术专长却不一定能适合统治阶级选拔政治人才的需要。仕途的断绝，必然给他带来一些沮丧的情绪，但当时一些清高的江湖文人却以为这是幸事。如陈郁说：

> 白石道人姜夔尧章，气貌若不胜衣，而笔力足以扛百斛之鼎，家无立锥，而一饭未尝无食客，图书翰墨之藏，充栋汗牛，襟期洒落如晋宋间人，意到语工不期于高远而自高远。黄景说谓造物者不以富贵浼尧章，而使之声名焜耀于无穷，正合前意。甚矣，士之贫贱不足忧，而学不充、道不闻，深可虑也。（《藏一话腴》甲集卷上）

此后数年间，姜夔寓居杭州，得到张鉴的经济资助。张鉴为南宋贵胄循王张俊之诸孙，姜夔先后往依十年，结为挚交。张鉴曾提出输资财为姜夔捐官，姜夔辞谢不愿；又欲割赠膏腴田产以养其晚年，然而未果，张鉴死去。此后姜夔陷入经济困窘的境地，常以卖文字为生，往来于江湖之间，继续过着江湖游士的生活。

江湖游士是南宋中期以后出现的一种特殊的社会现象。这些游士是脱离社会实践、没有职业、政治上失意的知识分子。他们以诗或词去干谒权贵或士大夫，以幕僚或友人的身份寄食于富家豪门，追陪宴游，作诗词奉承，求得经济赒济。他们一般都没有明确的政治态度，有的还堕落到非常可耻的地步。这是由其附庸性的寄食生活环境所造成的。方回谈到南宋后期的江湖游士说："近世诗学许浑、姚合，虽不读书之人，皆能为五七言。无风云月露、冰雪烟霞、花柳松竹、莺燕鸥鹭、琴棋书画、鼓笛舟车、酒徒剑客、渔翁樵叟、僧寺道观、歌楼舞榭，则不能成诗。而务诶大臣，互称道号，以诗为干谒乞觅之赀；败军之将、亡国之相，尊美如太公望、郭汾阳，刊梓流行，丑状莫掩。"（《送胡植芸北行序》，《桐江集》卷一）姜夔显然不同于这些卑劣可耻的游士，他要清高得多，这从其诗词及宋人所记之有关遗事皆可看出的，所以他一直为宋以来的文人们所尊重。

姜夔晚年贫病而死，甚是凄凉："除却乐书谁殉葬，一琴一砚一《兰亭》。"（苏泂《到马塍哭尧章》）友人吴潜等集资安葬词人于杭州西湖西马塍。其卒年大约在南宋嘉定十四年（1221）[①]，年约六十二岁。但从嘉定二年（1209）以后，姜夔行迹无考，而且未留下任何作品或题跋文字，其具体卒年仍难确定。

[①] 见夏承焘《姜白石系年》，《唐宋词人年谱》第445页，上海古籍出版社，1979年。

姜白石词意图　清·任颐

姜白石词意图

姜夔是一位较全面的艺术家，在诗、词、音乐、书法等方面都有很深的造诣，但以词的成就最高。今《白石道人歌曲》存词共七十二首[①]，其词散佚尚多，如淳熙三年至十三年间的词作便散佚了。白石词集里，其自度曲十七首旁缀音谱，为研究宋词音乐的极珍贵的资料。姜夔的《白石道人诗集》今存两卷，关于诗的理论有《白石道人诗说》一卷。他对词乐的研究心得散见于各词序里；其《大乐议》一卷已佚，部分见存于《宋史》卷一三一《乐志》内。他关于书学的著述今存有《续书谱》一卷和《绛帖平》六卷。姜夔为我们留下了较丰富的艺术遗产，正如夏承焘先生所说："白石在音乐史、书艺史和文学批评史上的地位和贡献，以及他的乐学、书艺等等与其词风之影响，都还需要有专著研究。"[②]长期以来研究白石词者都较忽视其词与其艺术理论的联系，然而这却是认识白石词艺术特征的重要线索。

---

① 据《姜白石词编年笺校》统计。
② 据《姜白石词编年笺校》第 15 页。

三

　　作家的气质与文化教养不仅同其艺术风格有密切的关系，也是形成其艺术见解和审美趣味的重要因素。姜夔说："艺之至，未始不与精神通。"（《续书谱·情性》）这"精神"即艺术家个人的"情性"。由于姜夔具有狷洁闲雅的晋宋间高人逸士的气质特点和高深的艺术修养，其艺术理论在宋人中是独具一格的，间接地反映了南宋以来很大一部分江湖文人的审美观念和审美心理。姜夔与以往晏殊、柳永、欧阳修、周邦彦等人的审美趣味颇为相异，他努力追求的是高人逸士的那种潇洒飘逸之美。他在《续书谱》里谈到真书时特别称赞魏晋书法家钟繇与王羲之真书的"潇洒纵横，何均平正"，而以为"唐人下笔，应规入矩，无复魏晋飘逸之气"。由此可见到姜夔的审美趣味了。他的书法"迥脱脂粉，一洗尘俗，有如山人隐者难登庙堂"（《书史会要》卷六），正体现其潇洒飘逸的审美趣味。在这位艺术家看来，艺术创作的高境是达到"自然高妙"。他在《诗说》中说："诗有四种高妙：一曰理高妙，二曰意高妙，三曰想高妙，四曰自然高妙。碍而实通，曰理高妙；出自意外，曰意高妙；写出幽微，如清潭见底，曰想高妙；非奇非怪，剥落文采，知其妙而不知其所以妙，曰自然高妙。"作品如果体现出潇洒飘逸之美即是达到了自然高妙的境界。关于艺术实践中所涉及的难于处理的几种关系，姜夔持以"兼通"的观点，深刻地见到其对立面之间的相互关系，避免趋于极端的盲目偏见。他重视"师法古"，但却更重视当前艺术的现实情况，以为盲目复古并非实事求是的态度，指出"古乐未易遽复"。根据自己的创作经验，他说："作者求与古人合，不若求与古人异；求与古人异，不若求与古人合而不能不合，不求与古人异而不能不异。"（《白石道人诗集自叙》）关于自然与雕饰问题，姜夔见到二者的互补关系。他说："雕刻伤气，敷衍露骨，若鄙而不精巧，是不雕刻之过；拙而无委曲，是不敷衍之过。"要恰当处理好二者的关系是在关于创作时的精巧构思："诗之不工，只是不精思耳。"（《白石道人诗说》）在议乐、论诗、谈书法时，姜夔都特别讲求法度，但同时又极为提倡创新，要求在作品里"时出新意""自出机轴"形成独创的风格。以上对待创作中几种关系的态度，表明姜夔是一位创作态度谨严的艺术家。

在姜夔的艺术理论中还贯串着复雅的主张。复雅实即意味着恢复古代儒家的诗教。他以为"喜词锐，怒词戾，哀词伤，乐词荒，爱词结，恶词绝，欲词屑"，都是不符合"温柔敦厚"诗旨的；因而感叹说："乐而不淫，哀而不伤，其惟《关雎》乎！"他希望情感的表达尽可能不违儒家的伦理规范："吟咏情性，如印印泥，止乎礼义，贵涵养也。"因而在具体创作构思时须注意："气象欲其浑厚，其失也俗；体面欲其宏大，其失也狂；血脉欲其贯穿，其失也露；韵度欲其飘逸，其失也轻。"（《诗说》）能克服"俗""狂""露""轻"的缺陷，诗旨自然就温柔敦厚了。

淮左名都竹西佳處解鞍少駐初程過春風十里
盡薺麥青青自胡馬窺江去後廢池喬木猶厭言
漸黃昏清角吹寒都在空城　杜郎俊賞算而
今重到須驚縱荳蔻詞工青樓夢好難賦深情二
十四橋仍在波心蕩冷月無聲念橋邊紅藥年年
知為誰生

清鮑适博手批《白石道人歌曲》

各种类艺术部门的理论，它们之间是存在某些共通性质的；也由于具体对象与形式的相异某种类的艺术部门的理论又不完全适用于其他的艺术种类。姜夔在词的创作方面成就最高，而却没有留下关于词学的论述。我们不难发现他关于音乐、书法和诗歌的艺术理论对其词的创作是有指导意义的。由理论到实践的转化存在一个相当复杂的过程，或者还出现矛盾的现象。姜夔并未能在词的创作中完全实现其艺术理想，即如其诗论是南宋诗话中很杰出的，而其"诗不逮词远甚"（《瀛奎律髓》卷三十六）。他自己也深知"余之诗盖未能进乎此也"（《白石道人诗集自叙》）。因而我们探讨姜夔的艺术理论与其词作的关系时不能不注意到其相通之处与相异或矛盾之点。最早注意到姜夔《诗说》与词作关系的是清代的词学家周济，他说："白石以诗法入词，门径浅狭；如孙过庭书，但便后人模仿。"（《介存斋论词杂著》）稍后谢章铤作了较为具体的探讨，以为"读其说诗诸则，有与长短句相通者"，共列举了九条分别加以说明。如他解释说："词嫌重滞，故浑厚宏大诸说俱用不著；然使其飘逸而轻也，则又无绕梁之致，而不足系人思"；"白石字雕句刻，而必准之以雅，雅则气和而不促，辞稳而不浇，何患其不精巧委曲乎"；"自然高妙，词家最重，所谓本色当行也"（《赌棋山庄词话》卷十二）。姜夔诗论与词作之间的某些相通之处确如谢章铤所说，但还不能就此得出是"以诗法入词"的结论。如果说他"以诗法入词"，这便与苏轼等人"以诗为词"无区别了。苏轼等人正是用作诗的方法作词，致李清照有"句读不葺之诗"的讥讽，至于白石词则自来是被认为本色当行的。其区别在于，姜夔不是以一般的诗法作词，而主要是在词里表现浓郁而含蓄的诗意，使词意诗化。一般而言，词体在构思方面较为精巧周密，思想情感的表达较为宛曲细致，词意较为显露；诗体在构思方面较为疏散开阔，思想情感的表达则又趋于凝重深蕴和朦胧。白石词比起北宋词，它是更富于诗的意味的。王国维先生素不喜白石词，只欣赏"淮南皓月冷千山，冥冥归去无人管"两句，其原因就在于它最富诗的意味。这两句是姜夔《踏莎行》的结句，词是作者青年时代在金陵江上感梦而作的。词的大部分是拟托女子于梦中相见的话语，相思之情被表现得很含蓄，结尾两句备写其分别之后的冷清孤寂，以反衬出作者之负心的自责之情，而又实为旧情牵系故有梦感。《杏花天影》更是努力追寻诗意效果之作。词云：

> 绿丝低拂鸳鸯浦，想桃叶当时唤渡。又将愁眼与春风，待去，倚兰桡更少驻。　　金陵路、莺吟燕舞，算潮水知人最苦。满汀芳草不成归，日暮，更移舟向甚处？

此词是作者在金陵舟行之际触景怀旧之作，上阕表现惆怅的情绪，下阕集中突出彷徨悲苦的情感。这些都是采取间接方式表达的，抒情的对象几乎被隐去，将词意锻炼得极深蕴，所借以表达词意的形象都优雅而具感伤的情调，因而充满了诗意的氛围。姜夔还经常在词里自称"诗客"或"诗人"，这绝非偶然，他以长短句来表现所感受的诗意时总是得心应手的。

白石词的复雅倾向是很明显的。因词体有入乐与娱乐的特性，词中"雅"还不等于古代诗歌的"风雅"传统。如果按照姜夔《诗说》所强调的诗教来理解其词的复雅倾向，则有不尽相合之处。宋季词家张炎首先肯定白石词的"骚雅"。他说："白石词如

《疏影》《暗香》《扬州慢》《一萼红》《琵琶仙》《探春》《八归》《淡黄柳》等曲，不惟清虚，又且骚雅，读之使人神观飞越。"张炎谈到周邦彦词时颇有不满与惋惜之意，认为"以白石骚雅之句润色之，真天机云锦也"（《词源》卷下）。元人陆辅之转述张炎总结的作词要诀四条，"姜白石之骚雅"便是其一（《词旨》）。这"骚雅"一词的中心已是"雅"了，是与"俗"相对而言的，所以清初朱彝尊谈到白石词便推崇其"雅"。他在《词综发凡》里说："言情之作，易流于秽，此宋人选词多以'雅'为目。……填词最雅，无过石帚（姜夔）。"汪森的《词综序》继续发挥说："西蜀南唐而后，作者日盛，宣和君臣，转相矜尚，曲调愈多，流派因之亦别，短长互见，言情者或失之俚，使事者或失之伉，鄱阳姜夔出，句琢字炼，归于醇雅。"结合姜夔词作来看，其"雅"主要表现为：字面上不用俚俗词语，内容方面不言鄙俗之事和避免艳情的描写。这样便表现出一种名士的高洁雅致的情趣。姜夔有一首《摸鱼儿》是咏七夕的：

　　向秋来、渐疏班扇，雨声时过金井。堂虚已放新凉入，湘竹最宜枕。闲记省，又还是、斜河旧约今再整。天风夜冷。自织锦人归，乘槎客去，此意有谁领？　　空赢得今古三星炯炯、银波相望千顷。柳州老矣如儿戏，瓜果为伊三请。云路迥，漫说道、年年野鹊曾并影。无人与问，但浊酒相呼，疏帘自卷，微月照清饮。

作者在词序里表示其写作目的，"盖欲一洗钿合金钗之尘"，于是将七夕佳节的丰富民俗内容和民间痴儿女的美好想象全都洗尽，只表现了高士的雅趣。柳永的《二郎神》是咏七夕的，正是写的"钿合金钗"之事，词有云："运巧思、穿针楼上女，抬粉面、云鬟相亚。钿合金钗私语处，算谁在、回廊影下。愿天上人间，占得欢娱，年年今夜。"姜夔似嫌这类词意趣不高，过于俚俗，因而另写了雅词。宋词本以言情见长，但言情之作确实易流于猥亵香艳，北宋以来从柳永到周邦彦的词大都如此。姜夔青年时期也有"柳下坊陌"冶游之事，而且在吴兴与合肥两地曾眷恋过民间歌妓。他在词里虽描述了这些情事，却并未写低帷昵枕、销魂此际等艳情。如其写合肥情事的《解连环》：

> 玉鞭重倚，却沉吟未上，又萦离思。为大乔能拨春风，小乔妙移筝，雁啼秋水。柳怯云松，更何必、十分梳洗。道郎携羽扇，那日隔帘，半面曾记。　　西窗夜凉雨霁，叹幽欢未足，何事轻弃！问后约，空指蔷薇。算如此溪山，甚时重至？水驿灯昏，又见在、曲屏近底。念唯有夜来皓月，照伊自睡。

词在表达离情时，追叙了离别的场面，插入女子的絮语，而将当日浓情蜜意巧妙地掩去；下阕又插入女子"幽欢未足，何事轻弃"的叹息，以下便将词意虚化和诗化了。因作到了言情蕴藉而不流于秽，使词意归于雅醇了。陈廷焯所谓"气体之超妙，则白石独有千古"（《白雨斋词话》卷二），便应是指的其词意的雅醇。

自清初浙西词派兴起以来，朱彝尊等人将姜夔推崇到极不恰当的地位，以致评价过高。姜夔在创作过程中希望由变古、兼通而达到艺术创新，但在许多具体问题上要作到兼通却并不容易，结果是以偏胜而求新。他在《送项平甫倅池阳》诗里说："我如切切秋虫语，自谓平生用心苦。"这也可以用来说明其词的创作特点。姜夔学诗是由江西诗派入手的，他曾对诗人尤袤说："异时泛阅众作，已而病其驳如也。三薰三沐，师黄太史氏（庭坚）。居数年，一语噤不敢吐。"（《白石道人诗集自叙》）虽然后来不再学江西诗了，而仍保持着江西诗派讲求法度和精思苦学的作风。这种作风正与姜夔拘谨慎微的性格相适应，并反映在其词作里。如《点绛唇》：

> 燕雁无心，太湖西畔随云去。数峰清苦，商略黄昏雨。
> 第四桥边，拟共天随住。今何许？凭栏怀古，残柳参差舞。

此词从字句到词意都经过刻意锻炼的。词的上阕写景，描写江南水乡冬日黄昏的景象。燕雁向太湖西面飞去预兆着将要下雨了；以"清苦"形容湖边的山峰及谓其互相商略，是以精巧的拟人化的手法表现黄昏欲雨的荒寒凄凉之感。因词人是过吴松江而作的，第四桥乃指苏州吴江城外的甘泉桥，该处为唐末诗人陆龟蒙故里。陆龟蒙隐逸江湖，布衣终生。作者过其故里，故产生了身世的共鸣。这种身世之感在"凭栏怀古"时，自会引起无限的感伤，"残柳参差舞"好似词人烦乱悲伤心理的象征。姜夔的另一名篇《齐天乐》咏蟋蟀词：

> 庾郎先自吟愁赋，凄凄更闻私语。露湿铜铺，苔侵石井，都是曾听伊处。哀音似诉，正思妇无眠，起寻机杼。曲曲屏

山，夜凉独自甚情绪？　　西窗又吹暗雨，为谁频断续，相和砧杵？候馆吟秋，离宫吊月，别有伤心无数。豳诗漫与，笑篱落呼灯，世间儿女。写入琴丝，一声声更苦。

词主要抒写蟋蟀鸣声所引起的愁苦之感，将词意极力推展扩衍。词布局构思特别考究，蟋蟀鸣声与听者之心事层层交错夹写，刻画声音纤细入微，善以虚字上下呼应，过变意脉不断，结尾以无知儿女之乐反衬全篇之愁苦情调。前人对此词评价很高。像这样的雕琢锻炼虽然达到精工的地步，却缺少自然生动的韵味，难以臻至自然高妙的艺术境界。这也使前人往往对白石词的生硬造作颇感不满了。

姜夔很注意追求含蕴的艺术效果，希望在作品里做到词与意俱有余味。据此，他说《诗说》里将作品分为四种情形，即词意俱尽者、意尽词不尽者、词尽意不尽者，词意俱不尽者，而以后者为高。他说："所谓词意俱尽者，急流中截后语，非谓词穷理尽者也。所谓意尽词不尽者，意尽于未当尽处，则词可以不尽矣，非以长语益之者也。至如词尽意不尽者，非遗意也，辞中已仿佛可见矣。词意俱不尽者，不尽之中，固已深尽也。"这是论诗之言，他真正作到词意俱不尽还是在词作里表现得最明显。例如"待得归鞍到时，只怕春深"（《一萼红》）；"甚日归来，梅花零乱春夜"（《探春慢》）；"燕燕飞来，问春何在，唯有池塘自碧"（《淡黄柳》）；"漫写羊裙，等新雁来时系著，怕匆匆、不肯寄与误后约"（《凄凉犯》）；"最可惜一片江山，总付与啼鴂"（《八归》）。这些词的结句都全是借优美形象以表达作者的主观意念，属于虚写，使词意含混朦胧，词与意俱似未尽。词意虽然含蓄了，但也弄得模糊隐晦，有时令人费解，造成读者鉴赏时的隔阂。白石词不仅某些结句如此，有的整个的词意也较费解。如《鬲溪梅令》：

> 好花不与殢香人，浪粼粼。又恐春风归去绿成阴，玉钿何处寻？　木兰双桨梦中云，小横陈。漫向孤山山下觅盈盈，翠禽啼一春。

庆元二年（1196）冬，姜夔自无锡归西湖"作此寓意"，显然是有寄托的，词意断续幽隐。"好花"借指人，当是所思念的女子。她如"好花"一样偏不给那些惜花而为之困惑的人。"春风归去绿成阴"，即用杜牧"绿树成阴子满枝"之意，谓她随人而去后，如今无从寻访了。"梦中云""小横陈"都是回忆当年销魂的情事。"盈盈"指女性体态丰盈，借以代人；而今孤山山下寻觅旧踪，只听到翠禽啼声，人已不见了。根据词情只能作这样大致的推测，也许还不能尽符合作者本来的寓意。这是姜夔情词写得最晦涩的了，词中全用代字，词意的线索时隐时断，理解它是较困难的。姜夔咏梅的《暗香》和《疏影》，它们的词意尤为难解。自南宋以来以寄托论词者都认为它们寄寓了家国兴亡之感，暗写靖康之耻；而又有词评家视之为情词，以为它们借梅花而怀念旧情，寓写早年的合肥情事。像这样的咏物之作，确是有某些寄托的，其寄意幽隐而具有多层次意义，所谓"寄意题外，包蕴无穷"（《介存斋论词杂著》），因而不宜作简单的附会。这两首词词情俱特别优美而词意又模糊，给读者留下丰富的想象余地，所以虽难确切解释而张炎以为"前无古人，后无来者，自立新意，真为绝唱"（《词源》卷下）。

白石词在意象和艺术结构方面也是很具特色的。作者善于熔铸生新的意象，很少因袭熟滑的词语，给人面目一新之感。例如《暗香》的起句"旧时月色，算几番照我"，这是将今昔的复杂感受融混为一，情景几番依旧，深寓了人世沧桑的许多感慨。《一萼红》的"墙腰雪老"，非常形象地表现了古墙积雪已久，充满诗人的雅趣，故为许多文人激赏。《湘月》的"理哀弦鸿阵"，是谓从琴弦里弹出悲哀动人的飞鸿之声，字面较晦涩。《小重山》的"香远茜裙归"，写落梅而将它形容为身着茜裙的女子归去了，远远还留下一点清香。《念奴娇》的"冷香飞上诗句"，冷香是指荷花的幽香，不是直言诗人在赋荷花，而是言荷之冷香化为诗句，纯属精细的妙想。《点绛唇》的"绿杨低扫吹笙道"，表现所恋之女子去后，她昔日吹笙之地只有绿杨依然低拂，令人思念和惆怅。这些意象都是新鲜生动而构想巧妙的。白石词的结构不如清真词那样变化多样，它以因事直叙见长，而不像柳词那样首尾完整，铺叙展衍。处理情与景的关系，白石词也不像北宋词那样就景叙情，而是变为即事叙景。这样，白石词具有线型结构的单一性，但它妙于剪裁，多用虚拟手法，追求词意蕴藉的效果，因而不致有板滞单调之失。白石词长调代表作品如《扬州慢》《霓裳中序第一》《湘月》《惜红衣》《琵琶仙》《凄凉犯》等都是因事直叙的。试看其《琵琶仙》：

　　双桨来时，有人似、旧曲桃根桃叶。歌扇轻约飞花，蛾眉正奇绝。春渐远、汀洲自绿，更添了几声啼鴂。十里扬州，三生杜牧，前事休说。　　又还是、宫烛分烟，奈愁里匆匆换时节。都把一襟芳思，与空阶榆荚。千万缕、藏鸦细柳，为玉尊起舞回雪。想见西出阳关，故人初别。

词叙述吴兴情事，以所恋之歌妓荡桨前来赴约直叙起笔，继而描绘其娇美情态，插入暮春景物描写，上阕以抒情为结。过变处以"又"字联系往昔与现实情景，由此而产生无限感慨，感慨之情又巧妙地与景物交融；结尾不正面描述离别情形，而是以"想见"虚拟，使词意不尽。所以虽然以直叙方式表现了吴兴情事由约会到离别的全过程，笔法却转折变化，使情景交炼，虚实相生，结构也就曲折顿宕了。这种结构布局比起北宋许多词家是较为细密的，但与稍后的梦窗词比较又显得空灵些。

　　从以上可见，姜夔在词作里并未达到自然高妙的艺术境界，也不具潇洒飘逸的韵味，但他却做到了使词意诗化和雅化，以精思苦吟的严谨态度实现了艺术创新，形成了独具的淡雅清冷的风格。与北宋词的色彩鲜明、情感秾挚、结构疏朗、表现自然等特点比较，白石词的色彩较为晦暗、情感较为闲淡、结构趋于密致、表现则趋于工巧雕刻了。此后南宋婉约词的发展在艺术上都深受姜夔的影响，可以说白石词的出现完成了由周邦彦以来的婉约词风的转变。这个转变从两宋词的整体艺术风格来看是非常显著的。郭麐说：

　　　　词之为体，大略有四：风流华美，浑然天成，如美人临妆，却扇一顾，花间诸人是也，晏元献、欧阳永叔继之；施朱傅粉，学步习容，如宫女题红，含情幽艳，秦、周、贺、晁诸人是也，柳七则靡曼近俗矣；姜、张诸子，一洗华靡，独标清绮，如瘦石孤花，清笙幽磬，入其境者疑有仙灵，闻

其声者人人自远；梦窗、竹屋或扬或沿，皆有新隽，词之能
事毕矣。至东坡以横绝一代之才，凌厉一世之气，间作倚声，
意若不屑，雄词高唱，别为一宗；辛、刘则粗豪太甚矣。
（《灵芬馆词话》卷一）

南宋词之"一洗华靡，独标清绮"，不能不归功于姜夔，而南宋词
某些重大缺陷也由此滋衍。姜夔在南宋词史上的功过，实际上很
深刻地表现出宋词发展的矛盾双重性，对南宋婉约词的评价的争
议都是由此开始的。

四

　　南宋淳熙三年（1176）冬至，姜夔经过扬州作了自度曲《扬州慢》，这是南宋婉约词发展的里程碑，标志着词风的转变。词云：

　　　　淮左名都，竹西佳处，解鞍少驻初程。过春风十里，尽荠麦青青。自胡马窥江去后，废池乔木，犹厌言兵。渐黄昏，清角吹寒，都在空城。　　杜郎俊赏，算而今重到须惊。纵豆蔻词工，青楼梦好，难赋深情。二十四桥仍在。波心荡冷月无声。念桥边红药，年年知为谁生！

自南渡以来的四十余年间，扬州曾数遭金兵洗劫，兵燹之后使昔日的繁华消歇了。年轻的词人"入城则四顾萧条，寒水自碧，暮色渐起，戍角悲吟"，感而写下此词。扬州在唐代时曾是淮南富庶的名城而且充满诗意："谁知竹西路，歌吹是扬州。"但而今几经战争破坏，仅存荠麦青青，废池乔木，荒凉残破的一座空城。作者以今昔对比，冷峻地描述了扬州留下的战争创伤，间接反映了汉族人民在民族战争中所遭受的深重灾难。似乎自南宋建炎三年

（1129）金兵第一次侵犯扬州以来，这里的废池乔木就怕说到战争了。这种"犹厌言兵"是当时饱受战争灾难的人们的普遍情绪。由于南宋统治集团长期以来奉行屈辱求和路线，坐失战机，打击爱国军民的抗金力量，"隆兴和议"后，宋金对峙的局面已经形成，人们感到面对历史和现实已无能为力了。姜夔毕竟是高雅的文人，他未能在描述战争破坏的惨象之后，进而从"哀民生之多艰"或"壮志饥餐胡虏肉"的视角去深深发掘爱国主义的主题，而是转到杜牧式的风流才子的感伤情绪方面去了。唐代诗人杜牧曾在扬州为淮南节度使掌书记，因个人政治失意而放纵声色。他的名句如"春风十里扬州路，卷上珠帘总不如"；"十年一觉扬州梦，赢得青楼薄幸名"等都表现了对繁华的迷恋和对女性的玩赏态度。姜夔经过扬州，自然联想到青年杜牧的放浪生活。他想象，如果杜牧重到，必将为今日的残破荒凉景象所惊骇，也不可能写出那些风流轻艳的诗句：扬州名胜二十四桥风月和名花芍药，现在都变得毫无诗意了。姜夔作此词约十年之后，诗人萧德藻认为它"有黍离之悲"。这非常确切地指出了《扬州慢》的主题思想性质。东周时士大夫重过故都见宗庙宫室残破，长满禾黍，遂感赋云："彼黍离离，彼稷之苗。行迈靡靡，中心摇摇。知我者、谓我心忧，不知我者、谓我何求。悠悠苍天，此何人哉！"（《诗经·王风·黍离》）他们悲悯周室颠覆，彷徨不忍离去，叹息无人理解其心情，又呼号上天给破坏者以惩罚。此后凡文人士大夫对故国残破而深自感叹忧伤的爱国情感被称为"黍离之悲"。这在姜夔整个词的创作过程中作为一种思想基调经常出现。淳熙十四年（1187）姜夔在湖州赋荷花的《惜红衣》也婉曲地表现了其"黍离之悲"。词云：

簟枕邀凉，琴书换日，睡余无力。细洒冰泉，并刀破甘碧。墙头唤酒，谁问讯城南诗客。岑寂，高树晚蝉，说西风消息。　　虹梁水陌，鱼浪吹香，红衣半狼藉。维舟试望，故国渺天北。可惜渚边沙外，不共美人游历。问甚时同赋，三十六陂秋色。

词人在岑寂之时见秋之到来，荷花开始凋残，由荷花的命运而产生无穷的遐想。他本来徜徉于红香之中，忽然瞻望"故国"。"故国"即北宋中原故土；"试望"实即想念之意。因其在天北眇不可见。之所以产生这个念头是他想象"渚边沙外"更远的地方，已被金兵所侵占，自己不能与如美人似的荷花去共同游历了。这是作者曲折地表达其痛惜中原沦陷之情的。北宋政治家和诗人王安石《题西太乙宫壁》诗云："杨柳鸣蜩绿暗，荷花落日红酣。三十六陂烟水，白头想见江南。"江南三十六陂烟水，荷花盛开，这对沦陷中原的汉族人是尤其富有诗意的吸引。如果中原人民能与江南人民同赋荷花，这即意味着中国南北河山统一了。但"甚时同赋"呢？词人无法回答，显然遥遥无期，感到有些伤心失望。在历史与现实之间，姜夔不敢存在乐观的希望，因而词情总是带着悲苦的意味。绍熙二年（1191），词人客寓合肥。这里已接近宋金分界线淮河，属于当时的边地，而且在战争中的破坏程度更甚于淮南的首府扬州。词人作了自度曲《凄凉犯》抒写在边城"不胜凄黯"的恶劣情绪：

绿杨巷陌秋风起，边城一片离索。马嘶渐远，人归甚处，

戍楼吹角。情怀正恶，更蓑草寒烟淡薄。似当时将军部曲，
迤逦度沙漠。　　追念西湖上，小舫携歌，晚花行乐。旧游
在否？想而今、翠凋红落。漫写羊裙，等新雁来时系着。怕
匆匆，不肯寄与误后约。

作者在上阕着力描绘边城的荒寒萧条景象：巷陌的绿杨在秋风中
发出细碎的声响，远处的战马嘶鸣，军中的画角声相闻，城外唯
见一片荒烟野草。这种景象使人"情怀正恶"。"恶"应指一种怨
恨的心情或发怒的心情。由于金兵的侵略战争造成了淮南繁华地
区的荒寒萧条，词人目睹此景而滋生怨怒的心情，这是完全可以
理解的。在发恶情绪支配下，词人希望出现有似汉代将军霍去病
等人的部曲，穿越沙漠，给北方匈奴以毁灭性的打击。汉武帝元
狩四年（前119）"票骑将军去病率师躬将所获荤允（即熏鬻，古
北方部族）之士，约轻赍，绝（越跨）大幕（漠），涉获单于章
渠，以诛北车耆……获屯头王、韩王等三人，将军、相国、当户、
都尉八十三人，封狼居胥山，禅于姑衍，登临翰海，执讯获丑七
万有四百四十三级"（《汉书》卷五十五《卫青霍去病传》），取得
伟大的胜利。词里，作者将这种古代英雄主义的豪情表达得极其
深蕴甚至较为模糊，其艺术表现方式往往如此。词意在过变处来
了个大转折，整首词的情调和氛围完全改变了。词的下阕里，作
者没有沿着发恶的情怀使词意继续发展下去，而是将边城的感受
与西湖的行乐作了鲜明的对比，感念旧游如梦，后约难期，归结
到灰黯的情绪。这正是姜夔与中兴以来爱国的豪放词人的相异之
处，依然重复他"黍离之悲"的主调。
　　白石词中《惜红衣》与《凄凉犯》才真是寄意遥深之作，但

它们并未引起历来词评家的重视。自清代中叶盛行以寄托论词以来，不少词家最看重姜夔咏梅的《疏影》，如以为它"暗指南北和议事"，或以为"此盖伤心二帝蒙尘，诸后妃相从北辕，沦落胡地，故以昭君讬喻，发言哀断"。其词云：

> 苔枝缀玉，有翠禽小小，枝上同宿。客里相逢，篱角黄昏，无言自倚修竹。昭君不惯胡沙远，但暗忆、江南江北。想佩环月夜归来，化作此花幽独。　　犹记深宫旧事，那人正睡里，飞近蛾绿。莫似春风，不管盈盈，早与安排金屋。还教一片随波去，又却怨玉龙哀曲。等恁时，重觅幽香，已入小窗横幅。

词里多用与梅花有关的事典，以拟人的手法将梅花写成格韵高雅的女子，描述了她曾有过的美好幸福的青春，哀叹其飘落不幸的命运。张炎以为此词"立意自新"，"用事不为事使"（《词源》卷下），这评论是较恰当的。作者用杜甫咏王昭君诗"环佩空归月下魂"句意，意在表现梅花高雅的品格。王昭君出塞与宋徽宗、钦宗二帝及后妃北行事，在性质上是完全不同的，就词之咏梅而言很难找出借昭君事以喻二帝后妃北行的痕迹。至于说下阕的以寿阳（公主）的香梦沉酣比拟宋廷之不自振作；"安排金屋"三句以梅花比阿娇，以惜花之心比拟对国家的耿耿忠爱之心；"玉龙哀曲"三句以水流花谢喻北宋的败亡、汴京的沦落终无可挽回：这都是很牵强附会的主观臆测，难以找到一点客观事实的依据。《疏影》与《暗香》是传唱千古的名作，确有作者某些身世之感的寓意；若以政治寄托去附会，反而破坏了其给人们的丰富的艺术美的感受。姜夔的飘零身世和迟暮不遇之感常常见于词里给作品染上浓重的冷色，词情的凄苦在词人中除李清照而外是很少见到的。如"日暮，更移舟向甚处"（《杏花天影》），"但盈盈、泪洒单衣，今夕何夕恨未了"（《秋宵吟》），"万里乾坤，百年身世，唯有此情苦"（《玲珑四犯》），"飘零客、泪满衣"（《江梅引》），"寂寥唯有夜寒知"（《浣溪沙》）：这都是江湖文人悲哀孤独的写照，是姜夔词作中另一重要的主题。

嘉泰二年（1202）钱希武刻《白石道人歌曲》六卷于东岩读书堂，当时出于姜夔手定稿[1]，元至正十年（1350）陶宗仪据旧本钞录，清初传于世。这六卷所收之词迄于嘉泰元年，后人又将集外词十八首编为别集。以嘉泰二年白石词结集为限，可将姜夔的创作分为前期和后期。其后期词的艺术风格出现了明显的变化，特别突出地表现为受稼轩词风的影响。

姜夔自谓"稼轩辛公深服其长短句"（《齐东野语》卷十二）。今白石词别集内有次韵辛词三首，赠辛公词一首。嘉泰三年六月，辛弃疾起知绍兴府兼浙东安抚使，作了《汉宫春·会稽蓬莱阁怀古》，姜夔作了《汉宫春·次韵稼轩蓬莱阁》，这是他们唱和之始，可能也就是这时在越中的初次相识。姜夔的和词是有意仿效稼轩体的：

> 一顾倾吴，苎萝人不见，烟杳重湖。当时事如对弈，此亦天乎？大夫仙去，笑人间、千古须臾。有倦客扁舟夜泛，

---

① 见徐永年《跋鲍廷博手校张奕枢本白石道人歌曲》，《张奕枢本鲍廷博手校白石道人歌曲》附录，四川人民出版社影印，1987年。

犹疑水鸟相呼。　秦山对楼自绿，怕越王故垒，时下樵苏。只今倚栏一笑，然则非欤？小丛解唱，倩松风为我吹竽。更坐待千岩月落，城头眇眇啼乌。

会稽（浙江绍兴）为春秋时越国故地。越国为吴所败，越王勾践曾退居于会稽山。蓬莱阁为五代时吴越钱镠所建，南宋淳熙间重修。登临蓬莱阁不免令人感念古代吴越相争的故事。当时吴越战争形势悬殊，有如棋局。作者对越国奋发图强、转败为胜，建立一代霸业之事，归结为天意。他赞美了为越国战胜吴国而立下特殊功绩的西施、文种和范蠡，而最羡慕范蠡的功成身退。至今看来，一切历史人物和伟大事业都已消亡，越王故垒唯有采樵人出没了。这里表现了对于历史兴衰的困惑不解，深寓了对宋金战争局势的关注，又在现实中感到无可奈何的矛盾心理，因而只有"倚栏一笑"。也许作者愿望南宋像越国一样挽回失败的局面，然而这确又太渺茫了。这首词是效稼轩体的，题材宏伟，词笔豪健，词意沈郁，学习了稼轩以文为词的表现方法，因而其艺术风格近于豪放。它的出现标志着姜夔后期词风开始变化。开禧元年（1205）姜夔作的《永遇乐·次稼轩北固楼词韵》是学习稼轩豪放风格较为成功的作品。词云：

云隔迷楼，苔封很石，人向何处？数骑秋烟，一篙寒汐，千古空来去。使君心在，苍厓绿嶂，苦被北门留住。有尊中酒差可饮，大旗尽绣熊虎。　前身诸葛，来游此地，数语便酬三顾。楼外冥冥，江皋隐隐，认得征西路。中原生聚，神京耆老，南望长淮金鼓。问当时依依种柳，至今在否？

對古琴有深湛的修養,他的鑒定是可信的。

從以上的對比中,可以看出鮑氏批校中的馬氏底本與杭大藏鈔本雖然同出馬氏,但前者及映宋本元鈔的面目更準確,更充分。

為了這部鮑校張本,費去半年的業餘時間,奔馳四千餘里得到杭州大學圖書館、上海圖書館、四川省圖書館西南師範學院圖書館、四川人民出版社文史編室,周慶曰教授,李瓊研究員鄭祖襄副研究員,劉元樹,徐圖圖等單位和個人的幫助,把這部書與杭大藏鈔本,陸本,許本,沈本來本等逐字對讀後,才有了一個明確的認識:張奕樞刻本是早有定評的善本,批校者鮑廷博這個有貢獻的校勘家,他的批校中保存了最張反映宋本元鈔的本來面目的,目前還無他本可以完全取代的古鈔本。因此,這部鮑校張本遞稱詞林珍秘,在已知的姜詞各

徐无闻跋《白石道人歌曲》

辛弃疾于开禧的前一年三月召差知镇江府，为开禧北伐作战争准备工作，至开禧元年六月便因言者论列罢官。此词当作于辛弃疾积极准备北伐之时。作者以蜀汉丞相诸葛亮之伐中原和唐代宰相裴度之卧镇北门相期许，盼望着北伐的一举成功。北固楼在镇江京口，南朝宋武帝刘裕的故居便在京口镇，后来刘裕北伐取得辉煌胜利。刘裕小字寄奴，故辛词有"寻常巷陌，斜阳草树，人道寄奴曾住。想当年，金戈铁马，气吞万里如虎"。东晋义熙十二年（416）三月，刘裕平齐后有平定关洛之意。时秦国主姚兴死后国内混乱，刘裕决定北伐。朝廷进刘裕中外大都督，加领征西将军。义熙十三年九月，刘裕军队乘胜收复长安，"先收其彝器、浑仪、土圭之属，献于京师；其余珍宝珠玉，以班次将帅。执送姚泓（后秦国主），斩于建康市。谒汉文帝陵，大会文武于未央殿"（《宋书》卷二《武帝纪》）。白石词中的"楼外冥冥，江皋隐隐，认得征西路"，便以刘裕比拟辛公，相信他像刘裕一样北伐胜利。词人特别指出：中原的人民和故都的父老，南望王师的到来。这是将收复北宋故土的希望寄托于辛公，且以此相勉。词里洋溢着词人强烈的民族情感，我们若将它置于张元幹、张孝祥和辛弃疾等词人的爱国主义的壮词里也是毫无愧色的。姜夔在永嘉富览亭作的《水调歌头》也是效稼轩体的作品，如："倚阑干、二三子，总仙才。尔歌《远游》章句，云气入吾杯。不问王郎五马，颇忆谢生双屐，处处长青苔。东望赤城近，吾兴亦悠哉。"这已宛然辛公的语气了。清代中叶以来的词论家已注意到白石与稼轩词风的关系。周济说："白石脱胎稼轩，变雄健为清刚，变驰骤为疏宕。"（《宋四家词选目录序论》）刘熙载说："稼轩之体，白石尝效之矣，集中如《永遇乐》《汉宫春》诸阕，均次稼轩韵，其吐属气味，皆若秘响相通。"(《艺概》卷四)因此有学者遂认为:白石在清真、稼轩之间,其步武更趋向于稼轩;在婉约、豪放两家之中,其风格也就更切近于豪放。如果仅就姜夔后期词作而言,以为它脱胎于稼轩,而艺术风格切近于豪放,这无疑接近于其创作真实的;但若以此作为整个白石词的定论则就不符合其整个创作情形了。姜夔词风的转变是在晚年其词结集以后,而最能代表其艺术风格和最有影响的仍是前期那些淡雅冷清的词作,正是这些作品才形成了白石词的艺术面目。他后期的词作虽然思想性较强,但从艺术成就来看,则因其仿效稼轩愈似而愈丧失自己的艺术个性,这不能不是一个深刻的教训。

五

　　南宋以来，由于民族矛盾的尖锐，人们对南北战争局势较为关注；由于儒家理学的大发展，统治阶级加强了对文化领域的统治力量；由于士大夫和江湖文人的复雅倾向的出现，社会审美趣味趋于骚雅。姜夔的词作正是适应社会文化形势而出现的。他在题材里注入了黍离之悲的爱国主义主题，表现出对社会现实的关心；在艺术方面具有诗意化和雅化的倾向，形成独创的淡雅冷清的风格。这样大大改变了传统婉约词给人们的不良印象，使词体发挥了社会功能并受到社会的尊重。姜夔的艺术倾向投合了南宋士大夫和江湖文人的社会审美趣味，因而对南宋婉约词的发展产生了巨大的影响。白石词是很精工雅致的作品，它具有特殊的魅力，所以在当时足以同稼轩词媲美，而在后世也甚为富于雅趣的文人所欣赏。但姜夔与两宋其他大词人比较起来，特别是同当时的辛弃疾比较起来，其艺术创作取径颇狭，具有偏胜的特点。因此，不喜其淡雅冷清风格的词论家总是对它没有好评。例如王国维先生在评价白石词时基本上采取否定的态度，表现出个人审美趣味的偏好。他说："白石写景之作，如'二十四桥仍在，波心荡，冷月无声。''数峰清苦，商略黄昏雨。''高树晚蝉，说西风消息。'虽格韵高绝，然如雾里看花，终隔一层。"他以为"语语都在目前，便是不隔"。又举例说："'生年不满百，常怀千岁忧。昼短苦夜长，何不秉烛游？''服食求神仙，多为药所误，不如饮美酒，被服纨与素。'写情如此，方为不隔。'采菊东篱下，悠然见南山。山气日夕佳，飞鸟相与还。''天似穹庐，笼盖四野。天苍苍，野茫茫。风吹草低见牛羊。'写景如此，方为不隔。"（《人间词话》）王国维先生所喜爱的抒情或写景的作品都是自然明畅，易读易懂的，以为如此便是"不隔"。关于"隔"与"不隔"的理论，实际上涉及自然与雕饰这一对美学范畴，对其中之一的喜好或厌恶便表现了艺术家的审美趣味。批评者在评价文艺作品时总不免带着个人的审美趣味，但批评者的审美趣味愈少偏见的成分，他就可能对作家作品作出愈为确切的而并非片面的评价。我国文学传统自来以强调自然为主而反对雕饰的，主张"天然去雕饰"。在文学发展的过程中实际情形却要复杂得多，一些为古往今来人们喜爱的作品并不尽是自然明畅如芙蓉出水与弹丸脱手。屈原、庾信、韩愈、李贺、李商隐、黄庭坚等人的某些作品都以雕饰晦涩著称，然而却很美。理想的艺术境界是于雕饰中见天然，"天工不见雷斧痕"；但达到此种境界的是少数作家，大多数作家仍是偏胜的。像姜夔这样的词人，其作品经过诗意化与雅化处理而有雕饰与晦涩的特点，如果经过读者反复鉴赏对整个作品能基本上理解，而对某些细节或某部分词意不完全理解或难以理解，这都是正常的情况。因为我们可以谅解作者在某些地方极隐秘地暗示自己的思想情感，甚至留下难解的谜，以致确如雾里看花。白石词不像许多词人那样词意清晰，形象鲜明、情绪热烈，荡气回肠，却是另一种情趣和韵味，独具淡雅冷清，如笼罩一层薄雾，为花之美增添了特殊的魅力。从纯文学的角度来审视，白石词在语言、表现技巧、艺术结构等方面都是很成功的，体现了作者精湛的艺术修养；然而从词的体性来看，白石词在文学性方面的成就则处于与词的体性相矛盾的地位。

词这种文学样式之所以区别于诗歌，除了文学的具体表现形式相异而外，它起自民间，特具入乐可歌的性质，因之有娱乐的功能；而娱乐的功能又决定了它必须是通俗的，能为多层次的社会群众所欣赏。所以词在宋代是为小唱伎艺写的唱词，属于市民文学的一个种类。北宋词人晏殊、柳永、欧阳修、张先、秦观等，他们基本上是保持着词体固有的特点，较为通俗、自然、和谐，在社会上流传很广。他们有一部分或一小部分词虽已有追求雅致的倾向，但不用事典、语言纯净、词意明显，保持了易读易懂的传统特点，与南宋的雅词是有很大区别的。苏轼对词体的改革，使词体脱离花间尊前的狭窄范围，以诗为词，一新天下耳目，着重表现了北宋中期士大夫的审美情趣，增强了词体的文学性。这个改革也同时意味着对词的体性的破坏，使词固有的入乐性与文学性分离，开始向纯文学的方向发展。为此，苏轼才招致许多词人的反对，以为其作品不是本色当行的。李清照特别坚持了词"别是一家"，不与纯文学的诗体同科。周邦彦的创作是在传统的婉约词内部进行变异，大量使用事典，讲求法度，词虽精工而难读难解。这是继苏轼之后将词体进一步纯文学化了。这种情况对于词体自身的发展是十分不利的。苏轼与周邦彦虽然发展了文人词，但他们尚有不少应歌之作较为通俗，能在民间流行。如周邦彦描写歌妓侑觞时风流情态的《意难忘》词，通俗婉谐，本色当行，因而一直传唱到南宋末年，而其余许多典雅的词便无人唱了。

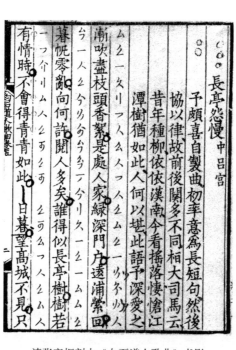

長亭怨慢 中呂宮

予頗喜自製曲初率意爲長短句然後
協以律故前後闋多不同桓大司馬云
昔年種柳依依漢南今看搖落悽愴江
潭樹猶如此人何以堪此語予深愛之

漸吹盡枝頭香絮是處人家綠深門戶遠浦縈回
暮帆零亂向何許閱人多矣誰得似長亭樹若
有情時不會得青青如此一日暮望高城不見只

清张奕枢刻本《白石道人歌曲》书影

姜夔词作的诗意化与雅化的结果，在程度上比北宋某些雅词更加晦涩难懂了，"终隔一层"。此后词意的幽隐与格调的淡雅成为南宋婉约词的显著特点，完成了词体纯文学化的过程。大约从南宋中期开始，小唱伎艺渐渐在民间游艺场所的瓦市里绝迹了。南宋理宗端平二年（1235）耐得翁在《都城纪胜》里谈到南宋都城临安瓦舍众伎时说："唱叫小唱，谓执板唱慢曲、曲破，大率重起轻杀，故曰浅斟低唱，与四十大曲舞旋为一体，今瓦市中绝无。"这是十分可悲的现象，宣告了词体衰亡的命运。当然，小唱退出瓦舍众伎，一方面是由于讲唱文学、说书、戏曲发展起来而有较强的竞争能力，另一方面也由于词体自身雅化而不为群众所欣赏造成的。例如姜夔的词虽音律谐婉却只能在张鉴、范成大等达官的厅堂内由他们的家妓演唱，一般民众或文化修养不很高的人无法欣赏，也许连歌唱者也不理解其歌唱的内容。这类词是绝不可能在广大社会中演唱流行的。张炎谈到节序词说："昔人咏节序，不惟不多，付之歌喉者，类是率俗，不过为应时纳祜之声耳，所谓清明'折桐花烂熳'、端午'梅霖初歇'，七夕'炎光谢'若律以词家调度，则皆未然。"张炎所举的三首率俗的节序词是柳永的清明词《木兰花慢》、黄裳的端午词《喜迁莺》和柳永的七夕词《二郎神》。这三首都是北宋较通俗的词，虽为张炎等雅士所鄙视，却一直传唱不衰。张炎继而感叹像周邦彦赋元夕的《解语花》、史达祖赋立春的《东风第一枝》以及李清照赋元夕的《永遇乐》等词，"不独措辞精粹，又且见时序风物之盛，人家宴乐之同；则绝无歌者"（《词源》卷下）。可见这些词虽然雅致，而民众并不喜欢，甚至根本不知道它们。姜夔"欲一洗钿合金钗之尘"的七夕词《摸鱼儿》的命运也如此。所以我们若从词的体性的特点来考察南宋的雅词，它无疑是在丧失自己依存的根据，而最后将导致其自身的衰亡。

白石词的文学性与体性的矛盾表现为雅与俗的矛盾，这个矛盾贯串在南宋词的发展过程里，它也是造成南宋词与北宋词评价纷争的基本原因。清初朱彝尊说："世言词必称北宋，然词至南宋始极其工，至宋季始极其变。"（《词综·发凡》）他所标举的学习对象主要是姜夔和张炎。清代中期常州词派起而反对浙西词派提倡向吴文英与王沂孙学习。这两派师法不同，然而都属南宋词的范围。常州词派的理论家周济仍推崇南宋词，但他又说："北宋词多就景叙情，故珠圆玉润，四照玲珑，至稼轩，白石一变而为即事叙景，使深者反浅，曲者反直。"（《介存斋论词杂著》）这流露出对南宋词的不满情绪。潘德舆继而开始对南宋词表示否定的意见，他说："词滥觞于唐，畅于五代，而意格之闳深曲挚，则莫盛于北宋。词之有北宋，犹诗之有盛唐；至南宋则稍衰矣。"（《与叶生名浵书》，《养一斋集》卷二十二）刘熙载更明确地说："北宋词用密亦疏，用隐亦亮，用沉亦快，用细亦阔，用精亦深；南宋只是掉转过来。"（《艺概》卷四）照刘熙载看来，南宋词全是缺点，一无是处了。这种否定南宋词的倾向发展到王国维而登峰造极。王国维认为："南宋词人白石有格而无情，剑南（陆游）有气而乏韵，其堪与北宋颉颃者，唯一幼安（辛弃疾）耳。"他又说："词之最工者，实推后主（李煜）、正中（冯延巳）、永叔（欧阳修）、少游（秦观）、美成（周邦彦），而后此南宋诸公莫与焉。"他甚至还说："唐五代北宋之词家倡优也，南宋后之词家俗子也，二者其失相等。但词人词宁失之倡优，不失之俗子；以俗子之可厌，较倡优为甚故也。"（《人间词话》）王国维先生对于南宋词的评价是缺乏冷静的科学的态度，完全是由个人的艺术偏见所支配，因而是不公允的。[①]

对南宋词价值的判断存在双重性，如果我们从通俗文学或市民文学的观点和"天然去雕饰"的审美观念来评价，则它是应予否定的；如果我们从文人纯文学的角度和典雅工巧的审美观念来评价，则它又是应予肯定的了。从宋代文学的发展而论，南宋词在思想性和艺术性方面都还是较高的，但要理解和认识它们便需要一个探索的或鉴赏的过程。从接受的情况而言，青年人和初等或中等的文化程度的读者是较喜爱北宋词的；中年以后和文化修养较高的读者则更欣赏南宋词——包括白石词在内，如像姜夔的《暗香》，它就似乎蕴蓄很深而耐人细细领会和追寻。

[①] 详见谢桃坊《评王国维对南宋词的艺术偏见》，《文学评论》1987 年第 6 期。

刘克庄及其词

一

在辛弃疾《稼轩词》结集的前一年（1187）诞生了南宋后期一位大文学家刘克庄。他虽未曾得见辛公，而且在弱冠之前刘过也去世了（1206）；然而刘克庄却是辛词的真正的继承者和发展者。刘克庄应辛公的后人作的《辛稼轩集序》云：

自昔南北分裂之际，中原豪杰率陷没殊域，与草木俱腐。虽以王景略之才，不免有失身符氏之愧。□建炎省方画淮而守者百三十余年矣，其北方骁勇自拔而归，如李侯显忠、魏侯胜、士大夫如王公仲衡、辛公幼安，皆著节本朝，为名卿将。辛公文墨议论尤英伟磊落，乾道、绍熙奏篇及所进《美芹十论》、上虞雍公（允文）《九议》，笔势浩荡，智略辐凑，有《权书》、《衡论》（苏洵著）之风。其策完颜氏之祸，论请绝岁币，皆验于数十年之后。符离之役，举一世以咎任事将相，公独谓张公（浚）虽未捷亦非大败，不宜罪去；又欲使李显忠将精锐三万出山东，使王任、开赵、贾瑞辈领西北忠义为前锋。其说与尹少稷、王瞻叔诸人绝异。呜乎，以孝皇之神武，及公盛壮之时，行其说而尽其才纵未封狼居胥，岂遂置中原于度外哉！机会一差，至于开禧，则向之文武名臣欲尽，而公亦老矣。余读其书而深悲焉。

世之知公者，诵其诗词，而以前辈谓有井水处皆倡柳词，余谓耆卿直流连光景歌咏太平尔；公所作大声鞺鞳，小声铿鍧，横绝六合，扫空万古，自有苍生以来所无。其秾纤绵密者亦不在小晏秦郎之下。余幼皆成诵。公嗣子故京西宪□欲以序见属，未遣书而卒，其子肃具言先志。恨余衰惫，不能发斯文之光焰，而姑述其梗概如此。（《后村先生大全集》卷九十八）

在这篇序里，对辛弃疾的政治品格和文学成就作了高度的评价，表现出刘克庄的政治倾向和文学倾向。他最正确地理解了辛弃疾关于南宋中期的宋金战争局势的深刻见解，对其不平的遭遇甚表惋惜，以为"行其说而尽其才"，国势必不衰败如此。关于辛词，他以为其磅礴的气势和严肃的主题是空前伟大的。刘克庄对辛弃疾的爱国主义精神及其词的豪放风格是最为赞赏的，从其文学创作实践中明显地表现出忠实继承的关系。刘克庄自谓对于辛词"幼皆成诵"，因而其后村词是纯粹学习辛词的。

南宋后期，刘克庄的词为其诗文所掩。其"自少至老，使言诗者宗焉，言文者宗焉，言四六者宗焉"（林希逸《后村先生刘公行状》），而几乎无言其词者。明代杨慎以为：后村词"大抵直致近俗，效稼轩而不及也"（《词品》卷五）。[1] 从辛、刘词的总体成就而言，刘固不及辛，但以"直致近俗"来讥评或否定后村词则未免近于偏见。清人冯煦说："后村词与放翁、稼轩，犹鼎三足。其生丁南渡，拳拳君国，似放翁。志在有为，不欲以词人自域，似稼轩。……胸次如此，岂剪红刻翠者比邪?"（《蒿庵论词》）这段评论是比较公允的。

---

[1]　《四库全书总目》卷二〇〇《后村别调提要》云："张炎《乐府指迷》讥其直致近俗，效稼轩而不及。"吴梅《词学通论》第七章云："《后村别调》五卷，张叔夏谓直致近俗，乃效稼轩而不及者。泂然。"查张炎《词源》及沈义父《乐府指迷》皆无此语，此语当出自杨慎。

二

　　刘克庄，字潜夫，号后村，莆田（今属福建）人。祖父刘夙
在南宋孝宗隆兴与乾道间曾为承议郎著作佐郎，父刘弥正在南宋
中期为朝议大夫吏部侍郎。刘克庄生于宋孝宗淳熙十四年
（1187），二十岁左右在国子监上庠学习即以词赋见称。宋宁宗嘉
定二年（1209），刘克庄二十三岁因世荫补将仕郎，调靖安（今属
江西）主簿；不久因父丧守制，制终，差真州（江苏仪征）录事。
时李珏在金陵（江苏南京）辟沿江制置司准遣，召刘克庄至幕府，
参谋军事，草书军檄。他见到边防第二线淮东等地兵力甚为虚弱，
主张抽减边兵以强固次边，但李珏等却力主向金军进攻，因意见
不合，遂请求罢职监南岳祠，归还乡里。稍后果如刘克庄所料，
金兵乘虚而入攻占淮南等地。罢职后闲居的几年间，他创作了大
量诗歌，集为《南岳诗稿》，一时盛传。文坛前辈叶适《题刘潜夫
〈南岳诗稿〉》云：

　　　　往岁徐道晖诸人（永嘉四灵），摆落近世诗律，敛情约
　　性，因狭出奇，合于唐人，夸所未有，皆自号"四灵"云。
　　于是刘潜夫年甚少，刻琢精丽，语特惊俗，不甘为雁行比也。

今四灵丧其三矣，冢钜沦没，纷唱迭吟，无复第叙，而潜夫思益新，句愈工，涉历老练，布置阔远。建大将旗鼓，非子孰当。（《水心文集》卷二十九）

自此，刘克庄在诗坛甚有声名，成为继永嘉四灵诗派而起的江湖诗派的领袖之一。嘉定十七年（1224）刘克庄三十八岁，改宣教郎，任建阳县（今属福建）知县。著名理学家真德秀正居乡里，刘克庄以之为师，吸收了理学思想。次年，宋理宗宝庆元年（1225），言官李知孝、梁成大劾奏刘克庄作《落梅》诗讥讽朝廷，触怒权相史弥远，酿成江湖诗案，被牵连者甚多。刘克庄经郑清之营救，改通判潮州（今属广东），旋又因诗案而主管仙都观归乡里闲居。端平元年（1234），史弥远已死，郑清之为相，诗禁得解。这年刘克庄四十八岁，真德秀在福建辟为机幕，除将作监主簿兼帅司参议官；不久朝廷召真德秀入都为户部尚书。次年六月，刘克庄被召入朝除枢密院编修官兼权侍右郎官；端平三年（1236）因吴昌裔疏罢，主管玉局观罢职归里；又次年改任袁州（江西宜春）知州，在袁州不久，又因尝言废立之事，落职归里。嘉熙四年（1240）赴广东提举任，在任两年。淳祐四年（1244）秋，除江东提举，十一月除将作监，旋改直文华阁。淳祐六年刘克庄六十岁，四月令赴行在奏事，首论丞相史嵩之对金奉厚币主和之过。旋以母老请求辞官归里，宋理宗不许，对刘克庄说："朕知卿文名，有史学，行将锡第之命，仍责修纂。"御赐同进士出身，除秘书少监兼权国史院编修、实录院检讨官，又兼崇政殿说书，不久又命暂兼中书舍人。这次刘克庄在秘书省仅八十天，淳祐七年二月出任漳州（今属福州）知州。淳祐十一年（1251）奉旨入都除

秘书监兼太常少卿直学士院。郑清之死后，淳祐十二年正月除右
文殿修撰知建宁府，迅又被命依旧职提举明道宫闲居乡里。景定
元年（1260）贾似道还朝为宰相，时刘克庄已七十四岁，奉召入
朝，十一月奏对宋理宗，言宰相弄权垄断政事又警告"国以危惧
存，以佚乐亡"。理宗感叹说："知卿爱君忧国，至老不衰，所以
欲得相见。"刘克庄任兵部侍郎兼中书舍人兼直学士院，又兼史馆
同修撰。景定三年三月，除权工部尚书，升兼侍读，此为刘克庄
一生最高仕历。这时他已七十六岁高龄，于八月再请求致仕，理
宗诏特除宝章阁学士知建宁府（福建建瓯），归还乡里，优游觞
咏。宋度宗咸淳五年（1269）正月，刘克庄逝世，年八十三岁。
刘克庄著述甚富，有文集二百卷。今《后村先生大全集》共一九
五卷，除《行述》及《墓志铭》两卷外，实为一九三卷。其中卷
一八七至一九一共五卷为《后村长短句》，存词二五八首，《全宋
词》补辑六首，今存词共二六四首。①

　　刘克庄一生经历了孝宗、光宗、宁宗、理宗和度宗五朝，主
要活动于宁宗嘉定二年至理宗景定三年（1209—1262）的五十余
年间。这段时期正是开禧北伐失败之后到南宋灭亡之前的国势衰
弱和政治黑暗的时代。刘克庄虽然是封建统治阶级中较为正直而
富于爱国思想的官吏，而且以史才见称，但他在这个时代里是不
能有所作为的。从刘克庄的仕历可以看出，其在朝的时间最长的
将近两年，其余皆一年或数月，多因与执政者政见不合而罢职。

————————————

① 《宋史》无刘克庄传，今据林希逸《后村先生刘公行状》、洪天锡《后村先生墓
　志铭》、《莆田县志》卷二十二及《宋史翼》卷二十九《刘克庄传》等资料简述
　其仕历。

南宋职官被罢职后以监管祠庙而闲退乡里，而他竟"五任祠庙"（《贺新郎·蒙恩主崇禧观再用前韵》自注）。这都说明南宋后期朝政的混乱和统治阶级内部矛盾的加剧，像刘克庄这样较为正直的官吏其仕途必然是坎坷多艰了。刘克庄生平有三件事，即师事真德秀、梅花诗案、与贾似道的关系，它们都关系着其政治态度和思想的评价问题，兹简要说明如下：

（一）真德秀的影响。真德秀（1178—1235）字景元，后更景希，学者称西山先生。建宁浦城（今属福建）人。宋理宗时曾任泉州、福州知州，至翰林学士，拜参知政事。真德秀是继朱熹之后声望最高的理学家，深受宋理宗信任，使理学在最高统治者的倡导之下成为封建社会后期的统治思想。他的著述甚富。其《大学衍义》在当时社会上是很有影响的。嘉定十七年（1224）刘克庄在建阳任，时真德秀退居乡里，克庄往师事之，相从"讲学问政，一变至道"（《后村先生墓志铭》），自称"幼为先生门弟子"。刘克庄认为真公的学问是最"纯正"的，其成就超越张栻与朱熹，因而为"集大成"者（《真西山祭文》，《后村先生大全集》卷一三七）。刘克庄说：真公"常以'穷理致用'四字勉学者。有新第请益。公曰：'读好书，做好人而已。'每谓其徒曰：'一生短，千载长，不欠名位，只欠德业。'公之学本于'诚敬'"（《西山真文忠公行状》，《后村先生大全集》卷一六八）。这些用诚敬工夫、穷理致用的正统理学思想为刘克庄所吸收，成为其政治生活的指导思想。但在文艺思想方面，刘克庄虽受真德秀正统文学论观念的影响，却又不完全赞同某些迂腐之见。真德秀编有《文章正宗》二十卷，选录先秦至唐末文章，分为辞令、议论、叙事、诗歌四类，体现其"论理而不论文"之旨。刘克庄说：

左緣字經臣建記善屬文趙周行已甞兄事之
初業舉子曰此不足爲學文如韓退之詩如子美
吾甞逆其意焉眞德秀稱其遊寇七詩可比老杜七
歙有詩集行於世縣志

劉克莊字潛夫莆田人翔兄鳳之孫也克莊初
名灼嘉定二年祖恩補將仕郎今名調浙州靖安
主簿丁父憂服闕調建康路改差眞州錄事江淮
制置使李玨開閩建康路沿江制置司準遣充是期
野豹言金兵反涸上兵敗始息毫取之謀以守易戰
克莊至淮東兎維揚兵不滿數千意欲從賊誠楨成
兵俟屯大遊以杜挺本就不行已而金入焉乘邊犯

宋史翼 〔卷二十九〕 七

安澄攻粛秉嘉康大管時嘉定十二月包徐州
座解克莊自謂兩徽褥去筆五年始改宣敎郎知建
陽縣眞德秀遷三克莊師事之學益進百官已如李
梁成大箋克莊亞稱詩感怒史強建晟得詩鴻滿之
力持乃改連制潤州眞德秀帥闇以機漂時爲將作
臣主肈帥司參羅官德秀尊以戶郎卽嘉泰興起司
府乙解職入京保謹秩職夫午六月除煒㲍㲍等官
兼權侍右耶官稱對言服天下莫若公今失之亟獻
天下莫若重今失之輕鱄端貴貴聯翩華途沂奐眞

《宋史翼·刘克庄传》书影

《文章正宗》初萌芽，西山先生以诗歌一门属余编类，且约以世教民彝为主，如仙释、闺情、宫怨之类，皆勿取。余取汉武帝《秋风词》，西山曰："文中子亦以此词为悔心之萌，岂其然乎?"意不欲收，其严如此。然所谓"携佳人兮不能忘"之语，盖指公卿群臣之扈从者，似非为后宫设。凡余所取而西山去之者大半，又增入陶诗甚多，如三谢之类，多不入。(《后村诗话》前集卷一)

这可见他们二人在文学观点上的小小分歧，反映了真德秀这类理学家迂腐可笑，以致清代学者顾炎武也认为他"失《国风》之义"，乃"执理太过"(《四库全书总目》卷一七八引)。刘克庄的词论及其词作之异于一般两宋词人，追溯其思想渊源当与深受真德秀文学观之影响有关。

(二)梅花诗案。刘克庄于宋宁宗嘉定十七年(1224)任建阳县令时作有两首《落梅》诗，其一结末两句云："东风谬掌花权柄，却忌孤高不主张。"意谓梅之开与落的"权柄"全在"东风"主宰，但它忌恨梅花的孤介清高的品格，不让梅在春日盛开而谬作主张使其过早飘零。他又曾在另一首诗(原诗被焚)中有"不是朱三能跋扈，却缘郑五欠经纶"。朱三指五代的朱温，郑五为晚唐的郑棨。意谓由于郑棨缺乏宰相的"经纶"之才，致使朱温这样的无赖汉得到跋扈而篡夺唐王朝的政权。这些寓有现实政治意义的诗作收在刘克庄的《南岳诗稿》内，由杭州书商陈起编入《江湖集》内刻印以售，在社会上产生了一定影响。嘉定十七年八月，宋宁宗病危，史弥远专权，在他操纵之下，废除皇子济王赵竑，以赵昀继嗣皇帝位，是为理宗。宋理宗宝庆元年春，济王赵竑被诛，史弥远为宰相，进封魏国公。这年言官李知孝、梁大成疏论刘克庄《落梅》诗及陈起、曾景建等有关的寓意政治的诗歌，认为它们讥讽了时政，攻击了史弥远。于是史弥远大怒，下命令劈毁了《江湖集》板，欲以诗案治罪，诏禁止士大夫作诗。郑清之劝史弥远"不宜以言语罪人"，使刘克庄得到从宽处理。绍定六年（1234）史弥远去世后，次年端平元年，诗禁才完全解除，前后诗禁整整十年。刘克庄在诗禁解除后又作有《病后访梅九绝》，其中有云："梦得因桃却左近，长源为柳忤当权。幸然不识桃与柳，也被梅花累十年。"唐代刘禹锡字梦得，因游玄都观咏桃花诗而遭贬谪；李泌字长源，因其《感遇》诗里有"青青东门柳，岁晏必憔悴"，杨国忠以为讽己。刘克庄叹息不曾咏桃柳，也被咏梅连累十年。这是继北宋苏轼"乌台诗案"之后的又一次文字狱①。后来刘克庄回忆说："余十年间一句一字，不敢出吻，非曰才尽胆薄，而气索矣。"（《黄恺诗题跋》，《后村先生大全集》卷九九）这是较为夸张的说法。诗禁期间，他的诗作比起以前的确少得多了，但并非因避谤而完全停辍，例如其《辛卯满散天基节即事六首》和《壬辰春上冢五首》便是绍定四年和五年诗禁间作的。据说诗禁期间江湖诗人孙惟信也不敢作诗，"改业为长短句"（《瀛奎律髓》卷二十）。刘克庄是否也因"诏禁作诗，词学遂盛"②呢？实际情形也并非如此。他作词起步较迟，其词作有纪年的始于端平元年（1234）的《踏莎行·甲午重九牛山作》，其最早的编年词是嘉定

---

① 南宋诗案之事见于宋人罗大经《鹤林玉露》乙编卷四、周密《齐东野语》卷十六、方回《瀛奎律髓》卷二十，所述互有出入，今参考有关资料综要简述。

② 见吴梅《词学通论》第105页，商务印书馆，1933年。

十年（1217）以后的几首①，大量的词作都作于端平元年以后。其后期的诗作也是极多的。因此他并未在诗禁期间改业作词。

（三）与贾似道的关系。南宋末年由于贾似道的专权误国而大大加速了宋王朝的灭亡。贾似道为制置使贾涉之子，因其姊入宫有宠于宋理宗，自淳祐以来逐渐掌握朝政大权。开庆元年（1259）冬，忽必烈率蒙古大军围攻鄂州（湖北武昌），时贾似道军屯汉阳，拜右丞相奉命援鄂。十二月贾似道再派宋京往蒙古军称臣，议和纳币，忽必烈因蒙古皇族继位之事遂许和撤兵。贾似道隐匿议和纳币之事，于景定元年（1260）三月上表言："诸路大捷，鄂围始解，江汉肃清。宗社危而复安，实万世无疆之休。"（《宋史纪事本末》卷一〇二）理宗皇帝认为贾似道有再造之功，以少傅、右丞相召入朝，特命百官于郊外迎接慰劳。刘克庄早年曾与贾涉相识，贾似道对他表示亲近。因此关系，这年六月由贾似道援引，起刘克庄于乡里，十一月入对，除兵部侍郎兼中书舍人兼直学士院。刘克庄年事已高，在朝近两年便请求归里，景定三年（1262）八月离朝时，贾似道特赋诗赠行，饮别于道山堂。刘克庄甚为感激，其《谢贾丞相饯行诗》有云："某有何行，能蒙此褒异。盖师相先生，不但与之以美官，又与之以美名；不但擢其身，又擢其所荐之士。某虽去而未尝去，虽身无补报，而后来者犹可备朝家任使。"（《后村先生大全集》卷一二三）刘克庄有一些谀颂贾似道的文章如《与贾丞相书》《贺贾丞相》《贺贾丞相拜太师》，都盛赞其援鄂的功绩。此外还有数首寿词，如《贺新郎·傅相生日壬戌》《满江红·傅相生日癸亥》《满江红·傅相生日甲子》《汉宫春·丞

---

① 见钱仲联《后村词笺注》，上海古籍出版社，1980年。

相生日乙丑》等篇。与贾似道的这种关系成为刘克庄晚节的污点。宋末方回说："晚年为贾似道牢笼，至从官，既归老有三生不忘容堂之句，岂欲以谀免祸耶，抑为孙儿地也？"（《跋刘后村晚年诗》，《桐江集》卷四）清初王士禛说：其"论扬雄作《剧秦美新》及蔡邕代作群臣上表，皆词严义正，然其《贺贾相启》《贺贾太师复相启》《再贺平章启》，蹈雄、邕之辙而不自觉"（《刘后村集跋》，《蚕尾集》）。纵观刘克庄一生的活动及其全部著作，他晚年对贾似道的谀颂是违背其个性和政治思想的，确实令人感到遗憾。但如果将这个问题加以具体分析，也是易于理解的。在理宗末年，贾似道援鄂的真相尚未败露，俨似解除国家危难的重臣，刘克庄正是在这一意义上表示对其称颂的。从私交方面来看，刘克庄与贾氏父子本是旧交，他多年在朝受到排斥和打击，贾似道执政时方得以入朝仕至显位；贾似道以他为前辈文宗而甚为钦敬，因而官场斗争中他们是相互倚重的关系。刘克庄景定在朝已是七十余岁的高龄，在朝仅近两年；此期内他并未为贾似道做过有害国家之事，而且还利用关系引荐了一些正直的官吏。根据这些情况，我们不宜将他与贾似道的关系看得过于严重，也不应按照现代政治斗争观念去以人划线而影响到对刘克庄文学成就的评价。

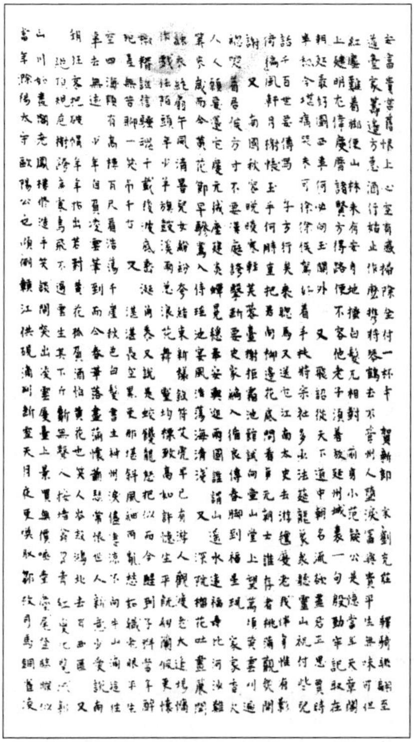

明抄本《诗渊》之刘克庄词

三

在两宋词人中刘克庄对词体的认识是很特殊的。南宋后期经过真德秀、魏了翁的努力，争得了理学成为封建统治思想的地位。理学家们是重视儒家义理而轻视文学的，仅将它利用来有益于"世教民彝"而否定其文艺特性。刘克庄自称是"西山（真德秀）弟子，鹤山（魏了翁）宾客。上帝照临忠义胆，老师付授文章脉。问此君、仿佛是何人、徂徕石"（《满江红·和实之》）。他表明深受真德秀与魏了翁两位理学家的影响，而且认为自己的人品与文品都有似耿直迂阔的北宋古文家石介。但刘克庄毕竟是一位文学家而不是理学家，因而对词体的见解又与理学家们有所不同。他对南宋后期理学思潮在词坛——特别是在上层社会文人中的影响表示极端不满。他以为自北宋以来理学家程颐等卫道者的文学观很不利于词体的发展。据说伊川先生程颐，"一日偶见秦少游，问'天若有情和天也瘦，是公词否?'少游意伊川称赏之，拱手逊谢。伊川云：'上穹尊严，安得易而侮之。'少游面色骍然"（《二程语录》卷十七）。这种论词风气在南宋后期更盛了，所以刘克庄在《汤埜孙长短句题跋》中叹息说："今诸公贵人怜才者少，卫道者多。"（《后村先生大全集》卷一一一）他在《黄孝迈长短句题跋》

里较为完备地表述了自己的观点。他说:

> 为洛学者（正宗的理学家）皆崇性理而抑艺文，词尤艺
> 文之下者也，昉于唐而盛于本朝。秦郎"和天也瘦"之句，
> 脱换李贺语尔，而伊川有亵渎上穹之诮。岂惟伊川哉！秀上
> 人罪鲁直（黄庭坚）劝淫，冯当世愿小晏（几道）"损才补
> 德"。故雅人修士，相戒不为。……余曰，议论至圣人而止，
> 文字至经而止。"杨柳依依""雨雪霏霏"非感时伤物乎？"鸡
> 栖""日夕""黍离""麦秀"，非行役吊古乎？"熠熠（耀）宵
> 行""首如飞蓬"，非闺情别思乎？……今士非簧策子（经义
> 策论之文）不暇观、不敢习，未有能极古今文章变态节奏而
> 得其遗意如君（词人黄孝迈）者。昔孔子欲其子为《周南》
> 《召南》而不欲其面墙，它日与人歌而善，必使反之，而后和
> 之。盖君所作，原于"二南"，其善者虽夫子复出，必和之
> 矣，乌得以小词而废之乎？（《后村先生大全集》卷一〇六）

刘克庄反对理学家论词的迂腐之见，只得以古代"风雅"的传统
为理论根据，认为小词也是符合孔子所倡导的诗教之旨的。他是
从正统文学的观念去理解孔子诗教与词体关系的，因而未能真正
理解《国风》的精神和词体的娱乐性的特点。这反映在其创作实
践中便显得非常矛盾，怕被理学家们指摘："新腔好，任伊川看
见，非亵穹苍。"（《沁园春·四和林卿韵》）

当时理学思想对文学创作的约束只在统治阶级上层社会里有
效，而一般下层文人、江湖游士及广大民间的词作仍是浮艳轻靡
的。刘克庄对这种创作倾向也不赞成。他说："白雪调高尤协律，

落霞语好终伤绮。"(《满江红·和叔永吴尚书》）表示提倡高雅的格调，反对绮靡之音。这点在其《鹧鸪天·戏题周登乐府》里表述得更为明白。词有云："诗变齐梁体已浇，香奁新制出唐朝；纷纷竞奏桑间曲，寂寂谁知爨下焦？"唐初陈子昂曾说："仆尝暇时观齐梁间诗，彩丽竞繁，而兴寄都绝。"(《与东方左史虬修竹篇序》）《香奁集》为五代时和凝作，或云韩偓作，以"侧艳"著称。"桑间曲"即指郑卫淫靡之音。"爨下焦"用《后汉书》卷六〇《蔡邕传》："吴人有烧桐为爨者，邕闻火烈之声，知焚良木，因请而裁为琴，果有美音，而其尾犹焦，故时人名曰焦尾琴焉。"刘克庄是反对齐梁以来文学的浮艳轻靡之风的，自然包括当时的词风在内，深为高雅之词不为人们所重视而感到遗憾。

刘克庄既反对理学家的论词之见，又反对创作中浮艳轻靡的倾向，他提倡的正统的"《国风》之变，《离骚》之裔"（《水龙吟·自和前二首》）。其"席上闻歌有感"而作的《贺新郎》词云：

> 妾出于微贱。少年时、朱弦弹绝，玉笙吹遍。初识《国风·关雎》乱，羞学流莺百啭。总不涉，闺情春怨。谁向西邻公子说，要珠鞍、迎入梨花院。身未动，意先懒。　　主家十二楼连苑。那人人、靓妆按曲，绣帘初卷。道是华堂箫管唱，笑杀鸡坊拍衮。回首望、侯门天远。我有平生《离鸾操》，颇哀而不愠微而婉。聊一奏，更三叹。

词里寓写了作者的身世之感，同时也表现了其词体的观念。如清人刘熙载说："刘后村词，旨正而语有致。真西山《文章正宗》诗歌一门必后村编类，且约以世教民彝为主，知必心重其人也。后村《贺新郎·席上闻歌有感》……意殆自寓其词品耶?"(《艺概》卷四)词中的"总不涉,闺情春怨"和"哀而不愠微而婉"正是刘克庄论词的主旨,它体现了自觉地继承古代的"风骚"传统。"风骚"在其最初都是异于儒家思想的,经汉代儒生的曲解和误解,遂纳入了儒家社会伦理思想规范,以被歪曲了的形式成为正统文学的传统①。小词本是宋人遣兴娱宾的娱乐工具,它是不受儒家社会伦理规范和封建礼教束缚的。虽然南宋以来有人力图将小词的创作与"风人之旨"相联结,只是为遣兴娱宾寻找一些理由而已,与刘克庄的词体观念是有很大区别的。刘克庄的观念是属于封建社会正统文学的,带有保守的倾向和某些迂腐的成分,这在两宋著名词人中是显得较为特殊的。他的理论也体现在其词的创作实践里,因而其词虽以学辛词为主却又具有自己的特色。他的词在宋词发展过程里是较为特殊的一种现象。

---

① 参见谢桃坊《论中国文学传统的变异与继承》,《社会科学研究》1988 年第 1 期。

四

南宋后期的国势日趋危殆，不仅中原难复，蒙古族又兴起于北方，民族矛盾更加复杂和突出。刘克庄去世后十年，南宋王朝终于为元蒙所灭。刘克庄是一位爱国主义者，关怀国家命运和收复中原的愿望一直是其词作中主要的主题。早年他在李珏沿江制置司军幕的短暂生活，曾激发了强烈的爱国热情，其"军书檄笔，一时传诵"（《后村先生墓志铭》）。多年以后，他还时时因之兴动立功报国的希望。其名篇《满江红·夜雨凉甚忽动从戎之兴》云：

金甲雕戈，记当日、辕门初立。磨盾鼻、一挥千纸，龙蛇犹湿。铁马晓嘶营壁冷，楼船夜渡风涛急。有谁怜、猿臂故将军，无功级。　　平戎策，从军什；零落尽，慵收拾。把茶经香传，时时温习。生怕客谈榆塞事，教儿且诵《花间集》。叹臣之壮也不如人，今何及！

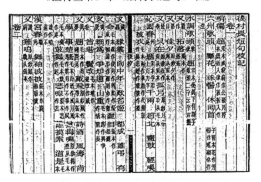

《彊村丛书》本《后村长短句》书影

朱祖谋《后村长短句校论》

由于南宋统治集团的昏庸软弱和矛盾重重，以致主张抗战的爱国将士和朝臣都无法施展才能，报国无路，落得比汉代名将李广的下场还更悲哀。作者是以愤激之情表达其爱国思想的，既动从戎之兴，然而感念生平遭际又徒增慨叹，只有"欲托朱弦写悲壮"而已。这正是刘克庄爱国词篇的一种独特的情调，反映出苦难忧郁的时代精神。怀念北方故土的深切情感在后村词里经常流露，而且每当念此又是最痛苦的："赖有越台堪眺望，那中原、莫已平安否？风色恶，海天暮"（《贺新郎·跋唐伯玉奏稿》）；"白发书生神州泪，尽凄凉不向牛山滴"（《贺新郎·九日》）；"男儿西北有神州，莫滴水西桥畔泪"（《玉楼春·戏林推》）。一次有客人赠送牡丹，词人由牡丹联想到其著名产地洛阳，洛阳为中原名城——北宋的西京，由此又联想到北宋的繁盛和而今在金人统治下的荒凉情景。其《六州歌头·客赠牡丹》下阕云：

忆承平日，繁华事，修成谱，写成图。奇绝甚，欧公记，蔡公书，古来无。一自京华隔，问姚魏，竟何如？多应是，彩云散，劫灰余。野鹿衔将花去，休回首河洛丘墟。漫伤春吊古，梦绕汉唐都。歌罢欷歔！

北宋时欧阳修著有《洛阳牡丹记》，书法家蔡襄曾书《牡丹记》。这都反映了承平时代士大夫们的闲情逸致。洛阳牡丹以千叶黄花的姚黄和千叶肉红花的魏紫最为名贵，而今洛阳名花的命运正象征了中原的命运，名花成为劫灰，河洛变为废墟了。词人见到牡丹便梦想我国汉唐的盛时而哭泣了。这种情感是极其自然而真诚的。

宋理宗宝庆三年（1227），刘克庄四十一岁。这年四月陈铧移任真州（江苏仪征）知州。真州在南宋属淮南东路所辖，已接近抗金前线。当时蒙古军正南下攻金，宋亦乘金困危之际欲由两淮进攻，北方的人民起义军纷纷响应。宝庆二年九月，蒙古军在青州围攻起义军主力李全。宝庆三年五月，李全降于蒙古，宋统治集团中的主降派杀害了部分义军首领。陈铧赴真州任时正值李全降蒙古之前，宋军楚州军乱之后，前线局势十分复杂。《贺新郎·送陈真州子华》作于此时，词中表达了作者高昂的爱国主义激情，成为后村词里最光辉的篇章。词云：

　　　　北望神州路，试平章这场公事，怎生分付。记得太行山百万，曾入宗爷驾驭。今把作握蛇骑虎。君去京东豪杰喜，想投戈下拜真吾父。谈笑里，定齐鲁。　　两河萧瑟惟狐兔，问当年祖生去后，有人来否？多少新亭挥泪客，谁梦中原块土？算事业须由人做。应笑书生心胆怯，向车中闭置如新妇。空目送，塞鸿去。

这首词内容丰富，词意连贯，情绪热烈，充满豪气，很具后村词的特色。陈铧在抗金战斗中曾显露过才能，他对北方义军的态度也是较好的。作者在词的上阕里，将争取义军收复黄河南岸地区的希望寄托于陈铧。请他学习宗泽招降义军抗击金兵的策略，不要像统治集团里的主降派视义军为危险的祸害，抓住有利时机，收复山东等地。词的下阕是对南宋统治阶级的批评，指出自东晋祖逖北伐收复黄河以南为晋地之后，南宋一百余年来竟没有这样的英雄，以致使黄河流域与淮河流域长期沦陷。南宋的士大夫们又像当年南迁的晋人一样新亭痛哭，但过后又偃安江左而忘了中原之地。作者也以自己为书生怯弱无能而惭愧。世事如此，总有杰出的人物来改变局势。在他的想象里陈铧是有事业心的人物，但谁知局势逆转，不久李全叛降，"定齐鲁"的希望又破灭了。这首词里从对义军的态度和对统治阶级主降路线的批判，表现了作者正确的政治见解和对国事的关注。

宋理宗端平元年（1234），宋蒙联军灭金，次年蒙古军背盟开始南侵。淳祐三年（1243）七月，蒙古军加紧在四川等地的进攻，淳祐四年（1244）蒙古军围攻寿春府（安徽寿县西南），边事紧张。刘克庄《贺新郎·实之三和有忧边之语走笔答之》，表达了对国势危急的忧虑心情：

国脉微如缕。问长缨何时入手，缚将戎主？未必人间无好汉，谁与宽些尺度？试看取当年韩五。岂有穀城公付授，也不干曾遇骊山母。谈笑起，两河路。　　少时棋柝曾联句。叹而今登楼揽镜，事机频误。闻说北风吹面急，边上冲梯屡舞。君莫道投鞭虚语。自古一贤能制难，有金汤便可无张许？快投笔，莫题柱。

在医家看来脉象细微是死亡的征兆。词人以为当时国势已经如此，表现了对现实的清醒认识。但却没有像汉代终军那样的人，请长缨而缚取敌军之主。为何无人请长缨呢？作者以为是统治阶级没有放宽用人的尺度，以致埋没了无数英雄。若以南宋之初的中兴名将韩世忠为例，他既未受过穀城山下黄石公的兵法，也未经骊山老母的指点，却能迅速击退金兵，收复北方失地。这里，作者提出了值得深思的历史经验。词的下阕，作者表示与友人为国事好转而努力共勉。回想青年时代在军幕里的豪情壮志，因"事机频误"而终未实现。在国家边事紧急的关头，想象着蒙古军用冲梯攻城的情形。苻坚当年率大军攻晋曾说："以吾之众旅，投鞭于江，足断其流。"（《晋书》卷一一四）蒙古军的气势可能正是如此。作者希望他与友人效法唐代的张巡和许远，于"安史之乱"时死守睢阳城，以身殉国。为此，不必像汉代的司马相如题柱长安，而应学习班超投笔从戎了。作者的爱国情感是很激烈的，其议论都是基于对现实的感受与认识，饱和着主体的情感；因此，它不是抽象的策论，而是立懦的壮语。刘克庄已经清楚地见到理宗朝政治制度的腐败，以致世无英雄。他一生也竟蹉跎岁月，爱国的壮志未酬。他在《沁园春·梦孚若》里写出了爱国志士辛酸凄凉的情感：

> 何处相逢？登宝钗楼，访铜雀台。唤厨人斫就，东溟鲸脍；圉人呈罢，西极龙媒。天下英雄，使君与操，余子谁堪共酒杯？车千乘，载燕南赵北，剑客奇才。　　饮酣鼻息如雷，谁信被邻鸡催唤回。叹年光过尽，功名未立；书生老去，机会方来。使李将军，遇高皇帝，万户侯何足道哉！推衣起，但凄凉感旧，慷慨生哀。

方信儒字孚若，先世河南人，后迁福建莆田。曾因使金不屈而著名，后为淮东转运判官兼提刑兼知真州。"克庄少时亲公，晚受公荐。公退居，克庄亦奉祠，相从于荒原断涧之滨。"（《宝谟寺丞诗境方公墓志铭》，《后村先生大全集》卷一六六）方信儒卒于嘉定十五年（1222），卒时四十六岁。此词是刘克庄许多年后梦见友人有感而作的。在梦中，作者与友人竞相会于中原。宝钗楼在咸阳（今属陕西），为汉武帝时所建，北宋时为著名酒楼。铜雀台为东汉末曹操所建，故址在今河北临漳县西南。它们都是北方名胜古迹。刘克庄与方信儒并未到过这些地方，但两人都主张抗金和收复中原，强烈的愿望竟在梦中实现。他们登临胜地，狂欢痛饮，会见许多南北英雄豪杰；似乎这是在收复中原之后胜利重逢的欢乐。词的下阕抒写虚幻的梦境破灭后的凄凉情感。年光过尽而一事无成是刘克庄时代许多优秀人物的时代悲剧，正如汉代飞将军李广之数奇一样。作者设想若李广生在汉高祖刘邦的时代，必定为国家建立不朽的功绩，因而更恨自己未生在伟大的时代，以致壮志如烟了。刘克庄在词里表达了当时许多爱国志士复杂而痛苦的情绪和他们自觉的民族忧患意识。

南宋后期朝政先后为史弥远、史嵩之和贾似道等权奸操纵，主战的正直的士大夫总是不断受到排挤和打击，因而政治生活十分黑暗。表达同朝廷邪恶势力作斗争的精神，表现作者孤高正直的政治品格，这也是后村词的重要主题之一。早年的梅花诗案使刘克庄政治上受累十年之久，有时确实感到"气索"："不是先生暗哑了，怕杀乌台诗案"（《贺新郎·再和前韵》）；有时则又以嘲讽的语气说："老子平生无他过，为梅花，受取风流罪"（《贺新郎·宋庵访梅》）。他并未为这次政治挫折而灰心丧气，因为此后还承受了多次的陷害和打击。淳祐元年（1241）刘克庄在广东提举任，诏命入朝奏事，侍御史金渊弹劾他"以清望自拟"，即谓其自言家世清白，为人敬重，自高自大。因此罪名而停止诏命并停职责授主管崇禧观。南宋时监管岳庙宫祠是对官吏的一种处罚，即去掉一切实际职务，减去俸禄，带领虚职官名而闲退乡里。刘克庄为此事深感不平和愤慨，连续作了许多词，狂歌笑骂，冷嘲热讽。他在《水调歌头·喜归》里说："客难扬雄拓落，友笑王良来往，面汗背芒寒。再拜谢不敏，早晚乞归山。"他像汉代的扬雄官位低下而受人嘲笑；也像东汉的王良被时用时黜，往来于道而为友人所拒。种种非难，指摘或嘲侮，使人会颜面汗骍或如芒刺在背。但刘克庄表示自己早已有思想准备。即将解印时，他说："老子颇更事，打透名利关。百年扰扰于役，何异入槐安。梦里偶然得意，蚁穴驾车还。"（《水调歌头·解印有期戏作》）官场的名利，他是看透了的，那犹如南柯一梦，因此"解印"即"喜归"之日。当与同事们分别时，刘克庄即席赋词说："半世惯歧路，不怕唱《阳关》。朝来印绶解去，今夕枕初安。莫是散场优孟，又似下棚傀儡，脱了戏衫还。"（《水调歌头·八月上澣解印别官席上赋》）经历这种离别场面已有数次，解印绶对于他犹如去掉优孟衣冠，还自己本来面目，落职则犹如下场的木偶不再被人操纵摆布了。这些词里都表现了刘克庄对解印的超脱态度，但这只是极其表面的，其内心的痛苦和不满是在三和友人王实之韵的《贺新郎》词里真实地表现出来的。其词云：

谪下神清洞。更遭他挪揄黠鬼，路旁遮送。薄命书生鸡肋尔，却笑尊拳太重。破故纸谁教翻弄。一枕茅檐春睡美，便周公大圣何须梦。门前客，任题凤。　　卜邻羊仲并求仲。愿春来西畴雨足，土膏犁动。白发巡官占岁稔，不问京房翼奉。榬与瓮从今无用。醉与老农同击壤，莫随人投献嘉禾颂。在陌巷，胜华栋。

此词句句都用事典或有出处，某些词语是较晦涩的。词的上阕，作者发泄对政敌们的愤恨之情。"揶揄黔鬼"出自《世说新语·任诞》刘注。晋时罗友在桓温府内，其才不尽用。有同事者得官而去，桓温为之饯别。罗友最后至，他说："首旦出门，于中路逢一鬼，大见揶揄，云：我只见汝送人作郡，何不见人送汝作郡？"刘克庄借此以指金渊等人对他的迫害，瘦弱的书生是无需重拳打击的。这是夸张性的反语，嘲讽金渊等捕风捉影、小题大做的卑劣伎俩。他准备效法东坡先生对待逆境的超然态度，"为报先生春睡美，道人轻打五更钟"；不再幻想梦见儒家理想的政治人物周公，让人们视为"凡鸟"（"凡鸟"为"凤"字，见《世说新语·简傲》吕安事）。词的下阕抒写归乡里的闲适情趣。他希望与古代逃名隐居的羊仲、求仲为邻，不管相士（巡官）们或西汉占卜家京房、翼奉等胡言丰兆灾异，也不为桔槔抽水或抱瓮出灌而操心，更不愿随和人们谄谀统治集团而向朝廷进献祥瑞事物。他宁愿像古代儒者颜回在陋巷里安贫乐道。全词具有愤世嫉俗的情绪和反政治迫害的斗争精神，表现了作者的斗争性格。

刘克庄曾在三次罢职归里时和友人王迈（实之）作的《满江红》里，再次表现了孤高正直的政治品格。词云：

> 下见西山，料他日，面无惭色。君记取不为吕党，亦非秦客。有意挽回当世事，无方延得诸贤脉。笑海波渺渺几时平，空衔石。　　园五亩，纷红碧；家四世，传清白。任天孙笑拙，女嬃嫌直。老去何烦援以手，向来不要加诸膝。待深山深处著茅斋，看青壁。

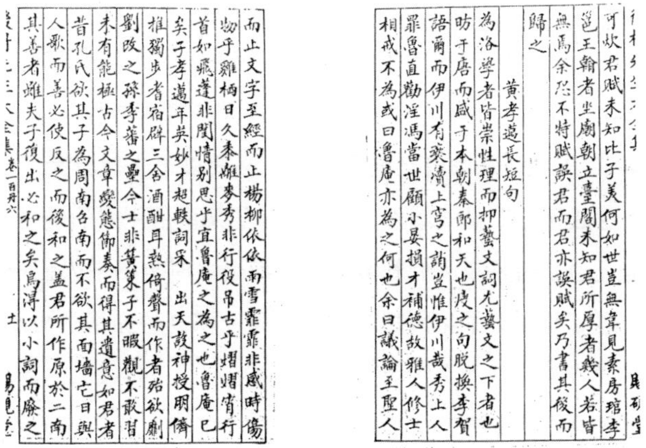
後村先生大全集
可炊君賦未知比子美何如世豈無韋見素房琯李
邕王翰者坐廟朝立臺閣未知君所厚者幾人若皆
無焉余恐不特賦誤君而君亦誤賦矣乃書其後而
歸之
黃孝邁長短句
為洛學者皆崇性理而抑藝文詞尤藝文之下者也
昉于唐而盛于本朝秦郎和天也虔之句脫換李賀
語爾而伊川有褻瀆上穹之誚豈惟伊川哉秀上人
罪魯直勸淫馮當世願小晏損才補德故雅人修士
相戒不為或曰魯庵亦為之何也余曰議論至聖人
賜硯堂

而止文字至經而止楊柳依依雨雪霏霏非感時傷
物乎雞栖日久黍離麥秀非行役吊古乎熠熠宵行
首如飛蓬非閨情別思乎宜魯庵之為之也魯庵已
矣子孝邁年英妙才超軼詞采 出天設神授朋儕
推獨步者宿辟三舍酒酣耳熱倚聲而作者殆欲劘
劉改之孫季蕃之壘今士非黃策子不暇觀不敢習
未有能極古今文章變態御奏而得其遺意如君者
昔孔氏欲其子為周南召南而不欲其面墻亡日與
人歌而善必使反之而後和之蓋君所作原於二南
其善者雖夫子復出必和之矣烏得以小詞而廢之
後村先生大全集卷一百卅六 十 賜硯堂

《四部丛刊》本《后村先生大全集》书影

这首词作于刘克庄六十余岁，西山先生真德秀已下世多年了。他与王迈俱是西山先生的弟子，感念平生自谓不负先生之厚望，今后泉府相见，定然面无惭愧之色。宋代统治集团内部矛盾剧烈，党派斗争不息。"吕党"指北宋仁宗朝宰相吕夷简党人，"秦客"指南宋初奸相秦桧的门客。作者表示不投靠在任何权奸们的宗派势力之下。叹息自己虽有力挽狂澜之志，却无法继承真德秀、魏了翁等大儒的政事余绪。古代神话里有精卫衔石填海的故事，词人反用其意，以为自己能力微小，空自忧国而于事无济，犹如沧海难以填平。词的下阕，作者再以清白自拟，更以拙直孤高自傲。《孟子·离娄》："天下溺，援之以道；嫂溺援之以手。子欲手援天下乎？"《礼记·檀弓》："今之君子，进人若将加诸膝，退人若将坠诸渊。"刘克庄认为自己老了，已无必要以手去拯救天下于溺，何况"手援天下"是根本不可能的。他厌恶世俗用人的爱憎无常，表示自己进之时不要人们礼数有加，而退之时也不怕人们推之于深渊。这正是作者早年所赞赏的梅花孤介清高的品格的再现。刘克庄的这类作品从一个侧面揭示了南宋后期统治阶级的内部矛盾，表现了作者与黑暗政治势力所作的坚韧的斗争。如果我们将它和东坡与稼轩的这类作品比较，则刘克庄远无前者的超旷，而更甚于后者之愤激；其社会意义也是更为深刻的。

辛弃疾两次罢职，闲废十八年之久；宋代祠禄官一任三十个月，刘克庄五次为祠禄官，实际上等于闲废十余年。后村词里也有不少描述居乡时闲适生活的，其中经常流露出作者对现实的极端不满的情绪。嘉熙三年（1239），刘克庄五十三岁，主管云台观闲居乡里，作有《水龙吟》：

先生放逐方归，不如前辈抽身早。台郎旧秩，看来俗似，散人新号。起舞非狂，行吟非怨，高眠非傲。叹终南捷径，太行盘谷，用卿法，从吾好。　　闭了草庐长啸，后将军来时休报。床头书在，古人出处，今人非笑。制个淡词，呷些薄酒，野花簪帽。愿云台任满，又还因任，赛汾阳考。

为祠禄官实是放逐，作者在首句里便表现不满的情绪，因而颇后悔未能及早退隐。由此悟出许多道理，所以将台郎（尚书郎）之类的官秩或江湖散人（陆龟蒙）之类的别号都视为同样俗气。他的闲居与古代的高人逸士颇不相同，所以虽像汉代文人杨恽顿足起舞却无其狂，像楚大夫屈原行吟泽畔却无其怨，像晋人陶渊明高卧北窗下却无其傲。唐代卢藏用以隐居终南山为仕宦捷径，李愿则盘旋太行山间以避世，刘克庄认为这两种态度都不足取，卿用卿法，吾从吾好。上阕所表述的对闲居生活的态度，富于理性的批判精神，将现实的生活情势理解得非常清楚，而且理解得非常透辟。词的下阕叙述其闲居生活方式。他最羡慕的是隆中高卧的诸葛亮，过着独善待时的疏狂生活。词的结尾表示很乐意主管云台观，这差事很好，任满三十个月后还愿意再任；这样的投闲置散似唐代名将郭子仪任职二十四考。从词的开头与结尾来看，词人对这样的闲居生活是很不满意的，因而词里多用放诞和嘲讽的语气。余如《摸鱼儿·用实之韵》的："便披簑荷锄归去，何须身著宫锦。……茅山再任，幸不是诗臣，又非世将，免犯道家禁。"这也是对祠禄闲居生活不满的。刘克庄晚年约八十岁时已致仕家居了，其心境也未真正闲静下来，如其《汉宫春·题钟肇长短句》云：

谢病归来，便文殊相问，懒下禅床。崔罗晨有剥啄，颠倒衣裳。袖中赞卷，原夫辈安敢争强。若不是子期苗裔，也应通谱元常。　　村叟鸡鸣籁动，更休烦箫管，自协官商。酒边唤回柳七，压倒秦郎。一觞一咏，老尚书闲杀何妨！烦问讯雪舟（黄孝迈）健否？别来莫有新腔。

这是以词的方式为友人词集题跋的，称赞钟肇是钟子期或钟繇之后，其词章胜过北宋博学的刘敞，也压倒秦观。词里间接地叙述了作者晚年的老病和慵倦的生活情形。北宋真宗时张咏曾为工部尚书，因疾致仕，不尽其才。他《游赵氏西园》有云："方信承平无一事，淮阴闲杀老尚书。"刘克庄归里之前也任过工部尚书，致仕后虽已高龄犹觉才未尽用而有"闲杀"之感，尚未忘情于社会现实。

刘克庄对词体的观念是异于"花间"以来的传统观念的。其词真正体现了"《国风》之变，《离骚》之裔"，具有严肃的创作态度和严肃的思想内容。他最注意社会的重大现实题材，即使描述闲居生活的作品都直接或间接地表现出现实政治生活的关系。这样，其词的思想内容比较集中，时时成为作者政治抒情或政治批判的载体。刘克庄是一位爱国志士，其词表现了南宋后期特定历史条件下汉民族爱国士人的精神，揭露了汉族统治集团在民族矛盾中的怯懦和自私。他也是一位封建社会中的正直官吏，敢于同腐败的统治集团、同黑暗的政治生活作不屈不挠的斗争。从两宋词人的创作来看，在刘克庄之前，没有像他这样以最大的篇幅和最大的热情抒写和反映社会现实政治生活，而他在这方面却最为特出、最为成功：因而其词在南宋词史上具有很重要的意义。

五

后村词是辛词的继承与发展者，它的艺术特点既有与辛词相同之点，也有相异之处，因此很有必要将它们进行比较。后村词首先给人们的印象是它艺术的单一性，它没有辛词那样博大丰富。传统的词基本上是写花间尊前儿女之情的，即使苏轼改革词体以后，豪放词人的作品里也不乏这种传统题材，但后村词却是"总不涉闺情春怨"的。刘克庄的妻子林夫人中年逝世，他作有几首悼亡词，如《风入松·癸卯至石塘追和十五年前韵》：

> 残更难睡抵年长，晓月凄凉。芙蓉院落深深闭，叹芳卿、今在今亡？绝笔无求凤曲，痴心有返魂香。　　起来休镊鬓边霜，半被堆床。定归兜率蓬莱去，奈人间无路茫茫。缘断漫三弹指，忧来欲九回肠。

这首小词在情感的表达方面颇像一般的悼亡诗，缺乏对悼亡对象的细致描写。还有一首《清平乐·赠陈参议师文侍儿》：

> 宫腰束素，只怕能轻举。好筑避风台护取，莫遣惊鸿飞

去。　　　一团香玉温柔，笑颦俱有风流。贪与萧郎眉语，不知舞错伊州。

这是唯一尊前应歌之作，特别是结尾两句自来是被认为刘克庄写儿女柔情的极致了，但与其他婉约词人比较，或者与辛词"昵狎温柔，魂消意尽"之作比较，却是大为逊色的。以上两词是后村词里仅见的风格近于婉约的作品。当然，绝不能就此说刘克庄词"究非当家"（《四库全书总目》卷二〇〇），因为这位词人是不习惯以健笔写柔情的。不仅如此，刘克庄虽时而闲居乡里，他竟没有真正描写田园风光或农村生活的作品。自苏轼开辟农村题材以来，辛弃疾也写了许多很好的农村词，但刘克庄对这种题材似乎很不感兴趣，未能吸引他的注意力。后村词使用的词调也有单一的倾向，它以长调为主，而且词调过于集中，如《水调歌头》十一首，《沁园春》二十五首，《汉宫春》十首，《念奴娇》十九首，《满江红》三十二首，《水龙吟》十六首，《贺新郎》四十三首，以上七调共一五六首，即占了全部作品的百分之六十。所以后村词与稼轩词比较，它有单一的特点。

刘克庄善于使用宏肆的议论、大量的事典、俚俗语言、幽默嘲讽等艺术表现手段，因而其词的艺术个性常常很鲜明，以致其词集被称为《后村别调》。辛弃疾以文为词的倾向被刘克庄合理地继承。从字面来看，后村词没有那种通篇用经用史和散文辞语的作品，但却在结构方面采用了议论文的结构，发展了辛弃疾"为词论"的优长。除了我们所引述的刘克庄那些反映社会现实政治重大题材的名篇是以深刻、精辟、锋利、圆转的议论见长而外，其余的许多词里也能见到这样的议论。例如表述怀才不遇的思想：

"天地无情，功名有命，千古英雄只么休"（《沁园春·为孙季蕃吊方漕西归》）；发挥《庄子》以才为累的思想："麝以脐灾，狖为尾累，焚象都因齿，后之览者，亦将有感于此"（《念奴娇·六和》）；表达愤世的人生哲理："高冠长剑浑闲物，世人切身唯酒，千载后，君试看，拔山扛鼎俱乌有"（《摸鱼儿》）；讥笑因循守旧的习俗："常恨世人新意少，爱说南朝狂客，把破帽年年拈出"（《贺新郎·九日》）；批评世俗的愚昧："谁信骚魂千载后，波底垂涎角黍；又说是蛟馋龙怒。把似而今醒到了，料当年醉死差无苦"（《贺新郎·端午》）；劝说友人以人道精神对待铤而走险的人民："便献俘非勇，纳降非怯。帐下健儿休尽锐，草间赤子俱求活"（《满江红·送宋惠父入江西幕》）。这些议论都是透辟、新颖而富于理趣的。

同辛弃疾和陆游一样，刘克庄在词作里也是时时"掉书袋"的。因为这位词人长于史学，学识渊博，为一代词臣，故在作品里有逞才炫博的习惯。如果我们将他的词集与辛弃疾、陆游、陈亮、刘过等比较，在用典的技巧方面，他是大大超过前辈的。其用事典的范围极广，数量最大，而且有许多是非常生僻的。这为理解其词造成严重的文字障碍。我们且不说后村词里所用古代经史典籍和唐人诗文句意等不习见的事典，它还喜用本朝的事典，有的使读者很费考索。例如，"独步岷峨，后身坡颍"（《沁园春·和吴尚书叔永》），"岷峨"指苏轼故乡，苏轼《满庭芳》"万里家在岷峨"；"坡颍"指苏轼兄弟，苏轼号东坡居士，苏辙号颍滨遗老。"幼安宣子顶头行，方奇特"（《满江红·送宋惠父入江西幕》），辛弃疾字幼安，王佐字宣子，俱南宋人。"白发归来还自笑，管辖希夷古观"（《贺新郎·再和前韵》），陈抟字希夷，北宋人；"古观"指作者主管云台观。"待异时约取，宽夫彦国，入耆英会"（《水龙吟·己亥自寿》），据司马光《洛阳耆英会序》："元丰中文潞公尚守西都，韩国富公纳政在里第，其余士大夫以老自逸于洛者，于时尚多。……开府仪同三司守司徒武宁军节度使致仕韩国公富弼，字彦国，年七十九；河东节度使开府仪同三司守太尉判河南府兼西京留守司事潞国公文彦博，字宽夫，年七十七"。"除官全是紫阳翁"（《浪淘沙》），南宋时学者称朱熹为紫阳夫子，他曾主管西京嵩山崇福宫。"卯君来处，与眉山仙子，依稀同日"（《念奴娇·寿方德润》），苏辙生于宋仁宗宝元二年己卯，苏轼称其为卯君；苏轼生于仁宗景祐三年丙子十二月十九日乙卯时；作者以卯君谓方德润；指其生时又与苏轼依稀同时。"岁晚却蒙昆体力，世业工修鞋底"（《念奴娇》"少时独步词场"），杨亿参加《西昆酬唱集》唱和，又据《隐居杂志》："杨文公（亿）有重名，尝因草制，为执法者多所涂削，甚不平，因取稿上涂抹外，以浓墨就加为鞋底样，题其旁曰，世业杨家鞋底"。"玉局飞仙，石湖绝笔"（《摸鱼儿·海棠》），苏轼晚年提举玉局观，他曾作有《寓居定惠院之东杂花满山有海棠一株土人不知贵也》；范成大号石湖居士，有《闻石湖海棠盛开亟携家过之三绝》。"欲起涪翁再品花，压了山礬弟"（《卜算子·茉莉》），黄庭坚晚年号涪翁，其《王充道送水仙花五十枝欣然会心为之作记》有"山礬是弟梅是兄"之句；山礬，即七里香[1]。可能由于梅花诗案的消极影响，使刘克庄在词里大量使用冷僻事典，有意造成词意费解的情况。这不能不是其词的严重缺陷，以致使它在社会上难以广泛地流行。

---

[1]　以上九例之解释皆据《后村词笺注》。

词体本来具有通俗的特性，自来允许使用俚俗语言，即使南宋以来的雅词也常使用某些通俗的白话词语，但却避免粗糙丑劣的词语以保持婉美的特点。刘克庄使用的俚俗语言却是泼辣粗俗的，很似后来元人散曲的语言风格，且有反传统的意义。例如："要挂冠神武，几番说了，这回真个"（《解连环·戊午生日》）；"晚觉醉乡差快活，那独醒公子真呆底"（《贺新郎·甲子端午》）；"一甲子带水拖泥，今岁谢君恩，放还山去"（《解连环·甲子生日》）；"便做些功业，胜穷措大"（《沁园春·七和》）；"曹丘生莫游扬，这瞎汉还曾自配量"（《沁园春·九和》）；"老逢初度，小儿女盘问翁翁年纪"（《念奴娇·丙寅生日》）；"犹记老婆年少，爱斜簪宝髻，浅印红眉"（《汉宫春·再和前韵》）。因后村词语言有这样的特点，所以被讥为"直致近俗"。但从其整体情况而言，后村词仍是渊雅的，某些粗俗语的嵌入，只是使其词显得狂放不羁甚而有点怪癖而已，愈突出了其艺术个性。

嘲讽的手段在宋代民间词里时常使用，却很难在文人词里见到。刘克庄与朝廷的邪恶势力作斗争便大量使用了冷嘲热讽的方式，因而显得与传统词的婉约之旨大为异趣。例如他在宝祐元年六月提举明道宫里，嘲讽"明道"之义说："依然这村翁，阿谁改摸新曹号，虚名沙砾，旁观冷笑，何曾明道？"（《水龙吟·癸丑生日时再得明道祠》）对于政敌的攻击，他用反语有趣地说："山鬼海神俱长者，饶得书生穷命。"（《念奴娇·壬寅生日》）词人晚年曾为自己画像，自我嘲笑，以发泄对朝廷的不满情绪。他说："跛子形骸，瞎堂顶相，更折当门齿，麒麟阁上，定无人物如此。"（《念奴娇·丙寅生日》）在咏七夕的词里，揭穿为佳节所蒙上的美好传说，认为"元来上界也多魔，天孙长怨牵牛旷"（《踏莎行·

巧夕》）。自来赞美梅花的孤高多用形象优美的辞句，刘克庄却将它比作古代饿死于首阳山的高人："冷艳谁知，素标难褒，又似夷齐饿首阳。"（《沁园春·梦中作梅词》）这些形象都是有点粗俗而具有嘲讽的意味。

刘克庄在词里使用议论、用典、俚俗语言和嘲讽等艺术表现手段，它们有机地组合，充分表现了词人特有的艺术气质。它们是对辛词中某些手段作了夸张性的发展，反对传统词风的精神较为强烈。从后村词所表现出的审美趣味来看，颇与韩愈以丑为美、追求险怪的趣味相似，是对苏辛以来以诗为词、以文为词等艺术手段的发展。刘克庄虽学习辛词，其艺术风格却与辛弃疾有相异之处。从宋词的总体风格类型来看，后村词属于豪放词，它的艺术渊源直接来自辛弃疾等词人。后村词缺乏辛词的沉郁与蕴藉，着重发展了辛词中《贺新郎·同父见和再用韵答之》、《贺新郎》（赋停云）、《水龙吟·过南剑双溪楼》、《西江月·遣兴》等作品的疏狂风格。嘉熙三年，刘克庄作的《一剪梅·余赴广东，实之夜饯于风亭》，非常典型地表现了这位词人疏狂的风格。词云：

> 束缊宵行十里强。挑得诗囊，抛了衣囊。天寒路滑马蹄僵。元是王郎，来送刘郎。　　酒酣耳热说文章。惊倒邻墙，推倒胡床。旁观拍手笑疏狂。疏又何妨，狂又何妨。

疏狂乃狂放不羁之貌。刘克庄的艺术气质与其艺术风格是一致的，而疏狂正是其风格特点。词人晚年有一首颇奇特的《沁园春》也最能体现其艺术风格：

身畔無絲縷但從前練裳練帨做他家主甲子一周加
二紀兎走烏飛幾度賽孔子如來三五徐陵云小如來三
年鶴髮蕭蕭無可截要一杯留客憨陶毋門外草欲迷
路朗吟白雪陽春句待夫君驪駒不至鵲聲還誤老
去聊攀萊子例倒着班衣戲舞記田舍火爐頭語肘後
黃金腰下印有高堂未敢將身許且扃枕莫倚柱

沁園春　夢孚若

何處相逢登寶釵樓訪銅雀臺喚厨人斫就東溟鯨膾
圉人呈罷西極龍媒天下英雄使君與操餘子誰堪共
酒杯車千兩載燕南趙北劍客奇材　飲酣畫鼓如雷

《影刊宋金元明本词》之《后村长短句》书影

剥啄谁欤？户外一宾，布衣麻鞋。有舌端雄辩，机锋破的，袖中行卷，锦绣成堆。阍启上宾，俶观诸老，个主人公喜挽推。怎奈向，今十分衰飒，非昔形骸。　　阍言宾怒如雷。因底事朱门晏未开。假使汝主公，做他将相，懒迎揖客，紧闭翘材。病叟惭惶，尊官宁耐，待铁拐先生旋出来。宾性急，怀生毛名纸，兴尽而回。

词的大意是叙述一位很有才气的书生，前来拜谒闲退致养官员的事。阍者接待时表示：在诸老当中，这位主人最喜欢帮助青年后生，但无奈而今已衰老无能为力了。阍者回禀主人说：那位书生因迟迟开门而大怒，认为若这主人真的做了将相，必定高傲而不礼客，因此压制了许多人才。阍者转告书生：主人听了很惭愧，再请忍耐等一会儿，他将扶着拐杖出来了。但这书生性急暴躁，将文稿放入怀里，扬长愤然而去了。很明显，这种对话体是模仿词人刘过《沁园春·寄辛承旨，时承旨召，不赴》，是一种粗豪的词体。刘过之词貌袭稼轩，虽表现了豪气而内容实为空虚。后村此词则寓意很深，为穷书生干谒权贵而受到冷遇和奚落大鸣不平，揭露了封建统治阶级压制人才的不合理现象。余如："这边尚自徘徊，笑那里纷纷早见猜。有尊神奋杵，拳粗似钵，名缁竖佛，喝猛如雷"（《沁园春·癸卯佛生翼日将晓梦中作》）；"笑是非浮论，白衣苍狗，文章定价，秋月华星"（《沁园春·和吴尚书叔永》）；"况新来冠帢弁侧，醉人多误。管甚是非并礼法，顿足低昂起舞"（《贺新郎·再用前韵》）：这些词将议论、俗语、嘲讽、夸张融为一体，泼辣狂放，是辛弃疾以来豪气词的典型。

刘克庄受了理学家的思想影响，可是他缺乏正统儒者的涵蕴和中庸思想，性格颇为偏激；他是封建社会的士大夫，较为正直，但因一再遭受政治打击而有愤世嫉俗的态度；他是具有爱国主义思想情感的文人，而又倾慕志士报国的激奋生活并向往建功立业的伟大人物。这些心理性格特点集中体现在刘克庄的思想、行动和文学作品里。两宋词人中许多都是人格与作品分离的，诗与词的作风迥然不同。刘克庄的个性与词风却是表里如一，其词作非常真实地表现了这位词人独特的个性。从南宋词的发展来看，特别是从豪放词的发展来看，后村词是有重要意义的。令人遗憾的是：后村词并未为南宋后期词坛所重视，至今尚未发现宋人关于它的评价。刘克庄评论陆游词曾说："其激昂感慨者，稼轩不能过；飘逸高妙者，与陈简斋、朱希真相颉颃；流丽绵密者，欲出晏叔原、贺方回之上；而世歌之者绝少。"（《后村诗话》续集卷四）可是他并未了解"歌之者绝少"的原因。可以说，后村词基本上是无歌者的，宋人文献里没有关于它的流传的记载。这大大减小了它在社会上的影响。

吴文英及其词

一

　　从南宋开禧三年（1207）至咸淳五年（1269）的六十年间是吴文英生活的时代。他的主要活动时期是理宗朝的四十年间，其词的创作活动则主要是理宗绍定五年（1232）至淳祐十一年（1251）的三十年间。这个历史时代是南宋后期国势衰弱、政治黑暗、思想禁锢的时代。吴文英是这个萧索时代的很有天才的优秀词人。尹焕为其词集作序说："求词于吾宋者，前有清真，后有梦窗。此非焕之言，四海之公言也。"（《中兴以来绝妙词选》卷十引）可见吴文英在当时词坛所享有的盛誉了。

　　吴文英字君特，号梦窗，四明鄞县（今浙江宁波鄞州区）人；生于宋宁宗开禧三年（1207）。其家世及生平事迹俱不详①。吴文英在词里只几处约略提到其少年时代。他少年时曾刻苦地读书，而且展示了才华："还忆，洛阳年少，风露秋檠，岁华如昔。"（《瑞鹤仙·饯郎纠曹之严陵》）西汉初年贾谊少年时才华出众，时人称为洛阳才子。吴文英自比贾谊，颇为自负。另一词中他也以

————————————

① 参见谢桃坊《词人吴文英事迹考辨》，《词学》第五辑，华东师范大学出版社，1986年。

才子自命，而且多愁善感："恨自古，才子佳人，此景此情多感"（《宴清都》）。他不属于那种世家故旧儒家传统很强的子弟，而是像柳永那样的才子，不拘世俗礼法，具有一种叛逆的精神。他"少年娇马西风冷，旧春衫犹浣酒痕"（《恋绣衾》），有承平少年的翩翩风度。其情感早熟，少年时即已知爱情的痛苦滋味："银屏露井，彩箨云窗，往事少年依约。为当时曾写榴裙，伤心红绡褪萼"（《澡兰香·淮安重午》）；"尽是当时，少年清梦，臂约痕深，帕绡红皱。凭鹊传音，恨语多轻漏"（《醉蓬莱·七夕和方南山》）：这些都是香艳动人的往事，然而它们给词人带来的不是欢乐的回忆。因此少年的心灵上留下了创伤："恨愁霏润沁，陌头尘袜。青鸾杳钿车声绝。都因甚，不把欢期，付与少年华月？"（《六丑·壬寅岁歌吴门元夕风雨》）年轻的词人写过一些小令抒发他早年的思想情感，可考知的是作于十八岁时的《思佳客·闰中秋》。"闰中秋"为宋宁宗嘉定十七年闰八月，其词风疏快，情调健康，表现了对生活的信心。吴文英约在二十五岁以前到过德清县。他由家乡四明到苏州、必须经过绍兴、杭州，沿苕溪而过德清方抵苏州。

在青年时代，吴文英既然才华出众，为什么没有致力于举业以求得仕进的唯一出路呢？我们从其交游权贵、奔走干谒的情形来看，他并非"乐科举"的，而当是属于屡试不中，因此落魄一生，感伤早衰，布衣终身。约于宋理宗绍定五年（1232）至淳祐三年（1243），吴文英二十六岁至三十七岁，"十载寄吴苑"，实际上是十一年多的岁月。苏州在南宋时其富庶繁华仅次于杭州，有"水国之雄，当天下第一"（范成大语）之称。在苏州，他入了仓幕。"南仓子城西，北仓在阊门侧；每岁输税于南，和籴于北"（《吴郡图经续记》上，仓务条）。仓务是辅助仓台的输税与和籴工作的。在苏州期间，结识了史宅之和吴潜等达官贵人，而且与当地的贵公子郭清华很相好。他多半寄居在苏州阊门外的西园。当回忆苏州生活时，总是联系到在西园发生的情事。

淳祐三年（1243）至十二年（1252）的十个年头，吴文英的盛年——三十七岁至四十六岁，是在杭州度过的。词人后来曾有《三姝媚·过都城旧居有感》，可见是住在都城内，而且有一段时间生活较好："绣屋秦筝，傍海棠偏爱，夜深开宴"。他最爱在西湖苏堤、白堤和孤山路一带风景名胜之处游赏。六桥、西陵、孤山、断桥是经常去的地方。江涨桥、化度寺、葛岭、南屏也留下了其游踪。吴文英这十年是怎样生活的呢？很可能他依旧在某官府做过游幕，但这在词作中找不出一点线索，而词中却反映了他交结江湖游士、干谒奔走于达官显宦及权贵之门，过着寄食的生活。这时他发展了与故丞相史弥远长子史宅之和丞相吴潜的友谊。他是否入过史宅之和吴潜的幕府便不得其详，不过史宅是其经常为客、追陪宴游之地。到杭州的第六年——淳祐九年（1249），史宅之的早死，使吴文英的生活失去了依附。这期间，结识了刊《江湖集》的书商陈起等江湖游士，也结识了陈郁、施枢、尹焕、沈义父等友人。他在当时已是继姜夔之后的主盟词坛的人物了。沈义父向他学习作词，他为之讲论作词方法。在都城，他也奔走于贾似道之门。贾似道逐渐展露政治头角，步步登上历史舞台，控制了军政大权。吴文英为贾似道作过一些谀颂的寿词，以求得一些赒济。他本欲寻找政治出路而到京都的，而却可怜地走向了江湖游士的道路："浪迹尚为客，恨满长安大道。"（《绕佛阁·与沈野逸东皋天街卢楼追凉小饮》）淳祐十一年（1251）西湖丰乐楼落成，词人作《莺啼序》大书于楼壁。此词雄伟博大的气势与雍容华丽的风格是同丰乐楼相配的。他希望此词而得到京尹赵与篐的赏识，但希望落空，也并未改变其不幸的命运。

吴文英晚年在距杭州不远的绍兴寓居了很久。宋理宗的母弟即度宗的生父嗣荣王赵与芮的府邸就在绍兴。吴文英是荣府的一位食客，为荣王和荣王夫人写了许多谀颂的寿词，完全是一位江湖游士了：落魄无聊，以词干谒。他还不止一次重到西湖，而且每到西湖都痛心地勾起不幸的爱情的回忆。词人早已疲惫衰老了，在"斜阳泪满"之中悄悄地离开了尘世。其卒年约咸淳五年（1269），年约六十一岁。其词集《霜花腴词集》在元以后散佚，明末毛晋才从旧钞本搜集整理，今《梦窗词》存词三百四十首[①]。

---

① 详见谢桃坊《梦窗词的版本与校勘述略》，《四川图书馆学报》1983 年 3 期。

二

　　《梦窗词》里的恋情之作约一百二十余首，占词总数的百分之三十五，其绝对数则超过了两宋许多词人。在这一百二十余首恋情词里有关两个抒情对象的则占了三分之二。这个现象在宋词里是颇为奇特的。它是作者精心刻意之作，是梦窗词的核心部分。对于这部分词的解释，近世词家提出了"去姬"说，即推测吴文英曾有一妾或两妾，被他遣去后，因念旧情而作的①。"去姬"说曾为研读梦窗词提供了重要线索，但细读梦窗词则会发现，吴文英先后所恋者皆非其妾，更非被他遣去。

　　我国古代封建社会的贵族、士大夫以及豪富之家都普遍蓄纳姬妾。"妾"乃妻之外的侧室；姬即妾，不过用一个古字来代替罢了。妾与家妓和婢女有"良""贱"之别，家妓与婢女在宋代属贱民，社会地位卑下；然而妾虽属良民，因是任意买来以供奴役，地位仍然卑下，甚至常被主人遣逐。所以在一般情形下，妾与家主之间很难建立真正的恋爱关系，因为它已属封建的一夫多妻制

① 见陈洵《海消翁说词》；杨铁夫《梦窗词选笺释》第1—2页，医学书局出版，1932年；夏承焘《唐宋词人年谱》第469页，上海古籍出版社，1979年。

的合法婚姻，没有爱情作基础，一旦妾被主家遣逐则双方或一方已造成恩断情绝，再见无因，留下的只有怨恨、不满或厌恶。我们在宋词中也读到不少"去妾"或"出姬"之词，但多系为他人代作，情感也是虚伪的，读之令人生厌，因为它体现了封建势力对不幸妇女的一种迫害和摧残。吴文英所恋者既非其妾也非其家妓，乃先是苏州的一位民间歌妓，后为某贵家之妾。

吴文英二十六岁至三十七岁的十一年寓居苏州，为苏州仓台幕属，协助仓务。苏州北仓在阊门西，而阊门附近的西园便是他最值得纪念的地方。这里曾留下他甜蜜的爱情，事后总是深切地追念。恋人凝香的纤手，凌波的双鸳（绣鞋），荡过的秋千，都历历在目：

> 西园有分，断柳凄花，似曾相识。（《瑞鹤仙》）

> 时霎清明，载化不过西园路。……燕子重来，往事东流去。（《点绛唇》）

> 西园日日扫林亭，依旧赏新晴。黄蜂频扑秋千索，有当时纤手香凝。（《风入松·清明》）

> 往事一潜然，莫过西园。凌波香断绿苔钱。（《浪淘沙》）

像这样深沉的感伤和怀念而地点总是西园，这绝不是偶然的。吴文英《探芳信》序云："丙申岁，吴灯市盛常年。余借宅幽坊，一时名胜遇合，置杯酒，接殷勤之欢，其盛事也。"丙申为宋理宗端平三年，吴文英三十岁，来苏州已四年。"幽坊"即周邦彦《拜星月》"小曲幽坊月暗，竹槛灯窗，识秋娘庭院"，指歌妓之处。故其词有云："斗窗香暖悭留客，街鼓还催暝。调雏莺。试遣杯深，唤将愁醒。"雏莺乃妙年歌妓的代称。《瑞鹤仙》上阕记述他们的初见："垂杨暗吴苑，正旗亭烟冷，河桥风暖。兰情蕙盼，惹相思、春根酒畔。"地点是吴苑——苏州，时节是暮春，歌席间惹起相思的。淳祐三年，吴文英将离苏州时作的《水龙吟》回忆与这位歌妓的往事："夜寒旧事，春期新恨，眉山碧远。尘陌飘香，绣帘垂户，趁时妆面。钿车催去急，愁如海，情一线。"大意是说，元夕之夜，她须趁某贵家或官府之邀，按照时髦样式梳妆，眉黛凝愁，无奈钿车催去；词人留下惆怅情绪。前此一年，淳祐二年，吴文英作的《六丑·壬寅岁吴门元夕风雨》就"叹霜簪练发，过眼年光，旧情都别"了。他们的相恋是不到几年的，为此词人产生迟暮灰黯的情绪。以上词例的时间和地点都是可考的。吴文英眷恋的对象从酒畔留情、借宅幽坊、西园幽会、钿车催去、旧情都绝等情节推测，她并未与他构成较为正常的妾的关系。她是一位民间歌妓，他们相恋约四五年便是"缺月孤楼，总难留燕"（《瑞鹤仙》），"香消红臂"（《满江红·甲辰岁盘门外寓居》）。估计他们分别的原因不是由于情感的破裂，"总难留燕"，似乎有其他的社会性原因，如她被富家买去，或倡家逼迫她与吴文英断绝，或吴文英的上司指以为滥而禁止往来。正由于被迫的分离，所以事后词人才不断地追忆、留恋、痛苦。离开苏州，吴文英曾寓居杭州都城外北的化度寺，其《鹧鸪天·化度寺作》有云："乡梦窄，水天宽。小窗愁黛淡秋山。吴鸿好为传归信，杨柳阊门屋数间。"他还念念不忘苏州情事。

　　吴文英三十七岁至四十六岁的十个年头，寓居杭州。他在苏州的旧情已经断绝，恋人下落不明，给他留下情感创伤，情绪消沉。就在寓杭之初，他又经历了第二次恋爱，它使词人重新焕发青春。这位恋人居住于孤山路。他们曾春游断桥（《西子妆慢·清明湖上薄游》）、密约南屏（《定风波》）、断魂西陵（《齐天乐》）、孤山赏秋（《玉蝴蝶》）。据《武林旧事》，西陵、孤山、断桥，都属于孤山路。南屏与六桥等处则是他们轻舟小车游玩过的地方。后来词人"重访六桥"，可惜已"瘗玉埋香"，给他留下绵绵长恨："泪香沾湿孤山雨，瘦腰折损六桥丝"（《昼锦堂》）；"飞红若到西湖底，搅翠澜总是愁鱼"（《高阳台·丰乐楼》）。无怪词人这样伤痛，他们的恋爱太富于浪漫的诗情了。他们初遇是清明时节："傍柳系马，趁娇尘软雾。溯红渐招入仙溪，锦儿偷寄幽素。倚银屏、春宽梦窄。断红湿、歌纨金缕"（《莺啼序·春晚感怀》）；"旧堤分燕尾，桂棹轻鸥，宝勒倚残云。千丝怨碧，渐路入、仙坞迷津。肠漫回，隔花时见，背面楚腰身"（《渡江云三犯》）。两词所记情事相同：清明乘马郊游，桃源迷路，遇见了天仙般的贵姬，由侍儿传送情意，互相倾慕而定情。她有似凌波仙子，所以词人常以"氾人"借喻；他们的相遇有似裴航遇仙，故常以"蓝桥"暗示；他们的分别有似裴敬中之与崔徽，所以用崔徽事为譬。这三个事典完全与其西湖情事相似，说明吴文英的恋爱对象并非与他朝夕相处的姬妾，他们是偶然相遇，且以不得相从为恨。词中反映他们在恋爱过程中还得"密约偷香"；在欢爱中流露出不幸的忧虑，"断红湿歌纨金缕"；他们缘悭命薄，常是"数幽期难准"，幽会时又是"乍湿鲛绡，暗盛红泪"。为什么他们的恋爱有如此浓重的悲哀呢？这就不能不追溯到这位女性的身世了。如果她是吴文英在杭州所纳之妾，后被遣逐，继而死去，这就无法解释他们恋爱之奇遇、偷欢，特别是自始至终笼罩的悲哀气氛。

张尔田跋《梦窗词集》

——《彊村丛书》本

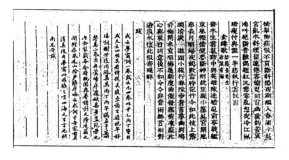

明毛晋跋《梦窗词》

——《宋六十名家词》本

这位西湖恋人很可能是某贵家之歌姬。她虽为贵妾而实是供主家歌舞者。吴文英在杭州曳裾王门，奔走于贵家，曾为某些贵家歌姬即席赋词以赠，其《声声慢·饮时贵家，即席三姬求词》就是这种情况下写的。与吴文英同时的袁寀谈到当时的世风说："人有婢妾不禁出入，至与外人私通。……夫置婢妾教之歌舞，或使侑尊，以为宾客之欢，切不可蓄姿貌黠慧过人者。虑有恶客，起觊觎之心，见彼美丽，必欲得之。"（《世范》卷三）袁寀之言虽迂腐可笑，但有助于理解吴文英的恋爱关系。那位歌姬所在的贵家，也可能是他拜谒过的。《齐天乐》有"华堂烛暗送客，眼波流盼处，芳艳流水"，这是拜谒贵家，贵姬华堂相送，以目留情。《扫花游·西湖寒食》记了他于西湖寒食郊外游玩，避雨时遇见了这位"故人"；"乘盖争避处，就解佩旗亭，故人相遇。恨春太妒。溅行裙更惜，凤钩尘污"。旗亭避雨，喜遇故人，她解佩珠为赠以喻相爱之情。吴文英到杭州时已是知名的词人了。他精通音律，多才多情。当其与这位"绣笼"中的歌姬仙遇，为她的"霞薄轻绡"的凌波仙姿和"芳艳流水"的眼波倾倒。她虽供主家歌舞娱乐，人格不受尊重，精神生活十分痛苦。他们多次接触之后，遂互为知音。她为自己的知音歌唱："一声相思曲里，赋情多少"（《贺新郎·湖上有所赠》）；"琼箫吹月霓裳舞，到明朝未觉花容悴"（《莺啼序·荷》）。吴文英寓杭时正当盛年，"旧情都别""路穷车绝"，颇感衰惫。这位不幸的词人能获得蓝桥"云英"，使他倾注了重新燃起的全部热情。爱情的悲剧结局是必然的。当他暂时离杭州后，情事败露，她在西湖以身殉情，含恨而死。这对词人是最后一次重大的打击，此后便怀着对知音情人的痛苦悼念、缠绵相思，写出了情感秾挚、优美动人的大量词章来寄托思念："离骨渐尘桥下水，到头难灭景中情！"（《定风波》）

三

　　吴文英晚年手辑自己词集，正值南宋后期政治最黑暗之时，凡是与吴潜唱和之作或现实性较强之作，都可能被删去，因此散佚较多。现存梦窗词反映社会现实重大题材的很少，从这极少数的词中也可看到吴文英不仅在抒写个人的痛苦，而且还有广阔的社会意义。他在苏州陪吴潜游韩世忠别墅沧浪亭而作的《金缕歌》词云：

　　　　乔木生云气，访中兴英雄陈迹，暗追前事。战舰东风悭惜便，梦断神州故里。旋小筑、吴宫闲地。华表月明归夜鹤，叹当时、花竹今如此。枝上露，溅清泪。　　遨头小簇行春队，步苍苔寻幽别墅，问梅开未？重唱梅边新度曲，催发寒梅冻蕊。此心与东君同意。后不如今今非昔，两无言、相对沧浪水。怀此恨，寄残醉。

　　词作于南宋嘉熙三年（1239）吴潜知平江府（苏州）时。吴潜有《贺新郎·吴中韩氏沧浪亭和吴梦窗韵》。他是当时重要的主战派人物，经常外任地方官职，得不到朝廷的信任和重用。南宋最高统治集团始终支持和奉行对外屈辱的主和路线，吴潜处在被排挤、被打击的地位。这年正月，吴文英陪吴潜游沧浪亭看梅，他们的酬唱表示了对国家局势的忧虑。吴文英的词以凭吊中兴英雄韩世忠直接入题，发挥了对国事的感慨，将韩世忠等英雄业绩及恢复中原的愿望以惨痛的历史教训表现出来：失去战机，神州不复，全是由南宋统治集团为着狭隘的私利一手写下的可耻历史。词人借韩世忠废置闲地，郁郁而死，忠魂化鹤归来，目睹国事日非而伤心落泪，表达了作者与吴潜对理宗集团继续推行秦桧主和路线的义愤。"东君"借指吴潜，表示他们相互知心，患难与共。"后不如今今非昔"是就南宋以来历史发展的趋势所作的判断：韩世忠时代出现过中兴的局面，随即烟消云散，中兴英雄不是被害死便是被废弃，与南宋初年相比，每下愈况，衰亡的征兆已经显露。词最后，表示他们在现实面前无能为力、无可奈何，也许只有一杯残酒能浇胸中之恨了。"此恨"包含了对历史和现实的恨。词的思想含蕴深刻，从中见到词人的真面目。吴文英的自度曲《古香慢·赋沧浪看桂》以咏物的方式间接表达了词人对现实的悲苦的感受："把残云剩水万顷，暗熏冷麝凄苦。……秋淡无光，残照谁主？"词以残破没落的凄凉景象，寄托了对国运的衰亡之感。《高阳台·过种山》以吊古为题材，是富有现实意义的作品。词云：

　　帆落回潮，人归故国，山椒感慨重游。弓折霜寒，机心已堕沙鸥。灯前宝剑清风断，正五湖雨笠扁舟。最无情，岩上闲花，腥染春愁。　　当时白云苍松路，解勒回玉辇，雾掩山羞。木客歌阑，青春一梦荒丘。年年古苑西风到，雁怨啼，绿水蘋秋。莫登临，几树残烟，西北高楼。

种山在绍兴会稽。词题原注："即越文种墓"。《越绝书》卷八："种山者，勾践所葬大夫种也。"此词为吴文英晚年所作，当时吴潜已死于贬所，贾似道权倾中外。吴潜被理宗、贾似道集团迫害致死，是南宋后期政治腐败黑暗的表现。吴潜之死与文种为越王赐死不尽相同，但某些地方又颇类似。词人惋惜文种竟未看出越王的"机心"，当文种"灯前宝剑清风断"伏剑而死时，却是范蠡"正五湖雨笠扁舟"之日。词人似乎感到，文种的鲜血浇开了鲜花，"岩上闲花，腥染春愁"。词的下阕追叙了当年越王会稽之耻。越王在危难之中采用了文种进献的伐吴《九术》。"吴王好起宫室，越勾践选名山神材而献之，使木客（伐木者）三千人，入山伐木，皆有望怨之心，而歌木客之吟。"（《吴越春秋》）谁知历史翻复如在瞬间，当木客的哀怨歌声将完，而文种已"青春一梦荒丘"了。此后年年西风雁啼，似乎都在为文种鸣诉不平呢！在这里，词人以深沉的愤怒揭露了越王自私残忍的统治者的本性。这无疑寄托了对南宋后期黑暗政治的指斥，具有深刻的现实意义。

晚年，吴文英重到杭州。他"过西湖先贤堂，伤今感昔，泫然出涕"，作了《西平乐慢》。词云：

岸压邮亭，路敧华表，堤树旧色依依。红索新晴，翠阴寒食，天涯倦客重归。叹废绿平烟带苑，幽渚暗香荡晚，当时燕子，无言对立斜晖。追念吟赏风月，十载事、梦惹绿杨丝。　　画船为市，天妆艳水，日落云沉，人换春移，谁更与苔根洗石，菊井招魂，漫省连车载酒，立马临花，犹认蔫

红傍路枝。歌断宴阑，荣华露草，冷落丘山，到此徘徊。细
雨西城，羊昙醉后花飞。

西湖先贤堂在西湖三堤路第一桥，"宝庆二年（1226），袁公韶奏
请仿越中先贤馆，取本府自古名德严子陵而下三十九人，刻石作
赞，具载事迹，祠之西湖，室宇靓丽，遂为湖中胜赏"（《淳祐临
安志》卷六）。这是吴文英"十载西湖"重游之处，他"伤今感
昔"有三点：一是个人十载"吟风赏月""连车载酒"之江湖雅兴
已成往事，词人落魄困顿，不可能再过往日生活了，这是个人不
幸引起的"感昔"；二是西湖已无当年的繁华，但见"废绿平烟带
苑""日落云沉""冷落山丘"的荒凉冷清的景象，这是南宋后期
的缩影，由此引起"伤今"；三是在"伤今感昔"的对比之下，最
后达到了政治抒情。如杨铁夫先生说："题为感旧，末以羊昙自
况，盖必感恩知己者，非泛泛也"[1]。据《晋书》卷七十九《谢安
传》，丞相谢安还都，舆病入西州门（南京市西），疾笃，随即死
去。谢安之甥羊昙，"知名士也，为安所爱重。安薨后，辍乐弥
年，行不由西州路。尝因石头大醉，扶路唱乐，不觉至州门。左
右白曰：'此西州门'。昙悲感不已，以马策叩扉，诵曹子建诗
'生存华屋处，零落归山丘。'痛哭而去"。词的结尾正面使用了醉
哭西州门之事，寄托词人的感慨。在吴文英的交游中，丞相吴潜
足以比拟谢安，而他受吴潜的感知有似羊昙与谢安的关系，用羊
昙事表示对吴潜的悼念完全是恰当的。当时，吴潜代表的主战派
与理宗集团代表的主和派尖锐对立，对吴潜的悼念有一定政治意

---

① 《梦窗词选笺释》。

义。吴文英之所以要写得这样晦涩，是他在政治黑暗的条件下不得已而采取的表达方式。此外如《绕佛阁·赠郭季隐》的"看故苑离离，城外禾黍"，抒写了黍离之感；《八声甘州·灵岩陪庚幕诸公游》的"宫里吴王沉醉，倩五湖倦客，独钓醒醒"，借指理宗集团昏庸荒淫将致亡国，等等。在这些词里，没有雄壮劲健的音调，也没有理想宏图的展示，只是以凄冷的色调描绘出一幅残破、冷落、荒凉的图景，以感伤沉痛的心情抒写了对国家现实的忧虑与哀愁，这是吴文英为南宋王朝行将灭亡而唱的一曲挽歌。

从吴文英青年时代奔走于德清等处和苏州仓幕的情形推测，其家庭并不富裕，他须得早早独立谋生，此后过着江湖游士的生活。他在作品里抒写个人生活的不幸、政治和人生的苦闷、浪迹江湖的辛酸，这是其重要的主题。词人由于自己的审美趣味，这个主题常在抒情、酬赠、登临等词中轻描淡写地表现出来，而其愁苦和怨恨却是很深沉的。于淳祐四年作的《喜迁莺·甲辰冬至寓越，儿辈尚留瓜泾萧寺》是词人离苏州后对前期生活的总结。词云：

> 冬分人别。渡倦客晚潮，伤头俱雪。雁影秋空，蝶情春荡，几处路穷车绝。把酒共温寒夜，倚绣添慵时节。又底事，对愁云江国，离心还折？　　吴越。重会面，点检旧吟，同看灯花结。儿女相思，年华轻送，邻户断箫声咽。待移杖藜雪后，犹怯蓬莱寒阔。最起晚，任鸦林催晓，梅窗沉月。

吴文英这年三十八岁，其家室儿女都在苏州附近的吴江县瓜泾。在"几年路穷车绝"的情形下，他离家谋求生路，虽身在杭州，心犹牵系萧寺的家室儿女。这时词人因忧愁而添了华发，"雁影秋空""蝶情春荡"，道出了他一事无成，雪泥鸿爪，踪迹荡然；而"路穷车绝"则以阮籍穷途痛哭来比拟自己到了走投无路的绝境。杭州"愁云江国"，别离令他心碎。词人正当盛年，当是大有作为之时，却"年华轻送"白白销磨时光。严寒独客他乡，"断箫声咽"。"鸦林催晓、梅窗沉月"，衬托出词人悲凉痛苦的心情。《三姝媚·过都城旧居有感》是他晚年生活的总结，词云：

> 湖山经醉惯，渍春衫，啼痕酒痕无限。又客长安，叹断襟零袂，涴尘谁浣？紫曲门荒，沿败井风摇青蔓。对语东邻，犹是曾巢，谢堂双燕。　　春梦人间须断，但怪得当年，梦缘能短。绣屋秦筝，傍海棠偏爱，夜深开宴。舞歇歌沉，花未减、红颜先变。伫立河桥欲去，斜阳泪满。

重过都城旧居，必然引起今昔生活的感慨。这里的湖山，词人是熟悉的，春衫上还留下许多"啼痕酒痕"，从它也暗示过去都城生活的不如意。现在重到都城，春衫已成"断襟零袂"了，生活的贫困艰辛可知；举目无亲，孑然一身，征尘渍积，谁为浣洗？旧居的一片衰败景象是南宋灭亡前经济萧条、政治没落的象征。词的下阕，作者自我宽解：人生犹梦，梦是有尽，何必悲伤？但似乎又感到命运对他太不公平，这梦于他却是特别短促。词人一生悲愁的日子太多了，所以深深发出不平之鸣。现在人已衰老了，昔日的旧居唯见"风摇青蔓"，荒凉可怕，感伤不已，久久伫立，在斜阳的残照中泪流满面。"斜阳泪满"是词人晚年困顿生活的形象概括。吴文英在词中抒写个人生平遭遇不幸，是一个有才华的知识分子在封建制度重压之下的呻吟。南宋后期政治的黑暗、吏治的腐败、科举的弊端是造成他悲剧的原因。南宋时代许多知名的词人如姜夔、刘过、戴复古、陈人杰等都有着同吴文英一样不幸的命运：落魄江湖，布衣终身。他们抒发个人不幸的感慨，具有一定批判现实的意义。

梦窗词以大量的篇幅写下了吴文英的爱情悲剧，通过它反映了封建制度的不合理，对这一制度作了有力的控诉。吴文英的恋爱事迹就其浪漫的性质、平等的观念、真诚的态度来看，它都具有近代意义上的爱情关系。其恋爱事迹本身便具有反封建、争取恋爱自由的意义。他的恋情词大都充满悲剧的气氛，只有《宴清都·连理海棠》例外。词人以咏物的方式，热烈歌颂了爱情的幸福甜蜜。词云：

> 绣幄鸳鸯柱。红情密，腻云低护秦树。芳根兼倚，花梢钿合，锦屏人妒。东风睡足交枝，正梦枕瑶钗燕股。障滟蜡，满照欢丛，嫠蟾冷落羞度。　　人间万感幽单，华清惯浴，春盎风露。连鬟并暖，同心共结，向承恩处。凭谁为歌长恨？暗殿锁、秋灯夜语。叙旧情，不负春盟，红朝翠暮。

两棵树之枝连生在一起为连理，古人以连理枝喻相爱的夫妇。词的意脉发展始终围绕海棠的美艳、连理的欢爱一路写下去。试看，春浓花艳的园中，琼枝玉树，双双依偎，有似钿合，让人间那些锦屏人去妒羡吧！"锦屏人"本指贵人或贵妇，此处借指为封建礼教的维护者。词人暗用苏轼咏海棠的名句"林深雾暗晓光迟，日暖风轻春睡足"、"只恐夜深花睡去，高烧银烛照红妆"，着力刻画幸福欢爱。因此那孤独寂寞的嫦娥——嫠蟾（月光）都羞于照到这一双爱侣。词的下阕全用唐玄宗与杨贵妃死生不渝的爱情故事，特别是以他们爱情过程中的华清池新承恩泽和长生殿夜半私语的情节，来歌颂爱情的幸福，否定人间天上有什么"长恨"之事，诗人也空自作了《长恨歌》。封建婚姻不是以爱情为基础的，特别是吴文英时理学思想作为封建统治思想而确立，不仅否定爱情，还进而否定了人欲。这首词却热烈歌颂爱情，描写男女的欢爱，无疑是对封建主义的挑战、对封建理学的挑战。吴文英因为政治失意、事业无成，他的情感倾注于对爱情的追求，在爱情中求得精神寄托，而且从中追求着人间最美好的情感，去发现情感的美、世界的美。所以他的恋情词没有那种纨袴子弟的轻薄作风，也没有士大夫那种消闲游戏态度，其真挚热情是动人的，表现了他美好的情感。他写与苏州那位歌妓的深情，"暗忆芳盟，绡帕泪犹凝"（《探芳信》）；回想与她一起时，"移灯夜语西窗，逗晓帐迷香，问何时又？素绻乍试，还忆是，绣懒思酸时候"（《玉烛新》）；他们的相会也是很感人的，"落絮无声春堕泪，行云有影月含羞"（《浣溪沙》）。他写与西湖恋人的深情，"偷相怜处，熏尽金篝，消瘦云英"（《庆春宫》）。"云英"借指她像蓝桥仙子一样。他与她通过歌词联系，"著愁不尽宫眉小，听一声相思曲里，赋情多少"（《贺新郎·湖上有所赠》）。他们"练单夜共，波心宿处"（《莺啼序·荷》）。爱情的美好，其悲剧也就更有力量控诉封建制度。苏州的歌妓，最后被迫分离，音讯杳无，临分时是"待凭信，拚分钿，试挑灯欲写，还依不忍，笺幅偷和泪卷"（《瑞鹤仙》）。别后双方都十分不幸，"向暮巷空绝，残灯耿尘壁，凌波恨，帘户寂，听怨写，堕梅哀笛"（《应天长·吴门元夕》）。词人为此无比伤情，

"向残灯短梦，梅花晓角，为谁吟怨"（《水龙吟·癸卯元夕》）。西湖歌姬的命运更其悲惨，她最后以身殉情了。吴文英也更为悲伤，感到"天上，未比人间更情苦"（《荔枝香近·七夕》）。词人想象她的芳魂"怨入粉烟蓝雾。……湘女魂归，佩环玉冷无声，凝情谁诉？又空江月堕，凌波尘起，彩鸳愁舞"（《过秦楼·芙蓉》）。《瑞鹤仙·秋感》是写其苏州第一次恋爱悲剧的：

> 泪荷抛碎璧。正漏云筛雨，斜捎窗隙。林声怨秋色。对小山不迭，寸眉愁碧。凉欺岸帻。暮砧催、银屏剪尺。最无聊，燕去堂空，旧幕暗尘罗额。　　行客。西园有分，断柳凄花，似曾相识。西风破屐，林下路，水边石。念寒蛩残梦，归鸿心事，那听江村夜笛。看雪飞苹底芦梢，未如鬓白。

词中的悲愁形象感人。词以秋感为题，一开始便描绘出凄风苦雨的秋夜。"泪荷抛碎璧"，据词家吴梅的解释是："泪荷为蜡泪银荷。碎璧，即蜡泪成堆，遇圆为璧也"[①]。这是有象征意义的，构成全词的基调。"燕"借指歌妓，在凄苦的秋夜，词人对她无尽地思念。下阕写他们常幽会的西园，"断柳凄花，似曾相识"，睹物伤情。继而从心理刻画和形象描绘表现其深刻创伤：苹花和芦花本来就是白的，加上雪飞在上面，然而它们都不如词人的鬓白。其实，吴文英离苏州时年仅三十七岁。《莺啼序·春晚感怀》是叙述十载西湖的哀艳情事的全过程的。词云：

---

① 吴梅《汇校梦窗词札记》，《文学遗产增刊》十四辑，中华书局，1982年。

残寒正欺病酒，掩沉香绣户。燕来晚、飞入西城，似说春事迟暮。画船载、清明过却，晴烟冉冉吴宫树。念羁情游荡，随风化为轻絮。　　十载西湖，傍柳系马，趁娇红软雾。溯红渐招入仙溪，锦儿偷传幽索。倚银屏、春宽梦窄，断红湿、歌纨金缕。暝堤空，轻把斜阳，总还鸥鹭。　　幽兰渐老，杜若还生，水乡尚寄旅。别后访、六桥无信，事往花委，瘞玉埋香，几番风雨。长波妒盼，遥山羞黛，渔灯分影春江宿，记当时、短楫桃叶渡。青楼仿佛，临分败壁题诗，泪墨惨淡尘土。　　危楼望极，草色天涯，叹鬓侵半苎。暗点检、离痕欢唾，尚染鲛绡，亸凤迷归，破鸾慵舞。殷勤待写，书中长恨，蓝霞辽海沉过雁，漫相思、弹入哀筝柱。伤心千里江南，怨曲重招，断魂在否？

全词二百四十字，是最长的一个词调。词叙述一个暮春时节，词人乘马春游，沿着西湖堤畔走去，进入了风景优美宛如仙境之地，遇见了有似仙子的贵妾；通过她的婢女锦儿传递情意，初为定情；他们曾春江同宿，最后一次分别是很悲惨的，词人以泪和墨题诗于败壁之上；后来，当他重访六桥，她已含恨死去；词人无限悲伤，写了一曲怨词作为对恋人的悼念。词人历述了他们的悲欢离别，最后以悲剧了结。这个情事以恋人的死，对封建制度作了血的控诉。吴文英两次恋爱悲剧，给了他重大的打击，使他失去生活信心，走上颓废绝望的道路。

　　从以上可见：梦窗词反映了南宋灭亡前的现实，抒写了封建社会制度重压下知识分子的不幸遭遇，以恋爱的悲剧深刻地控诉了不合理的封建制度。这便是梦窗词的基本主题思想。当然我们也应看到梦窗词是有较为严重的思想局限。吴文英粉饰现实、谀颂权贵的作品以赠贾似道的四首和赠嗣荣王赵与芮的五首为突出。赠贾似道的词，极力歌颂其"援鄂之功"。即使贾似道当时私自与蒙古军议和蒙蔽朝廷和群众的做法曾造成有功的假象，然而吴文英的谀词却以"胜利"粉饰升平。如《木兰花·寿秋壑》就出现了"四郊秋事年丰"、"岁晚玉关，长不闭，静边鸿"等太平盛世的景象；这与历史真实完全相反。吴文英在荣王府邸作的歌颂皇室的词如"龙枝声奏，钧箫秋远"（《水龙吟·寿嗣荣王》），"贺朝霖，催班正殿。喜天上紫府开筵，瑶池宣劝"（《烛影摇红·寿嗣荣王》）。作为江湖游士的吴文英，以词作为干谒寄食之资，违反艺术真实，也违反自己的本意而写下这些词章，冀图权贵的赏识。这是政治倾向错误的败笔。吴文英还有较多的"游词"，即那些无聊的应酬之作。它们缺乏现实生活的根基，也没有真实的情感，是一种平庸的矫饰之作。如《洞仙歌·方庵春日花胜宴客，为得雏庆，花翁赋词，俾属韵末》《绛都春·为李筼房量珠贺》《声声慢·宏庵宴席，客有持桐子侑俎者，自云其姬亲剥之》。它们有的是与江湖友人酬唱之作，有的是寿词和干谒之词，还有一些庸俗无聊、趣味低下的作品。此外，梦窗词浓重的悲观绝望情绪、过分的消极颓废也不能不是其思想方面的一个缺陷。

四

　　吴文英的《梦窗词》在南宋后期词坛上最具艺术独创性，闪烁着奇光异彩。他为沈义父讲论作词方法说："盖音律欲其协，不协则成长短句之诗；下字欲其雅，不雅则近乎缠令之体；用字不可太露，露则直突而无深长之味；发意不可太高，高则狂怪而失柔婉之意。"（沈义父《乐府指迷·序》）他所强调作词的四标准——协律、典雅、含蓄、柔婉，都体现在其创作实践中。梦窗词不仅有婉约词的这些一般的特点，重要的是它表现出了自己独特的艺术面目，在继承传统的基础上再进行艰苦的探索，使南宋婉约词继姜夔之后又实现了一次重大的艺术革新。

　　宋末张炎向陆辅之传授的词法要诀之一便是"吴梦窗之字面"（《词旨·序》），认为它是学习的典范。张炎在其词学专著《词源》中批评梦窗词"凝涩晦昧"而造成的"质实"，也许主要是就其字面而言的。梦窗词的语言是很有特色的，它是纯艺术化的、典雅的语言。其字面有秾艳、晦涩、富于雕饰的特点。吴文英喜用华丽而色彩鲜艳的词字，以渲染气氛，刻画形象，有如画家所用的重彩之笔。如《过秦楼·芙蓉》：

藻国凄迷，麴澜登映，怨入粉烟蓝雾。香笼麝水，腻涨红波，一镜万妆争妒。湘女魂归，佩环玉冷无声，凝情谁诉？又江空月堕，凌波尘起，彩鸳愁舞。　　还暗忆钿合兰桡，丝牵琼腕，见的更怜心苦。玲珑翠屋，轻薄冰绡，稳称锦云留住。生怕哀蝉，暗惊秋被红衰，啼珠零露。能西风老尽，羞趁东风嫁与。

一词中就用了表示颜色的粉、蓝、红、彩、翠、锦等字，加上富丽的字眼如藻国、烟雾、香麝、腻波、佩环、鸳舞、兰桡、琼腕、玲珑等，显得五彩缤纷，令人眼花缭乱，字面秾艳非常。此外如用拟人方法写园中花红柳翠的景色是"朱娇翠靓"（《尉迟杯·赋杨公小蓬莱》）；形容风流道女的形象是"彩云栖翡翠"（《瑞鹤仙·赠道女陈华山内夫人》）；描写池苑冷落荒凉而用"翠冷红衰"（《解连环》）；描绘夜空的云彩而用"蒨霞艳锦"（《绕佛阁·赠郭季隐》）；想象歌筵舞席的欢乐情景而用"舞葱歌蒨"（《水龙吟·癸卯元夕》）；咏木芙蓉而借写恋人形象用"腴红鲜丽"（《惜秋华》）；表现牡丹的姿色而用"妖红斜紫"（《喜迁莺·同丁基仲过希道家看牡丹》）；形容美人的姿态而用"笑红颦翠"（《三姝媚·姜石帚馆水磨方氏》）等等，都特别爱用秾艳的词藻。造成梦窗词的凝涩晦昧，这与词人喜用生僻的字眼和生僻的事典很有关系。词较诗是更为通俗的，忌用生冷的字，而梦窗词中却常见一些怪字。如《三部乐·赋姜石帚渔隐》的"江鲵"，"鲵"音倪，水鸟，即鹢；《瑞鹤仙·赠丝鞋庄生》的"丝绚"，"绚"音旬，本绳索之义，此取《仪礼·士冠礼》"青绚缫纯"之意；《解连环》的"练帷"，"练"音疏，布属，指布帷；《塞垣春·丙午岁旦》的"细呪"，"呪"音宙，本诅咒之义，而此用作"细呪浮梅盏"其义难解。这些生僻的字很费考索，是险怪作风在词中的反映。吴文英也喜在作品中使用生僻的事典以示其博雅。郑文焯说："词意固宜清空，而举典尤忌冷僻。梦窗词高隽处固足矫一时放浪通脱之弊，而晦涩终不免焉。至其隶事，虽渊雅可观，然锻炼之工，骤难索解，浅人或以意改窜，转不能通。"（《梦窗词校议》卷下）梦窗词也有一些用得很好的事典，考知它们的寓意之后，其词意的关键之处也就可索解了。例如关于那位西湖恋人的身世，词人在有关西湖情事的词中有了"桃叶""蓝桥""崔娘""海客"几个事典，就留下一些线索，将它们串连并观就可发现那位恋人乃西湖某贵家之妾。这样一来，吴文英有关西湖的情词就可以被理解了。像这样使用不很生僻的事典于不便言明的情事之关键处，虽也晦涩但效果还好。

梦窗词最好雕饰，苦心在字句上用功夫，以致有人批评它"雕缋满眼"。一次西湖寒食，忽然下起雨来，雨雾迷濛了远山，风雨落花，弄得道路泥泞。吴文英适在郊外遇雨，他这样写道："骤卷风埃，半掩长娥翠妩。散红缕，渐红湿杏泥，愁燕无语"（《扫花游》）。又如"一握柔葱，香染榴巾汗"（《点绛唇》），"柔葱"借指美人的纤手"指如削葱根"洁白纤细，而"香染榴巾汗"则词序颠倒、意思曲折了。它谓榴巾曾染留恋人纤手的汗香，以示难忘旧情。"玉纤曾擘黄柑，柔香系幽素"（《祝英台近·除夜立春》），"玉纤"当然是玉人的纤手，借以代人，"柔"是触觉的感受，"香"是嗅觉的感受，词人却以通感将二者联在一起为"柔香"；"系"有沾留之意，"幽素"指绢素。因此全句意是：因为恋人纤手曾擘过黄柑，那细柔的香气尚留在她用过的绢素上。可见，秾艳、晦涩、雕饰使梦窗词的字面异样地华美含蓄，形成有特殊风格的艺术化的语言。但是某些词过分的雕饰、险怪所造成的凝涩晦昧也不能不是其缺陷。

吴文英属于那种情感丰富而又执着内向的人，他感觉纤细而富于幻想。他努力追求艺术表现的效果，苦心地进行艺术构思。他构思的神奇幻变和严密的思维体现为其词具有绵密曲折的结构特点。他属于那种创作态度谨严的作家，近于呕心沥血的苦吟诗人，所以没有"不经意"之作。他的谨严态度尤其表现在对艺术结构的惨淡经营，别具匠心。所以前辈词家朱祖谋说："君特以隽上之才，举博丽之典，审音拈韵，习谙古谐。故其为词也，沉邃缜密，脉络井井，缒幽抉潜，开径自行。"（《梦窗词集跋》《彊村丛书》）"沉邃缜密，脉络井井"，指其结构所体现的意脉绵密；"缒幽抉潜，开径自行"，指其结构的曲折变化，富于创新。杨铁夫自述其学梦窗词的经过，他潜心探索又受到陈洵的指导，"于是所谓顺逆、提顿、转折诸法，触处逢源；知梦窗诸词无不脉络贯通，前后照应，法密而律精"[①]。吴文英所用的作词方法都体现在其词的结构中。梦窗词艺术结构的特点可概括为：

（一）散乱颠倒之中有内在的合理性。吴文英以抒情擅长，喜爱在特定的、具体的时间和场所中抒写纤细的感受和把握瞬间的印象，它们有时显得一片一片的散乱颠倒，却由一种情意串连起来产生强烈的艺术感染效果。《祝英台近·春日客龟溪游废园》结构上就显得散乱，词云：

----

① 引自《梦窗词选笺释·序》。

采幽香，巡古苑，竹冷翠微路。斗草溪根，沙印小莲步。自怜两鬓清霜，一年寒食，又身在云山深处。　　昼闲度。因甚天也悭春，轻阴便成雨。绿暗长亭，归梦趁飞絮。有情花影栏干，莺声门径，解留我霎时凝伫。

此词上阕三韵，下阕四韵，共七韵。每韵的写景、抒情或叙事，不用虚字呼应粘连，各自独立，似不连属，笔笔脱而又笔笔复。龟溪在浙江钱塘附近，即古孔愉泽。这废园是吴文英与恋人曾游玩过的地方，春日重游，感念旧情。词正面直起入题，以"幽""冷"的氛围烘托词情。"沙印小莲步"是出于思念旧情而产生的一种幻觉，事实上当年的芳踪早已无存了。从幻觉中醒来才发觉自己"两鬓清霜"，往事已去。"昼闲度"，看似突然，却很合理；桃花人面不见，纵使春游也同等闲。轻阴成雨，加强了废园的幽冷气氛。最后的"花影栏干，莺声门径"之所以"有情"，因为那是值得纪念和回忆的地方，只有它们才可能理解他为什么要在这里久久凝伫。全词被思念旧情所粘连起，虽然结构显得松散，含蕴的意脉却贯串首尾绵密如缕。吴文英的名作《风入松》在结构上也颇奇特。词云：

听风听雨过清明，愁草瘗花铭。楼前绿暗分携路，一丝柳、一寸柔情。料峭春寒中酒，交加晓梦啼莺。　　西园日日扫林亭，依旧赏新晴。黄蜂频扑秋千索，有当时纤手香凝。惆怅双鸳不到，幽阶一夜苔生。

殘寒正欺病酒掩沈香繡戶燕來晚飛入西城似說春事遲暮畫船載清明過卻晴煙冉冉吳宮樹念羈情遊蕩隨風化爲輕絮 十載西湖傍柳繫馬趁嬌塵頓霧遡紅漸招入仙溪錦兒偷寄幽素倚銀屏春寬夢窄斷紅溼歌紈金縷暝隄空輕把斜陽總還鷗鷺 幽蘭漸老杜若還生水鄉尙寄旅別後訪六橋無信事往花委瘞玉埋香幾番風雨長波妒盼遙山羞黛漁燈分影春江宿記當時短檝桃根渡青樓彷彿臨分敗壁題詩淚墨慘澹塵土 危亭望極草色天涯歎鬢侵半苧暗點檢離痕歡唾尙染鮫綃鞿鳳迷歸破鸞慢舞殷勤待寫書中長恨藍霞遼海沈過雁漫相思彈入哀箏柱傷心千里江南怨曲重招斷魂在否

《四明丛书》本之《梦窗词集》书影

词上下片各三韵，全词六韵六个情景：风雨春归，烟柳含情，晓梦醒来心绪烦乱，西园赏晴，黄蜂频扑秋千，恋人昨夜未到。此词作于吴文英寓苏州后期，与那位恋人分离之后，词中隐藏着他伤痛的情感，情深而以清丽疏爽的语言出之。如杨铁夫说："不从去时写去，乃从去后写去。"于是现实的感觉与往事的追溯夹杂一起，反反复复，错乱颠倒。词人未以一般的思路去写，正是表现了他于春归时节睹物伤情的复杂感受。春归的惆怅是全词的意脉。词之所以不是杂乱的直觉印象的拼凑，之所以可被理解就在于整首词有内在情感的合理性；因此人们读了此词都会被它真挚深厚的情感所动。

（二）大开大阖之中具有谨严性。梦窗词常常在词的上阕放手写去，大肆铺叙，而在下阕巧妙地收束，使词出现前后今昔的鲜明对比，更加突出主题思想。如《祝英台近·除夜立春》：

> 剪红情，裁绿意，花信上钗股。残日东风，不放岁华去。有人添烛西窗，不眠侵晓，笑声转新年莺语。　　旧尊俎。玉纤曾擘黄柑，柔香寄幽素。归梦湖边，还迷镜中路。可怜千点吴霜，寒消不尽，又相对落梅如雨。

词的上阕写人家守岁之乐，铺叙渲染，将节序的热闹欢乐场面着力描绘。词的下阕写词人现实的感受和对当年除夕的追念。全词上下之衔接以"旧"字表示，词意忽然转换，妙于收束，凄冷与热闹的场面鲜明对照，表现了词人痛苦的心情。余如《六丑·壬寅岁吴门元夕风雨》也是上阕写旧日吴门元夕的热闹，下阕写今日凄凉。这样的写法是经过作者精心布置的，其整体结构具有层次分明的谨严性质。

（三）抒情中的叙事穿插。吴文英善于抒情中插入一段精彩的叙事，它是现实生活中词人感受最深的一个典型情节，表现生活中一个精美的片断。这样使梦窗词生动有趣，形象更为鲜明丰富，而结构也活泼多姿、波澜曲折。吴文英抒写西湖情事的词就常常插入一些精彩的叙事。《扫花游·西湖寒食》，写郊外遇雨而插入"乘盖争避处，就解佩旗亭，故人相遇"。《贺新郎·湖上有所赠》插入"笑萝幛，云屏亲到，雪玉肌肤春温夜，饮湖光，山渌成花貌"，含蓄地写幽会场面，艳而不亵，合于"雅"的原则。《西子妆慢》插入她"笑拈芳草不知名，乍凌波、断魂西堍"，表现天真可爱的情态。《定风波》的"密约偷香□踏青，小车随马过南屏"，叙述他们的春游。《惜秋华》插入"长记断桥外，骤玉骢过处，千娇凝睇"，叙述他们的初识。若将这许多片断串连起来，吴文英的西湖情事就首尾完整了。

（四）多层次与曲折中意脉不断。梦窗词结构的复杂还表现在具有多层次的结构。《风入松·桂》以咏物方式糅合两个情事：

> 兰舟高荡涨波凉，愁被矮桥妨。暮烟疏雨西园路，误秋娘浅约宫黄。还怕邮亭唤酒，旧曾送客斜阳。　　蝉声空曳别枝长，似曲不成商。御罗屏底翻歌扇，忆西湖临水开窗。和醉重寻残梦，残衾已断熏香。

地点很分明，上阕寄托苏州情事，下阕寄托西湖情事。《宴清都》（"病渴文园久"）也是双层结构，上阕写西湖情事，"痛恨不买断斜阳，西湖酝入春酒"；下阕写苏州情事，"吴宫乱水斜烟，留连倦客，慵更回首"。《莺啼序·荷，和赵修全韵》结构更为复杂：第一、二片借咏荷以寄托情思，抒发现实感受；第三片写西湖情事，"西湖旧日，画舸频移，叹几萦梦寐"；第四片写苏州情事，"残蝉度曲，唱彻西园，也感红怨翠"。这些词以恋爱悲剧的感伤作为线索，串连一生的情事，跨越了时地的局限，将它们糅合得俨然像一件情事了，以致令人误认为吴文英恋情词的抒情对象竟是那位"去姬"，"吴苑是其人所在……其人既去，由越入吴也"。梦窗词之富于变化还表现在于一首词中结构的曲折。比如名作《莺啼序·春晚感怀》，在大体层次分明中又起伏变化，颠倒曲折，叙事与抒情交叉，往事与现实更迭，使这一长调引人入胜。《渡江云三犯·西湖清明》也是名作之一，同样以结构曲折见称。词云：

> 羞红翠浅恨，晚风未落，片绣点重茵。旧堤分燕尾，桂棹轻鸥，宝勒倚残云。千丝怨碧，渐路入、仙坞迷津。肠漫回，隔花时见，背面楚腰身。　　逡巡。题门怅怅，堕屦牵萦，数幽期难准。还始觉，留情缘眼，宽带因春。明朝事与孤烟冷，做满湖、风雨愁人。山黛暝，尘波淡绿无痕。

词以写景开始，以"浅恨"的情绪笼罩全词，概括出一幅暮春繁花满枝、芳草如茵的美景。接着叙述了西湖仙遇的经过，"肠漫回"揭示了记忆中一个最深刻的印象，顺而插入"背面楚腰身"的美人速写像，善于剪裁，提炼出一个动人的情节。词情到高潮突然而止。下片词意较隐晦。"逡巡"乃迟疑不前之状，突兀地故布疑阵，由描写转入抒情。迟疑不前，是怕她闭门不见，然而又事先有约。他们总是缘悭而"幽期难准"的。"还始觉"三字使词情力转而下抒写一怀浅恨，为相思苦恼而甘做"愁人"。词情又从现实中转出，最后以景结情，留下绵绵相思之意。这里，情事的奇艳波折、词人情感的执着和矛盾都以结构的曲折幻变表达出来了。

梦窗词艺术结构反映了作者的精心布局，其结构谨严巧妙，所以甚为后世所师法。

吴文英富于幻想，喜爱神奇瑰丽的意象，奇丽之美成为其审美趣味的中心。这种奇丽以婉约为基调，缺乏宏伟雄豪的气魄，缺乏光辉的社会理想照耀，因而被染上一层冷色，构成梦窗词奇丽凄迷的艺术境界。吴文英虽然具有浪漫气质，却没有苏轼那种挟天风海雨的仙气，而有李贺式的"鬼才"，所以它的奇丽之中充满神秘险怪，凄迷中见幽冷。《八声甘州·灵岩陪庾幕诸公游》，词一开始作者就提出一个越过时间与空间的奇怪而又无法回答的问题："渺空烟四远，是何年、青天坠长星？"将词意引入一个古老幻想的世界。《齐天乐·与冯深居登禹陵》的"幽云怪雨，翠萍湿空梁，夜深飞去"，这就更奇了：会稽禹庙屋梁上所画之龙，在一个幽云怪雨的深夜忽然飞去，梁上还留下湿淋淋的翠萍。《水龙吟·赋张斗墅家古松五粒》的"皴鳞细雨，层阴藏月，朱弦古调"，则是阴森古怪的境界：古老茂密有似老龙的松阴遮掩了月光，林间细雨霏霏，在幽暗神秘的地点，突然响起幽怨的琴声。早在北宋时，伊川先生程颐听到诵晏几道词的"梦魂惯得无拘检，又踏杨花过谢桥"，先生笑曰："鬼语也。"梦窗词中这类"鬼语"就更多了。如："哀曲霜鸿凄断，梦魂寒蝶幽飏"（《风入松·邻舟妙香》）；"醉魂幽飏，满地桂阴无人惜"（《尾犯·甲辰中秋》）；"惨淡西湖柳底，摇荡秋魂，月夜归环佩"（《梦芙蓉·赵昌芙蓉图》)。这些梦魂自在悠飏，游戏于桂树影下，飘荡于湖边柳底，情景凄厉，鬼气森森。《惜黄花慢·菊》的结尾云："雁声不到东篱畔，满城但风雨凄凉，最断肠，夜深怨蝶飞狂。"词虽是咏物却寄托了作者的满腔怨愤之情。这个"怨蝶"是作者思想情感的化身，它因怨愤难以申诉便反常地在凄风苦雨的深夜狂飞。这惊心动魄的形象反映了作者精神创伤的剧痛。吴文英的自度曲《古香慢·赋沧浪看桂》词云：

> 怨娥坠柳，离佩摇葰，霜讯南圃。漫忆桥扉，倚竹袖寒日暮。还向月中游，梦飞过，金风翠羽。把残云剩水万顷，暗熏冷麝凄苦。　　渐浩渺、凌山高处。秋淡无光，残照谁主？露粟侵肌，夜约羽林轻误。剪碎惜秋心，更肠断、珠尘藓路。怕重阳，又催近，满城风雨。

词是有寄慨的，不仅对南宋后期社会现实感到悲哀，也暗寓了作者爱情的不幸。词人以咏物而抒写自己凄苦的感受，以"怨"的情调笼罩全词，以花落于深秋细雨中为结；不是以中秋看桂咏赏良辰美景，而是以它作为往事来陪衬今日的凄凉冷落，着力刻画没落残破的荒凉景象，使全词染上浓重的冷色。这是时代悲剧和词人一生悲剧的象征性表达。梦窗词的主要作品大都具有这种色调和情调。吴文英的《思佳客·赋半面女髑髅》更表现死亡的神秘世界。词云：

> 钗燕拢云睡起时，隔墙折得杏花枝。青春半面妆如画，细雨三更花又飞。　　轻爱别，旧相知。断肠青冢几斜晖。

断红一任风吹起，结习空时不点衣。

这首词题为"赋半面女髑髅"。枯白的髑髅是死亡和恐怖的象征，给人以可怕与厌恶的印象。词人所赋的一具髑髅，从尚未腐烂的头发和饰物而可推知其为女性，惜乎只能见到"半面"了。这比一般的髑髅更为可怖，因而也引起人们一些联想。奇怪的是，这个题材在北宋曾引起苏轼的兴趣，他作了一首《髑髅赞》：

黄沙枯髑髅，本是桃李面。而今不忍看，当时恨不见。业风相鼓转，巧色美倩盼。无师无眼禅，看便成一片。

苏轼曾受过佛家思想的影响，因而诗赞中流露出青春不可恃的感叹，归结到色相的了悟，达到佛家诸天色相亦无的境界。南宋初年享有佛学盛名的径山宗杲禅师借这个题目以发挥禅理而作了《半面女髑髅赞》。赞云："十分春色，谁人不爱。视此三分，可以为戒。"他想劝教世人悟出色即是空之意。据说刚成这四句，忽然好像有人接着续云："玉楼清夜未眠时，留得香云半边在。"（《浩然斋雅谈》卷中）仿佛女鬼有意揶揄宗杲禅师，蔑视佛法，嘲笑他的劝诫。如果说苏轼和宗杲都以超脱态度来处理这个题材，吴文英却由此触动了情感的创伤，所描写的不是令人可怕可厌的髑髅，而是对不幸女子青春生命的哀悼，表现了一具活的美的女鬼的情趣。她夜半醒来，粗略梳妆，妆面如画；她虚飘的身影在夜半三更随风飞扬，折得杏枝，附着落花飘起，充满了神秘的鬼趣。此词已是作者晚年的作品，力图摆脱旧情的缠绕，所以特借佛经之意，想表示已经"结习空者，花不著身"了。此"花"并非鲜花，而是"断红"，它像是亡灵有感有知，任风吹起。结尾两句欲以淡语忘情，仅说明这种情感转为深沉，因为从词人对年轻死去的女子的同情、爱怜，以致由女髑髅而引起的情感波澜，都足以说明许多深刻的印象是难以轻易抹去了。唐代诗人李贺《苏小小墓》刻画鬼的形象，吴文英很可能从中受到启发，在词里也表现了鬼趣，向往死亡的神秘世界。这都反映了作者对现实的悲观绝望的情绪。吴文英对神秘幽冷的鬼趣的追求，对这种题材的选择处理，表现了其特殊的审美趣味。以秾艳凝涩的字面、绵密曲折的结构创造出奇丽凄迷的境界，这就是梦窗词的基本艺术特点。

在宋词发展史上，吴文英是一大家。张炎说："旧有刊本《六十家词》可歌可诵者指不多屈，中间如秦少游、高竹屋、姜白石、史邦卿、吴梦窗，此数家格调不侔，句法挺异，俱能以特立清新之意，删削靡曼之词，自成一家，各名于世。"（《词源·序》）张炎从自己的艺术观点出发，所论是有一定偏见的，所列五家中高观国、史达祖缺乏艺术独创，但认为吴文英能"自成一家"这还是确切的。清代周济的《宋四家词选》以吴文英与周邦彦、辛弃疾、王沂孙并列为宋词四大家，给了吴文英以很高评价。宋词史上，柳永、苏轼、周邦彦、李清照、辛弃疾、姜夔、张炎等大词人的成就各有不同，然而都有自己的艺术风格。梦窗词在诸家词之间艺术风貌特异，较易辨别，所以自清代中叶以来许多词家对梦窗词的艺术风格的认识是比较趋于一致的。周济说："梦窗词奇思壮采，腾天潜渊，返南宋之清泚，为北宋之秾挚。"（《宋四家词选·目录序论》）南宋婉约词趋于清淡雅致，而梦窗词却以花间词以来的秾挚出现。"秾"指其字而秾艳华丽，"挚"指其词意深厚。戈载说："梦窗词以绵丽为尚，运意深远，用笔幽邃。"（《宋七家词选》）这是从其命意构思的特点着眼的，较确切地说明了梦窗词艺术结构的特点。此后论梦窗词者，皆祖述以上两家之说。据词界诸家对梦窗词艺术特征的探讨和我们的分析，可以说以"秾挚绵丽"来概括梦窗词的艺术风格是较为恰当的。吴文英之所以成为南宋大词家，其词的艺术风格是成熟的，且具独创性、丰富性和稳定性的特点。

艺术的独创性是作家的气质、才能、思想、情感、文化教养在创作中的表现，形成了自己的艺术特点，这就是作家的创作个性。它的形成标志作家风格的成熟。秾挚绵丽是梦窗词的独创，标志其风格的成熟。吴文英追求险怪、喜好雕饰、词语晦涩等个人的癖好，使他具有一种怪癖的艺术作风。这种作风使吴文英产生过一些失败的作品，虚伪矫饰，浅薄空疏，离开了生活的真实；但是当它得到一定的克服，在深刻反映生活的真实之时，它又使其创作个性更加突出了。无疑在吴文英整个创作中，后者是居于主导地位的，因而未使风格遭到破坏而获得独创的意义。所以陈洵说："以涩求梦窗，不如以留求梦窗。见为涩者，以用事下语处求之；见为留者，以命意运笔中得之也。以涩求梦窗，即免于晦，亦不过极意研炼丽密止矣，是学梦窗适得草窗（周密）。以留求梦窗，则穷高极深，一步一境。"（《海绡翁说词》）可见吴文英逞才使气，任其怪癖作风表现时，其词就晦涩浅薄；当其创作个性得到正确发挥时，其词就含蓄能留。梦窗词不是没有缺陷的，但认为它只是险怪晦涩而一无是处，则只看到了其恶劣作风的一面，而这在整个词中并非很主要的。陈洵只是赞美，甚至无视其缺陷，也非实事求是的态度。

朱祖谋《梦窗词集小笺》

清《九宫大成像》之梦窗词谱

梦窗词的艺术风格是比较丰富的,它以秾挚绵丽为主,而又有疏快之作。张炎说:梦窗词"如《唐多令》云:'何处合成愁,离人心上秋。纵芭蕉不雨也飕飕。都道晚凉天气好,有明月,怕登楼。前事梦中休,花空烟水流。燕辞归客尚淹留。垂柳不萦裙带住,漫长是,系行舟。'此词疏快却不质实。如是者集中尚有,惜不多耳。"(《词源》卷下)《唐多令》并非吴文英的佳作,而像这类疏快之作为数也不多,特别是当其咏怀而直抒胸臆之时。

吴文英词的艺术风格形成得早而且比较稳定,从青年时期在苏州作的《满江红·甲辰岁盘门外寓居过重午》、《瑞鹤仙》("泪荷抛碎璧")、《齐天乐·与冯深居登禹陵》、《金缕歌·陪履翁沧浪看梅》,中年在杭州作的《渡江云三犯·西湖清明》《齐天乐·会江湖诸友泛湖》《扫花游·西湖寒食》《贺新郎·湖上有所赠》,直到晚年作的《西平乐慢·过西湖先贤堂伤今感昔,泫然出涕》《莺啼序·春晚感怀》《三姝媚·过西湖旧居有感》,其秾挚绵丽的风格都是始终一贯的,表现了其风格的连续性和稳定性,虽然其晚年的作品更为沉郁。由于这样,梦窗词的艺术风格不流于琐碎而最具独特的面目。吴文英由于找到了自己的艺术气质、才能和审美趣味最恰当的表现方式,风格确定得早,艺术特色鲜明,而又连续稳定地发展下来,因而取得了很大的成功。

五

吴文英的梦窗词在宋词中以富于艺术独创性见称。无论从其秾艳凝涩的字面、绵密曲折的结构、奇丽凄迷的境界,以及所表现的纤细的感受、缠绵诚挚的情感等看来,梦窗词都有着我国文学的民族特点的。所以清人戈载说它"与清真、梅溪、白石并为词学之正宗,一脉真传,特稍变其面目耳"(《宋七家词选》)。近年国内外有研究梦窗词者,另辟蹊径,以西方现代意识流派的观点来解释梦窗词的艺术特点,认为它有意识流倾向,或以为吴文英就是意识流的词人,希望从我国传统文学中找到意识流派的渊源。这无疑混淆了西方意识流与我国古代文学的历史文化条件的重要区别,将西方现代小说一种流派的基本创作方法来套在我国古代文学家的头上,而且无视我国传统文学与西方意识流派基本艺术特征的不同。以梦窗词而论,它反映了南宋灭亡前的现实,抒写了封建制度重压之下知识分子的不幸遭遇,以恋爱的悲剧控诉了不合理的封建制度,在一些词里还流露出对国家命运的关注;而且无论其咏怀之作、恋情之作、咏物及酬赠之作,其作品的主旨虽然含蕴,却都是可以理解的。它们并不存在西方现代派那种反社会、反理性、反现实的倾向。以现代西方意识流观点来研究梦窗词者并不是从基本艺术特征方面来比较二者，而是从意识流派的一些表现手法来比附梦窗词的。认为：吴文英的词和现代诗非常相似，特点在于对中国诗在传统习惯上运用的逻辑关系毫不在意，传统中国诗的结构总要遵循逻辑，顺着时间空间的顺序抒情叙事，因果关系很清楚，吴词中却存在许多不同时间、不同地点的混淆和交叉；吴文英又喜爱创造一些非正统的、偏离中心的文学意象。可见，梦窗词构思方面的时空错乱和非正统的意象是被认为它具有意识流倾向的主要根据。这显然是一种误解。文学中的时空错乱和一些特殊意象的使用，以及内心独白等等，并不是现代意识流派特有的、垄断的表现手法，在现实主义、浪漫主义文学中也是较为常见的表现手法，在我国传统文学中亦属常见。比如时空错乱的表现手法在宋词中就是常见的，并非仅见于梦窗词。晏殊的"明月不谙离恨苦，斜光到晓穿朱户"（《蝶恋花》），是从夜晚到拂晓时间的混淆；晏几道的"去年春恨却来时"，"当时明月在"（《临江仙》），是往时与现时的感受的混淆；蒋捷的《虞美人·听雨》将少年、壮年、老年三个时代的情景与时空，在雨声中融混起来，总的是感到人生"悲欢离合总无情"；秦观的《好事近》为记梦之作，"花动一山春色"，"飞云当面化龙蛇"，可谓离奇荒诞了。这些如果按意识流的观点来看也是很典型的意识流作品了。梦窗词中确有这样的情况，如《齐天乐》的"古柳重攀，轻鸥聚别，陈迹危亭独倚"，"重攀"为今日，"聚别"为昔时，两种感受在独倚危亭时融混在一起；《三姝媚·过都城旧居有感》的"湖山经醉惯，渍春衫、啼痕酒痕无恨"，渍春衫之痕凝聚了今昔的悲欢；《风入松》的"黄蜂频扑秋千索，有当时纤手香凝"，是感受上时间错乱的幻觉；《齐天乐·与冯深居登禹陵》的

"寂寥西窗久坐，故人悭会遇，同剪灯语，积藓残碑，零圭断璧，重拂人间尘土"，在地点与时间上都是错综的。但是从梦窗每首词的整体结构来看，其绝大部分作品是按照一般顺序写的，因果关系也很明显。如《莺啼序·春晚感怀》，它明显地学习周邦彦《瑞龙吟》的艺术结构，从当前的现实情景写起，其间穿插旧日情事的回忆，时地有些错乱，叙述的次序也不是按情事的原有逻辑，而是按照我国传统诗词的表现方法，立足于现实感受上来叙述或追述往事。其整体结构具有合理性，因果关系也是清楚的，并不具意识流倾向。西方意识流作品在逻辑结构上的时空错乱是具有反理性性质，它与我国的传统格格不入。梦窗词、玉溪生诗、李贺歌诗、屈原赋等都不存在反理性的性质，它们并非一团混乱的直觉，也不是疯人的呓语。

关于梦窗词意象的反传统性质，有举其所用之"愁鱼""花腥"为据者，兹亦就此二例辨之。吴文英《高阳台·丰乐楼》有"飞红若到西湖底，搅翠澜、总是愁鱼"句，这"愁鱼"是否就是一个毫无出处的生词呢？与此结构相同的在梦窗词中就有"愁灯"（《庆春宫》）、"愁燕"（《扫花游》）、"愁红"（《解蹀躞》）、"愁髻"（《三姝媚》）、"愁蝶"（《探春慢》）等，可见其构词法并不特殊。是否在中国文学的传统观念中游鱼一直是象征着悠游自在的生活而不会有愁呢？也不尽然。李商隐就有"鳏鱼渴凤真珠房"（《李夫人》）之句，以"鳏鱼"喻鳏夫。"鳏鱼"乃无偶之鱼，自然是不快活的，所以北宋时张先的"愁似鳏鱼知夜永"（《安陆集》）就是从义山诗化出的；这个断句还深受苏轼的称赞，而梦窗词之"愁鱼"即"愁似鳏鱼"之意。可见它也并非一个"毫无出处的生词"。吴文英《八声甘州·陪庾幕诸公游灵岩》有"腻水染花腥"

句，"花腥"不是指花固有的气味，而是出自词人的想象。苏州灵岩的吴宫旧址，词人想象旧日宫中的脂膏粉腻，使花至今染上一种腥味。吴文英的《高阳台·过种山》中还用过"岩上闲花，腥染春愁"，词人想象种山上的花，至今还染有越大夫文种伏剑而死的血腥味。吴文英的《琐窗寒·玉兰》用过"蛮腥"以写艳女"氾人"，表现她具有南方风韵。我国传统文学中屈原《九章·涉江》就有"腥臊并御，芳不得薄兮"，将恶臭的气味与芳香对举，以喻小人窃位，贤士远离。李贺的《假龙吟歌》有"莲花去国一千年，雨后闻腥犹带铁"。莲花为龙王之名，此指龙；铁味腥，可害龙目；意谓龙去已经千年，雨后水中还发出驱龙的铁腥味。可见，梦窗词中之"花腥"还是来自传统的。

如果我们将梦窗词意象作一番归纳比较的工作，将会见到其常用意象与我国传统诗词比较起来也不是很特殊的。梦窗词之语言是最有特点的，其中某些意象确属作者自铸的新词，即前人所谓其"炼字炼句，迥不犹人"者，如"帆飖"（《三部乐》）、"骇毛"（《一寸金》）、"飞辇"（《瑞鹤仙》）、"般巧"（《水龙吟》）、"兰泚"（《天香》）、"麝霭"（《莺啼序》）、"九险"（《八声甘州》）等，都是晦涩险怪的例子。虽然吴文英也有韩愈"怪词惊众"的癖好，有时难以骤解，但考其来源还是出自我国传统之中的。

唐诗中韩愈一派险怪诗风的开辟，我们基本上肯定它是唐诗的革新，虽然某些地方与传统相异。它的创新来自传统的基础之上，它创新的结果又使唐诗的传统更加丰富。梦窗词与宋词传统的关系也是这样的。它的秾挚绵密的艺术风格，远绍于屈原、李贺、李商隐的诗风，近源自温庭筠以来花间和北宋的秾挚词风，渊源一一可考。梦窗词的创新来自我国诗词传统，它创新的结果又丰富了宋词的传统，成为宋词中之一体。它并不是与我国传统无关的、海外飞来的东西。从我国诗歌传统出发，以历史的美学的分析，是完全可以给梦窗词以正确评价的，是可以对其艺术进行认识和欣赏的，没有必要再去乞援于西方现代文学流派的某一时髦的理论。

王沂孙及其词

一

　　王沂孙和其他许多宋末词人一样经历了南宋王朝灭亡的重大
历史变故。南宋的灭亡，其中包含着许多惨痛的历史教训。南宋
度宗皇帝的软弱昏庸、贾似道的专权误国、统治集团的内部矛盾
和采取坐以待毙的态度，以及他们对人民群众抗敌救国斗争的压
制，都大大加速了南宋政权的覆灭。在严酷的现实面前，许多歌
舞酣醉、沉迷湖山的词人觉醒了。他们的生活和思想都发生了急
剧的变化，迫使他们不得不进行认真的思考，于是爱国主义便成
了创作中首要的主题。南宋的灭亡对汉族人民来说则意味着一个
民族国家的灭亡，而将忍受空前的民族压迫的深重灾难。所以这
个时代词人们表达的爱国主义思想情感都是悲痛消极的亡国哀音。
一些婉约词人如陈允平、王沂孙、周密、陈恕可、唐珏、仇远、
张炎等，他们所表达的思想情感就更为消极低沉、幽隐曲折了，
仅仅是一种黍离之感与桑梓之悲。在元帝国统治者的铁蹄下，野
蛮、落后、残暴的阶级压迫和民族压迫，使人类文明面临浩劫，
使广大人民处于水深火热之中，长夜漫漫。词人们看不见人民的
力量，也看不到未来的光明和希望，他们的歌声之低沉是时代使
然。我们没有理由责怪他们：为什么不唱得高昂些呢？王沂孙等

词人对故国怀有深厚的情感，耻于屈志新朝，甘过穷愁悲苦的遗民生涯，走上消极反抗的道路，由此接近了人民群众。他们的词以精湛的艺术、优美的形象，委婉而缠绵地表现了对故国的眷念，对祖国河山的热爱，一定程度上还体现了汉民族的尊严和气节。王沂孙等宋遗民词中的爱国主义思想仅仅是我国文学爱国传统的长河中一股涓涓细流。从它将见到我们民族曾有过的灾难，尤其是将见到我们民族即使在最艰苦的条件下也具有不可磨灭的坚韧的爱国主义精神。

二

　　王沂孙，字圣与，号碧山，又号中仙，又号玉笥山人；会稽（浙江绍兴）人。友人张炎在悼词里称其"能文工词，琢语峭拔"（《琐窗寒·序》）。友人周密说："王圣与尝缉《对苑》一书，甚精。凡十余册，止于三字，如'狮子橘''凤儿花''飘花''斗叶'之类。"（《志雅堂杂钞》卷一，《学海类编》本）《宋诗纪事》卷八十存录其诗一首。其词集名《花外集》，又名《碧山乐府》，今存词六十四首。王沂孙能诗能文，而且非常博学，但在宋末元初却以词最为知名。宋遗民咏物寄意的词集《乐府补题》便是以王沂孙的作品为压卷的。当其下世后，张炎甚至悲叹说："自中仙去后，词笺赋笔，便无清致。"（《琐窗寒》）由此可见他在当时词坛的影响了。自清代以来，王沂孙的词受到特殊的重视，如陈廷焯说："王碧山词，品最高，味最厚，意境最深，力量最重；感时伤世之言，而出以缠绵忠爱，诗中之曹子建、杜子美也。词人有此，庶几无憾。"陈氏还认为"词有碧山，而词乃尊"（《白雨斋词话》卷二）。但是关于这位宋季大词人生平事迹的文献资料却极为稀少，以致目前词学界对其生卒年及仕历仅有大致的推测，而且意见较为分歧，尚待进一步考索。

最早专文考证王沂孙生卒年的是近世词学家夏敬观先生。他以为"碧山殁于辛卯前，其年岁当在六十以外，七十以内"[①]。则其生年约在南宋嘉定十五年（1222），约卒于元代至元二十八年（1291）。此后尚有三说：一、约生于南宋淳祐八年（1248），卒于至元二十七年（1290）；二、约生于南宋端平元年（1234），卒于至元三十一年（1294）；三、生于南宋嘉熙四年（1240），卒于元至大三年（1310）[②]。比较起来，据夏敬观之说较能恰当地解释王沂孙的交游、仕历等情形。当然，这牵涉到对几个具体问题的解释。王沂孙有《一萼红·丙午春赤城山中题花光卷》，宋元之际的丙午为宋淳祐六年（1246），一为元大德十年（1306）。从现存有关文献来看，没有王沂孙在至元中期以后的任何线索可寻，这"丙午"不可能是至元以后的了。刘克庄《花光梅题跋》云："余亦有梅癖者，然善画不如花光。"又云："此卷就和靖八诗各摘二字，为梅传神，为和靖笺诗，花光得意之作者。"（《后村先生大全集》卷一○七）花光即释仲仁，衡阳花光山长老，擅画梅花、山水。士大夫极重之，为北宋中期人。王沂孙"丙午赤城山中题花光卷"亦与刘克庄题跋约略同时，此丙午当是宋淳祐六年。此年周密年仅十五岁，则王沂孙必然年长于周密。但王沂孙《淡黄柳》词序有云："甲戌冬，别周公谨丈于孤山中。"既然称周密为"丈"，是否他年长于王沂孙呢？查《花外集》词题与周密有关的共六处，称"周公谨""周草窗"或"草窗"共五处，仅《淡黄

---

① 夏敬观《王碧山年岁考》，《同声月刊》第二卷十号，南京出版，1942年。
② 见吴则虞《词人王沂孙事迹考略》，《文学遗产增刊》第七辑，1959年；常国武《王沂孙出仕及生卒年岁问题的探索》，《文学遗产增刊》第十一辑，1962年；杨海明《王沂孙生卒年考》，《社会科学战线》1984年3期。

柳》序称"丈"。丈在古时为对长辈的尊称，又是对老人的通称。王沂孙只是偶尔称周密为丈，是属于友人之间文字往返时的戏笔。王沂孙《三姝媚·次周公谨故京送别韵》有云："别久逢稀，谩相看华发，共成销黯。"此词与上词都作于宋亡之后，两人都是华发的老人了，故有时戏称丈是可能的，尤其因为"南宋人称'丈'根本不能据以断定年辈的高低"①。关于王沂孙卒年的下限，自20世纪30年代以来，词学界都依据周密《志雅堂杂钞》卷下（《粤雅丛书》本）"辛卯十二月初六日（胡）天放降仙。……又问王中仙今何在？云在冥司幽滞未化"的记载，断定"王中仙"即王沂孙，他当于辛卯（至元二十八年）前下世。"王中仙"各本皆作"后王"或"王中企"，而引作"王中仙"者可能属偶误或有意制造证据，不足为据。但辛卯之后却无王沂孙的任何行迹可寻，因有可采用卒于此年之说。据照王沂孙生于宋嘉定十五年，约卒于至元二十八年之说，则宋亡时约五十七岁，长周密十岁，长张炎二十六岁；其"丙午春赤城山中题花光卷"时约二十四岁，宋亡后尚生活了十二年。

王沂孙在宋时曾否入仕，这一直是为词学界所忽视了的问题。清初朱彝尊在《乐府补题序》里介绍了几位宋遗民，介绍王沂孙云："王圣与氏先叔夏卒，叔夏为题集绎其词，殆尝仕宋为翰林。"（《曝书亭集》卷三十六）张炎字叔夏，为王沂孙的友人，作有《洞仙歌·观王沂孙花外词集有感》，又作《琐窗寒》悼之。朱彝尊谓王沂孙"尝仕宋为翰林"，这必定是有依据的，可惜已不得其详。从现存文献来看，仅有王沂孙的友人周密的《踏莎行·题中

---

① 见常国武《读〈花外集〉厄言》，《南京师范大学学报》1984 年 3 期。

仙词卷》(《草窗词》卷下）与此有关，或者它就是朱氏的依据。
词云：

> 结客千金，醉春双玉。旧游宫柳藏仙屋。白头吟老茂陵
> 西，清平梦远沉香北。　　玉笛天津，锦囊昌谷。春红转眼
> 成秋绿。重翻花外侍儿歌，休听酒边供奉曲。

此词作于宋亡后，作者为友人词卷题辞时，流露出繁华如梦，春
红成秋绿的深沉感叹，其中也暗示了友人王沂孙的身世。"结客"
"醉春""仙屋"是描述当年王沂孙的富贵气象和豪情逸致。"白头
吟老茂陵西"，用汉代司马相如晚年"聘茂陵女为妾"（《西京杂
记》卷三）的故事，以喻其"位高金多聘私室"。"清平梦远沉香
北"，用唐代李白于天宝二年待诏翰林，奉诏作《清平调》三首
（见《太平广记》卷二〇四引《松窗录》），其中写杨贵妃娇态有
"解释春风无限恨，沉香亭北倚栏干"之句，以喻王沂孙似昔日李
白之殊荣。"重翻花外"指今日阅读王沂孙的《花外集》；"休听酒
边供奉曲"，意谓昔日其奉诏之作在宋亡后不忍听到了。据此可推
测王沂孙确曾在宋时待诏翰林而且奉诏作过一些"供奉曲"的；
但今传之《花外集》已无这类作品，当时作者结集时未收录。宋
沿唐制设有翰林学士院，职掌起草诏旨，又在外侍省下设翰林院，
总天文、书艺、图画、医官四局。王沂孙"仕宋为翰林"，很可能
是以备内廷顾问的文学之士，因为在其《花外集》里许多的咏物
词都是拟托宫人的语气对旧宫廷生活的痛苦追忆。例如："自真妃
舞罢，谪仙赋后，繁华梦，如流水"（《水龙吟·牡丹》）；"翠云遥
拥环妃，夜深按彻霓裳舞。铅华净洗，涓涓出浴，盈盈解语。太

液荒寒，海山依约，断魂何许"（《水龙吟·白莲》）；"一襟余恨宫魂断，年年翠阴庭树"（《齐天乐·蝉》）；"国香到此谁怜……空想咸阳，故宫落月"（《庆宫春·水仙花》）；"拥倾国，纤腰皓齿，笑倚迷楼。空令五湖夜月，也羞照三十六宫秋"（《青房并蒂莲》）。王沂孙对宫廷生活的回忆，这与同时的其他词人的作品比较起来是颇为突出的现象。这种现象与作者特殊的生活经验是有关的。王沂孙在《三姝媚·次周公谨故京送别》里抒写亡国后的凄苦情绪时曾说："绿袖乌纱，解愁人，惟有断歌幽婉。"朝廷品官的服饰才是"绿袖乌纱"。作者缅怀昔时的尊荣，而以为今日惟有悲歌可以解愁了。张炎在王沂孙下世后的悼亡词里追叙其入元后归隐时是"角巾还第"（《洞仙歌》）用《晋书·羊祜传》"当角巾东路，归故里，为容棺之墟"。"第"即府第，古代贵族士大夫的住宅。王沂孙归隐时，其故乡尚有旧时的府第。张炎叙述王沂孙于故里下世说："怅玉笥埋云，锦袍归水。"玉笥山在会稽东南，王沂孙曾号玉笥山人，其葬地在玉笥山。"锦袍归水"亦谓其去世，以"锦袍"代人。锦袍为绣花丝织长袍，乃古代贵族之服。刘克庄《沁园春·同前》有"我梦见君，戴飞霞冠，著宫锦袍"。乃谓友著官服官帽。李白奉诏作《宫中行乐词》称旨，唐玄宗赐予宫锦袍（杜甫《寄李十二白》）。这可为王沂孙仕于宋之佐证。由于王沂孙在南宋时有过一段贵幸的生活，所以入元后其作品特多故国之思。其同时的友人如陈允平、周密、张炎、戴表元等也都是宋廷旧臣。他们入元后以遗民自居而甘老江湖的。

宋亡后，王沂孙隐居故乡会稽，往返于杭州与绍兴之间，与周密、陈允平、张炎、仇远等宋遗民交游酬唱，参加了宋遗民咏物寄意的《乐府补题》的唱和活动。《乐府补题》一卷，元以来诸家皆不著录，清初朱彝尊得到旧抄本，康熙中始刊行传于世。此集无序跋，无年月，为宋遗民王沂孙、周密、王易简、冯应瑞、唐艺孙、吕同老、李彭老、陈恕可、唐珏、赵汝钠、李居仁、张炎、仇远等十三人咏物唱和词集。咏物题为《天香》赋龙涎香、《水龙吟》赋白莲、《摸鱼儿》赋莼、《齐天乐》赋蝉、《桂枝香》赋蟹，共五题。各题唱和的地点是不同的，参加唱和者的多少也不一致，可见并非一时一地之作。王沂孙参加了前四题的唱和，是其中较为主要的人物。这个咏物词集从参加的作者、唱和的方式与作品的倾向性来看，它是宋遗民一种秘密的带有政治色彩的文学集社——词社的活动，因而其咏物是有政治寓意的。朱彝尊《乐府补题序》云：

> 诵其词，可以观志。意所存虽有山林友朋之娱，而身世之感别有凄然言外者，其骚人《橘颂》之遗音乎？度诸君子在当日唱和之篇，必不止此，亦必有序以志岁月，惜今皆逸矣。（《曝书亭集》卷三十六）

由于咏物词这种较为曲折的虚处寄意的方式，我们很难揣知作者的真实意旨，也易于去穿凿附会，因而《乐府补题》的主旨及各题的具体寓意，迄今仍难以探明。清代中叶常州词派以寄托论词，词论家们渐渐将《乐府补题》的某些作品与南宋六陵盗发事件联系起来。近世词学家夏承焘著《乐府补题考》以为"大抵龙涎香、莼、蟹以指宋帝，蝉与白莲则托喻后妃"[1]。元兵入南宋都城临安

---

[1] 夏承焘《唐宋词人年谱》第 376—382 页，上海古籍出版社，1979 年。

两年之后，于至元十五年（1278）十二月，在浙江会稽发生了一件震动江南、凌辱汉民族的暴行：江南释教总管杨琏真加帅徒众掘发南宋诸帝及后妃之陵墓，弃帝后尸骨于野外并盗窃陵内宝物。宋遗民义士唐珏、林景熙等人暗地设法收敛帝后骨骸，分别瘗于兰亭山南，以冬青树为标志，年年哭祭。这在诗歌创作里成为一时的重要题材，林景熙的《冬青花》、唐珏的《冬青行》和《梦中作》、谢翱的《冬青树引别玉潜》等都直接赋咏六陵之事。但在词里却未接触这个重大题材，如果就《乐府补题》各词作具体分析，寻绎每首词的词意，则很难发现与六陵事的联系，尤其是在元代没有任何文献提供它们与之有关的线索。因此收入《乐府补题》中的王沂孙咏物词，它们虽有寓意，却非暗写南宋六陵事。

元朝统治建立之初急需人才，因而对汉族上层士人实行了强迫、收买和拉拢的软硬兼施的手段，使他们加入新的政权以巩固其统治，对国内人民实行联合的阶级压迫。当时确有许多南方士人纷纷北上入燕而仕于新朝的，也有一些宋遗民眷怀故国，具有民族气节，耻于屈志新朝，对元朝统治采取了消极反抗的态度。元世祖采纳了汉族儒臣的建议，大兴儒学以取得对汉族人民的思想统治。他在统一中国的第三年"至元十九年（1282）夏四月，命江南诸路皆建学以祀先圣。二十三年（1286）二月，帝御德兴府行宫，诏江南学校旧有学田，复给之以养士。二十八年（1291）令江南诸路学及各县学内设立小学，选老成之士教之，或自愿招师，或自受家学于父兄者，亦从其便。其他先儒过化之地，名贤经行之所，与好事之家出钱粟赡学者，并立为书院"（《元史》卷八十一《选举》一）。在恢复儒学的政策影响下，不少宋遗民重又出山担任各级学校的学正、学录、教授、山长等师儒之职。清初学者查为仁、厉鹗的《绝妙好词笺》卷七于王沂孙小传云："《延祐四明志》至元中王沂孙庆元路学正。"《延祐四明志》为元初学者袁桷修纂，该志卷二"职官"按时代先后、所辖地区及官职列出任职职官名单，名字下并无说明。王沂孙列在"本朝"（元）"庆元路""学官"中"学正"一栏内第一名，在他之后有时敏、赵同、赵必昌、盛象翁等，一律没有任职年月或其他任何有关的记载①。由此可知：一、王沂孙于元初确曾为庆元路第一任学正；二、查为仁与厉鹗所引《延祐四明志》并非原文，乃是据文抄撮而成者；三、查为仁与厉鹗断定王沂孙至元中为庆元路学正是经过一番推断的。四明为浙江庆元府（即宁波府）的旧称，至元十四年（1277）"改为庆元路总管府"（《元史》卷六十二《地理》五）。袁桷乃四明人，他自称"吾郡教官，由至元丙子（1276）以来，见于题名者，亡虑数十人，皆得而接识之"（《送俞教授回里序》，《清容居士集》卷二十三）。袁桷曾从戴表元游并师事之，而戴表元为王沂孙友人，所以他对其先辈事迹是熟知的，故所记王沂孙为庆元路学正当是确实的。

---

① 《延祐四明志》伟刻本极少，友人蒋哲伦于上海师范大学古籍整理研究所代为查核，函告查核情形。

右玉笥山人花外集一名碧山樂府一卷碧山詞頌
雙白揖讓二窻實爲南宋之傑顧其集傳本絕少
諸家謏錄均未之及鮑氏知不足齋叢書所刊爲詞
六十有五　御選歷代詩餘云碧山樂府二卷則此
刻似非完書光緒戊子春日覆刊元本蘇辛詞畢復
取鮑氏刻本重加校訂並增入戈順卿校勘數則付
諸手民以公同志張皋文云碧山詠物並有君國之
憂周止菴云詠物最爭托意綦事處以意賢串渾化
無痕碧山勝場也年文端木子疇先生釋碧山齊天
樂詠蟬云詳味詞意殆亦黍離之感宮魂字點出命

王鵬运跋《花外集》

20 世纪 50 年代以来，关于王沂孙出任学正的时间有三种推断：一、以为在至元十七年至二十一年（1280—1284）的五年间；二、以为在至元二十六年至二十八年（1289—1291）的三年间；三、以为在至元二十七年上半年至二十八年秋的一年间①。元世祖至元共三十一年，在汉民族的正统观念中，蒙古族未统一中国之前，其年号是不为汉族人民所承认的，有的宋遗民甚至永远不承认元蒙的年号，因而查为仁、厉鹗所谓的"至元中"当是指元蒙统一中国后即至元十七年至三十一年的十五年间的中期。如果将这十五年分为三段，则中间一段为至元二十二年至二十六年的五年内。因而以上三种推测都不符"至元中"之说。

　　元初，江南经历战争的破坏，原有各地学校大都残缺不存，元世祖虽一再谕诏，但由于客观上存在许多困难而未能很快恢复，直到至元二十四年（1287），各地学校始有定制。《续文献通考》卷五十《学校考》记载：

　　　　二十四年迁都北城，诏以南城国子学为大都路学，自提举以下设官有差。时各道儒师悉以旷官罢，浙西道儒学提举叶李召至京师，奏言："先帝当创业时，军务繁夥，尚招致士类；今陛下混一区宇，偃武修文，可不作养人材以弘治道？各道儒学提举及郡教授，实风化所系，不宜罢。请复立提举司，专令提调学官，课诸生，讲明治道，而上其成材于太学以备录用。凡儒户徭役，乞一切蠲免。"帝可其奏。是年闰二

---

① 见吴则虞《词人王沂孙事迹考略》；常国武：《王沂孙出仕及生卒年岁问题的探索》；蔡一鹏：《王沂孙出仕年月考》，《文史哲》1986 年 3 期。

月，设江南各道儒学提举司。

可见，至元二十四年闰二月以后，江南各道才正式设置儒学提举司，开始恢复其下所属各路学校。自此以后开始出现一种兴学的热潮。王沂孙当是这年出任元代庆元路学正的，算是"本朝"第一任学正。他三年考满，时为至元二十六年。这既符合袁桷《延祐四明志》的记载，也符合查为仁与厉鹗的推断。

如何理解元初师儒之职的性质，这关系到对宋元之际许多文人的评价。早在20世纪30年代，胡适说："王沂孙曾做元朝的官，算不得什么遗民遗老"[1]。他由此极为贬低其词，甚至否定其词有寄寓故国之思。在当时特殊的历史文化条件下，元人对师儒之职有其颇为特别的见解。元初规定："凡师儒之命于朝廷者曰教授，路、府、上中州置之。命于礼部及行省及宣慰司者曰学正、山长、学录、教谕，路、州、县及书院置之。"（《元史》卷八十一）"诸路学校官，路设教授、学正、学录各一人。"（《续文献通考》卷六十一）诸路学正的职务是掌管路学国子监的学规、考核和训导诸生员；其品秩在初等文官之末位，历三年一考，考满后可升为教授。元初各路学正，由礼部或各地方行省经举荐，任命"高年素望"的儒者担任。由此可知，王沂孙之出任庆元路学正是由有关部门的荐举经礼部或浙西行省任命的。这种任命是具有某种强迫性质的，如果没有很特殊的原因决不允许推辞。他任学正时年事已高，任满三年时约为六十五岁。宋遗民任学官者大都是一任即辞归。袁桷深为元初所举学官"罢老不胜任，十居其六"

---

[1] 胡适《词选》第358页，商务印书馆，1932年。

的状况而感到忧虑。他叹息说："故今之为教官不三考已致其事，尚何能冀有惠淑之益哉?"(《送俞教授回里序》)王沂孙便是一任即以老病而辞职归会稽故居的。他在词作里表示归隐愿望的"何时橘里莼乡，泛一舸翩翩，东风归兴"(《南浦·春水》)；"山阴(会稽邻县)路畔，纵鸣壁犹蛩，过楼初雁，政恐黄花，笑人归较晚"(《齐天乐·四明别友》)，都是在将离任庆元路学正时所作的。这种情形与入仕于元，热衷于官禄而仕为翰林学士的汉族士人詹正和赵孟頫是有很大区别的。

王沂孙的友人中如赵学舟、屠约、白珽、仇远等都在元初任过学官。赵学舟，字元父，曾为辰州教授(见张炎《临江仙·怀辰州教授赵学舟》)。屠约，字存博，"年四十矣，当路数授之以官，翱翔而不就，迫于今兹，又板之为婺学正，始拜而行"(戴表元《送屠存博之婺州教序》，《剡源集》卷十三)。白珽，字廷玉，"及壮，元丞相平江南，闻先生贤，檄为安丰丞，辞不赴。……会李文简公衍出将使指，喟然叹曰：有才如是，坐视其穷，可乎?力挽起之，授太平路儒学正，先生不得已应命，未几摄行教授事。……俄再迁教授庆元，未上"(宋濂《元故湛渊先生白公墓铭》，《湛渊遗稿》附录)。仇远，字仁近，"至元中尝为溧阳教授，旋罢归，优游湖山以终"(《四库全书总目》卷一六六《金渊集》提要)。他们的出山与归隐大致与王沂孙相似。为什么他们不愿为元朝的官吏而却接受了师儒之职呢?元初文人以为学官与朝廷官吏是不能等而视之的。例如戴表元说："为官吏而受人之民人，为师儒而受人之子弟。"(《送袁伯长赴丽泽序》，《剡源集》卷十二)因此他们不将师儒之职认为是从政的，虽然都算入仕。关于入仕问题，戴表元也据此作了具体分析，他说：

古之君子可以仕乎？曰：可以仕而可以不仕者也。今之
　　君子不可以仕乎？曰：不可以仕而不可以不仕也。可以仕而
　　可以不仕，何也？其材与学可以仕，而其身可以不仕者也。
　　不可以仕而不可以不仕，何也？其材与学不可以仕，而其身
　　不可以不仕者也。……今之君子，其仕者既无以心服不仕之
　　民，而不仕者至于无以自容其身。（《送屠存博之婺州教序》）

这曲折地表明了宋遗民在出仕问题上的矛盾态度和苦衷。他以为
当时的儒者是不自由的，虽不愿入仕而又"不可不仕"。这意味着
存在胁迫的性质，以致身不由自主，而且深知虽仕亦不足使汉族
民众心服，所以不得已而勉强接受了师儒之职。戴表元本人也是
在大德年间起为信州教授旋即辞归的（见《剡源集·自序》）。他
相信："为师长者，教人以道也。"宋遗民固然也深知元蒙统治者
提倡儒学以巩固其思想统治的意义，但他们也因之而利用政府的
国子监和官办或私立的书院以宣传汉族的儒家文化。所以有学者
说："观其书院之多，足知元虽以蒙古入主中国，而教育之权，仍
操之吾族儒者之手，而宋儒讲学之风虽易代而不衰，亦可知矣。"[①]
宋遗民希望通过对青少年的教育使他们继承中国传统文化，只要
传统文化存在，汉民族便有复兴之日。我们联系宋元之际的历史
文化条件来看王沂孙之在元初出仕的问题，他虽然短期担任过学
正这样的师儒之职，仍是可以算为宋遗民的。

---

① 引自张正藩《中国书院制度考略》第 25 页，台湾中华书局，1981 年。

宋　會稽　王沂孫　聖與

天香

龍涎香

孤嶠蟠煙層濤蛻月驪宮夜採鉛水汛遠槎風夢深

薇露化作斷魂心字紅甆候火還乍識冰環玉指

縷縈簾影依稀海天題作山雲氣幾回嬌半

醉魄春鐙夜寒花碎更好故溪飛雪小窗深閉荀令

如今頓老總忘卻樽前舊風味謾惜餘熏空篝素被

花犯

四印斋本《花外集》书影

三

    张炎在《琐窗寒》里哀悼王沂孙时曾云:"香留酒斝,蝴蝶一生花里。"这当然不能概括其一生的生活情形,也不能就此断定他就像一只花间的蝴蝶。我们联系王沂孙各方面的情形来看,张炎所说的主要是指其私人生活的一个方面。宋人在小词里表达悼念之情,一般不如诗歌那样严肃和全面,总是直抒内心的一点悲哀的感受。王沂孙主要生活在南宋后期,同当时的许多词人一样沉迷于香留酒斝的享乐。张炎指的应是其宋亡前的私人生活,宋亡后这种生活梦境的破灭使遗民们特别留恋和感叹。王沂孙的词集结集于宋亡之后,词作不是表现"蝴蝶一生花里"的内容,而是给集子名为《花外集》。这取义显然是与《花间集》相对立的,隐含对五代词人流宕无聊的嘲讽和否定,而欲寄寓时变事迁后的故国之思于花外,即是暗示人们要在花外去寻求其作品的意义。他之号碧山,很可能也是在宋亡后取"寒山一带伤心碧"之义而表示对故国河山的怀念。

    今本《花外集》已是残帙,散佚较多。其中属于宋亡前的作品极少,大约不到十首。如《如梦令》:

妾似春蚕抽缕，君似筝弦移柱。无语结同心，满地落花飞絮。归去，归去。遥指乱云深处。

这是写普通的闺情，词风柔靡轻灵。其《金盏子》是写普通的闺怨：

雨叶吟蝉，露草流萤，岁华将晚。对静夜无眠，稀星散，时度绛河清浅。甚处画角凄凉，引轻寒催燕。西楼外、斜月未沉，风急雁行吹断。　　此际怎消遣？要相见，除非待梦见。盈盈洞房泪眼，看人似，冷落过秋纨扇。痛惜小院桐阴，空啼寒鸦乱。厌厌地，终日为伊，香愁粉怨。

这两首词都是代言体的，托拟妇人语气，内容和风格与传统婉约词比较并无多大相异之点。它们不用事典，语气流美明畅，词意较为明白，可代表王沂孙早期的词作。南宋的灭亡惊醒了词人的花间之梦，作品出现沉郁感伤的情调，作品艺术风格发生了很大的变化。王沂孙曾仕于宋，其《醉蓬莱》题为"归故山"，从词意来看，不似晚年于为学正后的归隐，而是宋亡之初归隐故山去过遗民生活时而作的。词云：

扫西风门径，黄叶凋零，白云萧散。柳换枯阴，赋归来何晚。爽气霏霏，翠蛾眉妩，聊慰登临眼。故国如尘，故人如梦，登高还懒。　　数点寒英，为谁零落，楚魄难招，暮寒堪揽。步屧荒篱，谁念幽芳远。一室秋灯，一庭秋雨，更一声秋雁。试引芳尊，不知消得，几多依黯。

故园的凋零萧条，反映了兵乱后生活的巨变，而故国与故人俱如昨梦前尘，深寓沧桑之感。"楚魄难招"是用屈原作《招魂》对楚怀王的哀悼，但宋幼帝之亡与楚怀王之死情势大不相同，国家已亡，故暗喻幼帝之魂难招。"秋灯""秋雨""秋雁"，都形象而含蓄地写出遗民的环境与心情的凄苦依黯。《一萼红·初春怀旧》，词人描述对旧日"香留酒殢"生活的留恋之情。词云：

> 小庭深。有苍苔老树，风物似山林。侵户清寒，捎池急雨，时听飞过啼禽。扫荒径、残梅似雪，人日更多阴。厌酒人家，试灯天气，相次登临。　　犹记旧游亭馆，正垂杨引缕，嫩草抽簪。罗带同心，泥金半臂，花畔低唱轻斟。又争信风流一别，念前事，空惹恨沉沉。野服山箳醉赏，不似如今。

词的上阕写初春园亭的现实景象。作者极力描写园亭的深幽、料峭的春寒、池上的急雨、荒径的落梅、阴冷的天气，这些景象给人一种压抑凄苦的感受，以衬托在初春时极坏的情绪。从这些描写里可以想见作者对于现实环境的抱怨和不满，因而在记忆中仍是过去的初春才是美好的、值得留恋的。词的下阕便是对昔日初春景象的追忆。旧日的亭馆似乎一切都留下好印象。这个季节，杨柳正缕缕低垂，柔条迎风；池边的嫩草发出碧绿的幼芽。最难忘的还有同游的人，她的裙带绾着同心结，泥金的缕衣露出半臂，花间尊前，浅斟低唱。这种生活一去不复，每当念起总是惹起无限的遗恨。结句是很沉痛的：而今身着野服，手持筇杖，今昔对比，恍如隔世了。

玉筍王　沂孫　聖與

一襟遺恨宮魂斷年年翠陰庭宇樹一作乍咽涼柯還
移暗葉重把離愁低訴西園過雨漸金錯鳴刀玉筝
調柱鏡掩殘妝爲誰嬌鬢尚如許　銅仙鉛淚似洗
欹攜盤去遠難貯零露病翼驚秋枯形閱世消得斜
陽幾度餘音更苦甚獨抱清高頓成淒楚謾想薰風
柳絲千萬縷

《知不足齋叢書》本《樂府補題》王沂孫詞

王沂孙的友人陈允平曾在宋末为沿海制置参议官，宋德祐二年（1276）元军入临安，有仇家诬告陈允平联络宋军残部于崖山接应以抵抗元军，陈允平被围捕，放释后退居乡里，杜门不出。元初因被荐，召陈允平至元大都。周密和王沂孙稍后都作了《高阳台》词怀念在北方的老友并希望他不接受元朝的命官而返回江南。王沂孙《高阳台·陈君衡远游未还，周公谨有怀人之赋，倚歌和之》云：

　　　　驼褐轻装，狨鞯小队，冰河夜渡流澌。朔雪平沙，飞花乱拂蛾眉。琵琶已是凄凉调，更赋情、不比当时。想如今，人在龙庭，初劝金卮。　　一枝芳信应难寄，向山边水际，独抱相思。江雁孤回，天涯人自归迟。归来依旧秦淮碧，问此愁、还有谁知？对东风，空似垂杨，零乱千丝。

陈允平被召北上，使王沂孙联想到历史上王昭君出塞远嫁北方少数民族之事，但又强调今非昔比，意谓今日汉民族国家政权已经丧失，情势已不相同。"龙庭"即龙城，汉时匈奴地名；匈奴每年五月在此大会各部酋长祭其祖先、天地、鬼神。作者以此借指元大都，想象友人被迫至京都，在那里与朝廷官员互相劝酒的情形。这既担心友人可能被元统治者收买，又颇有讽刺之意。词的下阕表示对老友的想念。南朝时范晔在北方，友人陆凯自江南寄赠梅花一枝并有诗云："江南无所有，聊赠一枝春。"王沂孙表示，江南纵有梅枝也难寄赠，唯有在"山边水际"想念而已。他愿友人像江雁一样独自回来，不要接受元朝的官禄。他想告诉友人，当其归来时，金陵的秦淮河仍然依旧。金陵为六朝建都之所，唐代诗人刘禹锡写过不少金陵怀古之诗，如"千寻铁锁沉江底，一片降幡出石头。人世几回伤往事，山形依旧枕寒流"（《西塞山怀古》）；"山围故国周遭在，潮打空城寂寞回。淮水东边旧时月，夜深还过女墙来"（《石头城》）。南宋的灭亡与南朝的灭亡有历史的相似之处，词人提到秦淮河，借喻兴亡之愁，心绪烦乱如风中零乱的柳枝。在词里，作者曲折地表现了汉族士人耻于仕元的民族气节，而陈允平也未负友人们的愿望，拒不接受元朝的官禄，果然以病辞归了。

从以上三首词，可见作者的创作态度是严肃的，在个人的身世不幸的现实感受之中和今昔对比之中是幽隐而深沉地包含了对故国的怀念和对历史沧桑的思考。这与传统婉约词的艳科题材大为异趣。王沂孙发展了白石词以来的雅化倾向，崇尚雅正，符合古代"亡国之音哀以思"的诗旨，使词体受到了正统文人的重视。在艺术表现方面，其词组织结构的缜密精工，章法富于变化等都受清真词的影响；其词语言之华美新奇则受梦窗词的影响。因而它宛曲、雅正、丽密，词意细致而却并不晦涩。但这类词的艺术特点是为人们所忽略的。为什么他在这类词里一般不用或少用事典，词意也较易理解，而在其大量的咏物词里表现方式却大不相同呢？这既有历史文化的原因，也由咏物词自身特点造成的。

四

　　《花外集》里的咏物词共有三十四首，占其全部词作的半数有余。这种现象不仅在王沂孙词作中显得特殊，其咏物的绝对数目在两宋词人中也是最大的，特别是其思想与艺术的成就也最高，最能体现词人的艺术特色。王沂孙的咏物词本来已经很晦涩，再加上前人解释时的穿凿附会，遂使其词意极难辨析，以致有猜谜之感。这些咏物之作已无本事可考，如果我们较为确切地把握作者所描述的某个物性或物态的整体形象，而进一步探寻其寄托之意，则其本来面目仍可以大体窥见。且试看王沂孙的咏物名篇《天香·龙涎香》：

　　　　孤峤蟠烟，层涛蜕月，骊宫夜采铅水。讯远槎风，梦深薇露，化作断魂心字。红瓷候火，还乍识、冰环玉指。一缕萦帘翠影，依稀海天云气。　　几回殢娇半醉。剪春灯、夜寒花碎。更好故溪飞雪，小窗深闭。荀令如今顿老，总忘却、尊前旧风味。谩惜余熏，空篝素被。

龙涎香为古代名贵的篆香（盘香）之一。龙涎实即海洋中抹香鲸所分泌的精液，干后成紫色或黑色的蜡状物质，可拌和其他香料而制成篆香。南宋人赵汝适说："龙涎，大食西海多龙，枕石一睡，涎沫浮水，积而能坚，鲛人采以为至宝。新者色白，稍久则紫，甚久则黑；不薰不蕕，似浮石而轻也。人云龙涎有异香，或云龙涎气腥，能发众香，皆非也。龙涎于香，本无损益，但能聚烟耳。和香而用真龙涎，焚之一缕翠烟浮云，结而不散，座客可用一剪分烟缕。此其所以然者，蜃气楼台之余烈也。"（《诸蕃志》卷下）龙涎多产于非洲东部，我国由沿海进口。龙涎香因有聚烟的特殊效果，甚为宋代上层社会所喜用，如刘过咏美人指甲有云："龙涎香断，拨火轻翻。"（《沁园春》）王沂孙词的上阕描述龙涎香的采制过程和焚爇的情形。"铅水"借指龙涎，"薇露"是拌合的香料，"心字"与"冰环"为制成的盘香的形状，"一缕萦帘翠影"是形容焚爇时其烟如缕凝聚不散之形。这对物的性状的描述是一般咏物词常见的，看不出有寄托的痕迹。如果抓住词中只言片语作奇妙的联想，例如由题目是龙涎香便联想到这种香料既相传为龙口中所吐之涎，实在就是理宗之尸被掘出后曾经为盗墓者倒悬于树间以沥取水银之事；由"孤峤""槎风""海天云气"等联想到可能暗中寓写了作者对崖山覆亡的一分怀念哀悼之情。这样的联想在艺术鉴赏过程中自然是允许的，然而却是毫无根据的臆测，不能算作艺术分析的。当然，这首词是有寄托的，但其寄托不是在上阕而是在下阕，正属大多的咏物词上阕写物、下阕寄意的习见章法。词的下阕是作者追忆焚爇龙涎香时的一些印象深刻的片段。他记起美人"殢娇半醉"，春夜焚香，剪灯夜语的情形；也难忘故园飞雪，闭窗焚香闲坐的情形。这种回忆实际上表现了对过去富贵闲雅的生活的留恋。"荀令如今顿老"是词意转折处。相传东汉时尚书令荀彧衣带有香气，所过之处，其香经日不散。作者借荀令自况，"顿老"和"忘却旧风味"，表示了身世的变化，显然焚香燕饮或清吟的生活成为过去，虽欲忘却，实未忘却。故结句"谩惜余熏"，又流露出深深眷念的心情。这首词是作者于宋亡后遗民们唱和时作的。由于国破家亡的变化，这些宋遗民在赋龙涎香时感念以往的美好日子而引起感伤的情绪是完全可以理解的。王沂孙的另一名篇《齐天乐·蝉》也是被认为寄托遥深之作，如周济以为有"家国之恨"（《宋四家词选》），陈廷焯以为"指王昭仪改装女冠"（《白雨斋词话》卷二），还有学者以为是暗指六陵盗发而托喻后妃事，真是无奇不有。且试看其词：

> 一襟余恨宫魂断，年年翠阴庭树。乍咽凉柯，还移暗叶，重把离愁深诉。西窗过雨。怪瑶佩流空，玉筝调柱。镜暗妆残，为谁娇鬓尚如许？　　铜仙铅泪似洗，叹携盘去远，难贮零露。病翼惊秋，枯形阅世，消得斜阳几度。余音更苦。甚独抱清高，顿成凄楚。谩想薰风，柳丝千万缕。

此词全从我国古代关于蝉的一个神奇哀怨的传说立意的。晋人崔豹说："齐王后忿而死，尸变为蝉，登庭树，嘒唳而鸣。"（《古今注》下《问答释义》）此后人们又称蝉为齐女。词首两句便叙述齐后死后化为蝉之事。作者拟托齐后抒情："重把离愁深诉"。"深诉"是理解词意的关键。在哀音似诉里，表达了宫人的迟暮凄凉和亡国的悲苦，"娇鬓""病翼""枯形""余音"都很切合蝉的性状。结尾是对逝去的好时光的缅怀。作者采用了拟人化的手法，将蝉作为宫人之魂来描述，这是有寄托之意的。但如果说就用典而言，齐王后尸化为蝉的传说也可使人联想到南宋诸后妃陵墓经过发掘后尸骨被弃于草野之悲惨。这联想毕竟太牵强了，因为我们从词里找不出有关尸骨弃之草野的任何意象或暗示。王沂孙借咏物而寓写宫人之事的尚有咏水仙和白莲的两词。《庆宫春·水仙花》有云："国香到此谁怜，烟冷沙昏，顿成愁绝。……试招仙魄，怕今夜、瑶簪冻折。携盘独出，空想咸阳，故宫落月。"《水龙吟·白莲》有云："太液荒寒，海山依约，断魂何许？……三十六陂烟雨。旧凄凉、向谁堪诉。如今谩说，仙姿自洁，芳心更苦。"这两词与《齐天乐·蝉》其悼念宫人之意都是较为明显的。如果说它们有寄托，显而易见的是对宋旧宫人的哀悼。元军于公元1276年春攻占南宋都城临安后，皇室贵族及众多宫女都被俘押送北方去。虽然这不值得人们的惋惜与同情，但在当时的历史条件下，汉族人民将此事视为元蒙统治者的野蛮暴行之一而有民族的耻辱之感。据元人夏颐记述：

至元十三年丙子（1276）春正月，丞相伯颜统兵入杭，宋谢、全两后以下皆赴水。……五月二日抵上都，朝见世皇（元世祖）。十二日夜，故宋宫人安定夫人陈氏、安康夫人朱氏，与二小姬沐浴整衣，焚香自缢死。朱夫人遗四言一篇于衣中云："既不辱国，幸免辱身。世食宋禄，羞为北臣。妾辈之死，守于一贞。忠臣孝子，期以自新。丙子五月吉日泣血书。"明日奏闻元主，命断其首，悬全后寓所。（《东园友闻》）

省但隔水餘暉傷林殘影已覺蕭疎更堪秋夜永

齊天樂　蟬

綠槐千樹西窗悄（別本綠槐陰）厭厭畫眠驚起（談睡）飲露

身輕吟風麹薄（樂府補題云蟬微流聲悄）半翼冰箋誰寄淒涼

倦耳漫重挑琴絲怕尋冠珥短夢深宮向人猶自訴憔

悴　殘虹收盡過雨晚來頻斷續都是秋意病葉難

醫（別本窗明甚已絶）纖柯易老空憶斜陽身世斷魂青鏡裏（碎作山明）

餘音尙遺枯蛻鬢影參差斷魂青鏡裏

齊天樂　前題

花外集

八　[知不足齋藏書]

《知不足斋丛书》本《花外集》书影之一

宋亡时以身殉国的宫人是很多的，在宋遗民的诗词里时见吟咏。王沂孙对宋旧宫人的悼念也许有具体的对象，但现已无从考知，似乎也无此必要了。从这些词里，我们可以见到作者借此极宛曲地表达了亡国之痛和故国之思。

历史的沧桑之感在王沂孙的咏物词里也是以特殊而纤巧的方式表现出的，充满了对昔日繁胜的怀念和叹惋。牡丹是富贵繁盛的象征，也是难禁风雨而易于衰歇的象征。作者在《水龙吟·牡丹》里正是从其物性特征而寓意的。词的上片有云："玉栏干畔，柳丝一把，和风半倚。国色微酣，天香乍染，扶春不起。自真妃舞罢，谪仙赋后，繁华梦，如流水。"这是叙述唐玄宗与杨妃于沉香亭赏牡丹的遗事。传说"开元中，禁中初重木芍药，即今牡丹也，得四本，红、紫、浅红、通白者。上因移置于兴庆池东沉香亭前。会花方繁开，上乘照夜白，太真妃以步辇从。诏特选梨园弟子中尤者，得乐十六部。李龟年以歌擅一时之名，手捧檀板，押众乐前，将歌之。上曰：'赏名花，对妃子，焉用旧乐词为？'遂命龟年持金花笺，宣赐李白，立进《清平调》辞三章。"（《太平广记》卷二〇四引《松窗录》）稍后"安史之乱"的发生便结束了盛唐的繁华之梦。但宋亡不能与"安史之乱"相比，因而王沂孙词里的沧桑之感是尤为沉痛的。这在《法曲献仙者·聚景亭梅次草窗韵》里表达得最深刻。词云：

　　层绿峨峨，纤琼皎皎，倒压波痕清浅。过眼年华，动人幽意，相逢几番春换。记唤酒寻芳处，盈盈褪妆晚。　　正销黯。况凄凉、近来离思，应忘却、明月夜深归辇。荏苒一枝春，恨东风、人似天远。纵有残花，洒征衣、铅泪都满。

但殷勤折取，自遣一襟幽怨。

此非咏一般的梅，而是聚景亭的梅。遗民们选择这个题材是别有深意的。先是周密作了《献仙音·吊雪香亭梅》，李彭老与王沂孙俱有和词，李题为"官圃赋梅继草窗韵"、王题为"聚景亭梅次草窗韵"。清人江昱《苹洲渔笛谱·集外词》考证云："今观倡和诸作，皆苑籞兴亡之感，无一语涉贾（指贾似道后乐园），则据王词称聚景者为得之，而当时以谏官陈言罢绝临幸，以致培桑莳果，废为荒圃，则李词官圃之名复相洽也。"雪香亭乃当时聚景园中之亭。周密《武林旧事》卷四云："聚景园，清波门外孝宗致养之地，堂匾皆孝宗御书；淳熙中，屡经临幸。嘉泰间，宁宗奉成肃太后临幸。其后皆荒芜不修。"可见它是宋室帝后曾致养临幸之地，宋亡后词人们吊园中雪香亭之梅，实为抒发沧桑之感以寓故国之思。我们理解了作者选择此题材的深意，也就易于理解词中通过梅花的不幸遭际的"过眼年华""几番春换"所反映的尘世沧桑和作者流露的"纵有残花，洒征衣、铅泪都满"的沉痛情感。靖康之难后，中国南北分裂，这历史的命运常常令南宋词人感到困惑难解。张孝祥以为"追想当年事，殆天数，非人力"（《六州歌头》）；辛弃疾也对"神州毕竟，几番离合"（《贺新郎·同父见和再用韵答之》），难以逆料。宋遗民更在困惑中不断地进行历史的反思。王沂孙在《齐天乐·萤》里，描述秋夜阴森的野外熠熠飞动的萤火虫之后，联想到"汉苑飘苔，秦陵坠叶，千古凄凉不尽。何人为省？"他试图探索历史兴亡的原因以解释汉民族所遭受的现实灾难。《眉妩·新月》是王沂孙咏物词中寄意最深刻的作品。它立足于历史的反思而抒写对故国的强烈的怀念之情。词云：

渐新痕悬柳，淡彩穿花，依约破初暝。便有团圆意，深深拜，相逢谁在香径。画眉未稳，料素娥、犹带离恨。最堪爱、一曲银钩小，宝帘挂秋冷。　　千古盈亏休问。叹慢磨玉斧，难补金镜。太液池犹在，凄凉处、何人重赋清景。故山夜永。试待他、窥户端正。看云外山河，还老桂花旧影①。

词的上阕描绘新月的形态，穿插了佳人拜月的祝愿，词情是幽雅闲淡的；下阕借物抒情，词情严峻悲凉，提出启人深思的一些问题，寄托之意是较为突出的。月的盈亏是古老而玄妙的疑问，作者表示难以解释，因而最好休去探寻。我国古代相传月中有桂树，汉时吴刚因学仙有过失，被罚去斫月中的桂树，但斧痕随斫随合，只得无休止地斫下去。词人用关于吴刚的传说而别出新意：磨玉斧不是为了斫倒桂树，而是准备将缺月补成圆璧似的金镜。但他深知这是徒劳无益的了，盈亏有似兴亡，存在定数，因而只得叹息而已。词人柳永在《醉蓬莱》应制词里有"太液波翻，披香帘卷，月明风细"，描绘北宋宫廷的升平景象。王沂孙却伤心地叹息，太液池依然存在只是已变得荒废凄凉，也无人重赋升平气象了。他希望在故乡，从云外的山河，见到旧时月色以慰对故国的思念。如果从下阕寄寓的故国之思来看，这首词是应作于宋亡之后的，因而不能片面地理解"难补金镜"为半璧河山之意而断定是宋末作的。

---

① "还老桂花旧影"，孙人和校本《花外集》作"还老尽桂花影"，今依知不足斋本和四印斋刊本。

高人起千枝媚色一庭芳景清寒似水銀燭延嬌綠房

醲豔夜深花底怕明朝小雨濛濛便化作燕支淚

水龍吟 落葉

曉霜初著青林望中故國淒涼早蕭蕭漸積紛紛猺墜

門荒徑悄渭水風生洞庭波起幾番秋杪想重厓半沒

千峯盡出山中路無人到　前度題紅杳杳迢宮溝暗

流空繞啼螿未歇飛鴻欲過此時懷抱霙影翻窗碎聲

敲砌愁人多少望吾廬甚處只應今夜滿庭誰掃

水龍吟 白蓮

花外集

《知不足齋叢書》本《花外集》書影之一

王沂孙在宋亡之后曾短期仕元为师儒之职，其咏物词一些表现归隐之意的作品当是这时所作的，反映了其对元蒙统治的消极态度。《南浦·前题》词里，词人由春水粼粼而产生泛舟归去的愿望："何日橘里莼乡，泛一舸翩翩，东风归兴。孤梦绕沧浪，苹花岸、漠漠雨昏烟暝。连筒接缕，故溪深掩柴门静。"作者欲效法晋人张翰辞官归乡的故事。张翰被齐王辟为大司马东曹掾，"因见秋风起，乃思吴中菰菜、莼羹、鲈鱼脍，曰：'人生贵得适志，何能羁官数千里以要名爵乎！'遂命驾而归"（《晋书·张翰传》）。王沂孙的隐退，与张翰有所不同，他并非为莼羹鲈脍，而是耻于屈志新朝的，宁愿在故乡过遗民的生活。这种情绪在《水龙吟·落叶》里表达得较为明显，词云：

　　　　晓霜初著青林，望中故国凄凉早。萧萧渐积，纷纷犹坠，门荒径悄。渭水风生，洞庭波起，几番秋杪。想重崖半没，千峰尽出，山中路，无人到。　　　前度题红杳杳。溯宫沟、暗流空绕。啼螀未歇，飞鸿欲过，此时怀抱。乱影翻窗，碎声敲砌，愁人多少。望吾庐甚处，只应今夜，满庭谁扫？

此词比其余的咏物词有更为浓厚的抒情气氛。从结句可知，它是词人在异乡之夜见落叶而怀念故乡的。情绪黯淡而凄苦。在想望中，故园秋风落叶，荒凉寂寞。词的过变用红叶题诗的故事，借以抒写往事不堪回首之意。秋夜的啼螀、哀鸿、枯叶的乱影、叶飘的细碎声响，它们都恰与词人的情绪相应，因而更思念故山了。

樂府補題

天香

宛委山房擬賦龍涎香

　　　　玉笥王沂孫聖與

孤嶠蟠烟層濤蛻月驪宮夜採　探一作鉛水汎逝遠一作
燼風夢深薇露化作斷魂心字紅甆候火還乍識冰
瓊玉指一縷縈簾翠影依稀海山雲氣　幾回嬌嬌
半醉翦春燈夜寒花碎更好故溪飛雪小窗深閉匀
荀令如今頓老總忘卻尊前舊風味謾惜餘薰空篝素

《知不足斋丛书》本《乐府补题》书影

无论王沂孙在咏物词里所寄意的缅怀个人的闲雅生活、想念昔日南宋的繁胜、要求离职归隐，或是诉说今日凄苦的身世，表达宋旧宫人的哀怨，以及对故山故国的眷恋等等，都可见出这位宋遗民的爱国的思想情感。他所表达的思想情感虽是自己曾经体验和感受到的，但其中真正属于个人的却又较少。由于作者亲历国亡家破之变与亲遭民族压迫的浩劫，使他在咏物寄意时站得更高、视野更开阔，而个人的苦难便相对地显得微不足道。所以，我们在其咏物词里见到的基本上是汉族士人在民族国家灭亡后的故国之思和历史沧桑之感。这虽然有很大的阶级局限性，而且又表现得那样微弱幽隐，但我们若将它与宋季词人的作品比较，便可发现它是非常缠绵、细致、深厚感人了。如果它是以另一种率露的、粗犷的、简单的表现方式，也许便无特殊的艺术魅力了。王沂孙善于运用咏物的方式，在宋代词人里，他的确将咏物词的艺术发展到了很高的水平，是特以咏物见长的词人。

五

　　咏物词是在北宋中期随着词的士人化倾向而逐渐发展起来的。苏轼的词里已出现较多的咏物之作，他咏杨花、梅花、荔枝、榴花等作品基本上是借物抒情的，自然流美，有的还是脍炙人口的佳篇。从周邦彦起，咏物之作逐渐在描摹物态和排比事典方面用功夫，出现了文字游戏式的倾向。例如其《大酺·春雨》大量融化前人诗句，还用了庾信、卫玠、马融等有关的事典，几乎无一字无来历。南宋的咏物词主要发展了周邦彦的倾向，却更为注重借物寓意。辛弃疾、姜夔、史达祖、刘过、吴文英都写过许多咏物词，其中有的托意甚高，有的则属文字游戏。宋末元初词坛盛行结社，咏物之风盛极一时，所以出现了《乐府补题》这样的咏物词集。特别是宋遗民们似乎以为咏物较为适合隐晦含蓄地表达思想情感。王沂孙是这种风尚下最为杰出的词人。周邦彦排比事典和融化诗句的方法，姜夔寄意隐微与晦涩的作风，吴文英奇幻的构思和拟人化的表现手段，它们都对王沂孙咏物词有着显著的影响。张炎总结宋代咏物词创作经验说："诗难于咏物，词为尤难。体认稍真，则拘而不畅；模写差远，则晦而不明；要须收纵联密，用事合题，一段意思，全在结句，斯为绝妙。"（《词源》卷下）可见要写好咏物词是需要高度的技巧和巧妙的艺术构思的。王沂孙在吸收周邦彦、姜夔、吴文英咏物词的创作经验的基础上形成了自己的艺术特色。

许多咏物词之所以失败，其原因在于仅仅将它作为玩弄文学表现技巧的游戏，虽然在描摹物的性状方面备极工巧，排比事典亦很妥帖，但却缺乏创作主体的真实感受，也就不具有艺术生命。例如刘过两首《沁园春》，一咏美人指甲，一咏美人小脚，虽工丽而堕入恶趣，毫无意义。即如为南宋词坛所称许的史达祖《双双燕》咏燕，也因缺乏思想意义而流于浅薄。王沂孙的咏物词之成功处是在构思时注意整体形象的描绘，使体物与寄意有机地统一，这当然是建筑在对现实生活的诚挚感受之上的。例如两首咏蝉的《齐天乐》，一写身世之感，一寓故国之思。前者好似憔悴衰病的诗人苦吟的形象，后者则是宫人亡灵的自诉，它们都是作者从蝉的特征和个人的生活感受而赋予物以新的形象和灵魂的，而其寄意便很自然地蕴藉其中。《一萼红》（"剪丹云"）好像不似赋红梅，而是描述一位薄施胭脂、绛雪满裙、高髻古服的古代宫人的"消瘦冰魂"。她在叙述往日的梦境和今日的凄婉："一树珊瑚淡月，独照黄昏。"作者在描述这古代宫人形象时又几乎字字句句都不离红梅的性状和事典。我们读它时又好似不是写的物而是写的人，而且所写的古代宫人却又与宋旧宫人的命运相同。由此，这个艺术形象所含蕴的现实意义就能体现作者隐微的寄意了。

融化事典和拟人化是王沂孙咏物词重要的艺术表现手段。这两种表现手段是王沂孙用得最普遍的。《水龙吟·白莲》中白莲是以杨贵妃的形象出现的，其中"霓裳舞""出浴""解语""太液""海山""罗袜""断魂"等都是与之相关的事典，有似白居易《长恨歌》的浓缩。这主要抓住了白莲与贵妃出浴的形象而引起的联想。张炎说："词用事最难，要体认著题，融化不涩。"（《词源》卷下）王沂孙用事典正是如此。读其词有时全不见事典的痕迹，如《绮罗香·红叶》很易联想到唐代宫人韩翠苹御水流红的故事，而词里已将它变形和虚化了："重认取，流水荒沟，怕犹有、寄情芳语。"因词所描绘的是迟暮不幸的美人形象，御水变作了"荒沟"，而红叶题诗已不是幸福的媒介，却是满怀怨恨的寄语了。《扫花游·绿阴》里，作者由绿树成阴联想到东晋桓温见昔年所种柳树的感叹。庾信《枯树赋》谓桓温云："昔年种柳，依依汉南；今看摇落，凄怆江潭；树犹如此，人何以堪！"王沂孙词云"自一别汉南，遗恨多少"，即用桓温之事，但已面目全非了。我们知道，王沂孙熟悉事典，工于声律对偶，曾作有《对苑》十余册。虽然他用事典的技巧娴熟高超，了无痕迹，读其词者可以不去细细索考，但若要较深入地理解其词意，却又不得不去考索许多事典和出处；这就如是在猜谜了。以上所举的还是常用的事典，他使用的许多冷僻的事典就往往令人难以索解了。

赋物拟人化是王沂孙用得最成功的表现手段。他在许多词里是将整个物的形象人格化，因而使全词极为生动，首尾连贯，合为有机整体。如苔梅成了"古婵娟，苍鬟素靥，盈盈瞰流水"（《花犯·苔梅》）的女子；碧桃幻为"换了素妆，重把青螺轻拂"（《露华·碧桃》）的仙女；梅影好似"素裳瘦损，罗带重结，石径春寒，碧藓参差，相思曾步芳屧"（《疏影·咏梅影》）的古代宫妃；牡丹宛如"国色微酣，天香乍染"（《水龙吟·牡丹》）的太真风韵；水仙有如"明玉擎金，纤罗飘带，为君起舞回雪"（《庆宫春·水仙》）的湘灵幽姿；樱桃宛如"扇底清歌"（《三姝媚·樱桃》）的樊素朱唇；红梅竟是"重拂淡胭脂""玉质冰姿"（《一萼红·红梅》）的宫人离魂。这些都体现了作者丰富的想象力和富于浪漫的艺术气质。在词人的笔下，花木等物处于神奇灵幻的艺术世界里变得生气勃勃，多情易感，可歌可哭，哀艳动人了。这样的咏物是付物以真实的生命，令人们为她们的命运而感叹和深思。

王沂孙的咏物之作最能体现其词的艺术风格。他的词语着色浓重，喜用华丽的词字，大量融化前人诗词句意和使用事典，其语言是流美谐婉的。由于他有浪漫的气质，特别喜爱自造奇幻美妙的意象，诸如仙女、宫妃、鬼魂、隐士、灵怪等，这些意象构成一个颇为特殊的艺术境界。这两个特点都与吴文英颇为相似，存在梦窗词的影响和痕迹。但在艺术结构方面两家却有很大区别。王沂孙的词的结构较有法可循，一般是采取顺叙的方式，上阕描述物的性状，下阕抒情或托意，其间有转折顿挫之处，因而不流于简单和板滞；全篇的布置脉络清楚，善于勾勒，因而层次颇为分明。所以清代周济等人以为初学作词者可从学习花外词入手，而且以为这是学词的最正确的途径。由于王沂孙所处的特殊历史环境，深受民族压迫，其历史的责任感和民族的情感较为强烈，观察现实生活的角度较为广阔，因而创作时立意很高，务使词旨归于雅正，情绪的表现是极为沉郁的。所以陈廷焯于两宋词人中特别推崇王沂孙。他说："王碧山词，性情和厚，学力精深，怨慕幽思，本诸忠厚，而运以顿挫之姿，沉郁之笔；论其词品，已臻绝顶，古今不可无一，不能有二。"（《白雨斋词话》卷二）清代中叶以后，帝国主义势力侵入中国，中国人民的灾难特别深重。这时，王沂孙咏物词的隐晦曲折形式和深厚细微的爱国主义思想情感，引起了陈廷焯等人的共鸣，因而专以沉郁论词，更将王沂孙推崇到了过高的地位。

古往今来任何伟大的作品总是崇高的思想内容与民众喜闻乐见的通俗形式相结合的。如果某些作品只能供消闲雅致的少数文人所欣赏和理解，则它绝不可能是伟大的作品。因此，王沂孙的作品，不仅不能与曹植和杜甫相比，即使在两宋著名词家中也是略有逊色的。南宋词发展过程中雅与俗的矛盾从姜夔起便很明显了，经过吴文英的一度加深，到了王沂孙的咏物，可算是达到了不可调和的境地。花外词固然沉郁雅正，但确实太难理解，直到目前学术界仍感到为它作注释是非常困难的。王沂孙的词曲高和寡，不能广泛流行，也无人传唱。所以，我们翻阅宋元之际的词论词话几乎没有关于他的记述，甚至连传闻或遗事也难以见到。历史的筛选和民众的判断总是无情的，然而其间也存在着公正的标准。从王沂孙的咏物词，我们已见到词体在宋亡后衰微的必然命运了。

张炎及其词

一

　　在宋季词坛上，张炎是一位很重要的词人，在词的艺术风格和词法理论方面都最具代表性，体现了南宋以来婉约词发展的一种主要倾向。南宋从姜夔到张炎，词的发展正是"极其工"而"极其变"的。清初浙西词派对张炎过分推崇，造成"浙西填词者，家白石而户玉田"（《静惕堂词序》）；清代中叶常州词派又对他极力贬低，认为"玉田才本不高，专恃磨砻雕琢，装头作脚"（《宋四家词选目录序论》）。这些都是从派别的观点着眼，不可能给张炎词以正确的评价。由于张炎词在艺术上独具特色，而且在宋亡历史文化条件下的特殊表现方式，以致在现代它也还受到误解。如说它"更多的是闲适之音和'玉老田荒'的迟暮之感"；"境界不阔，立意也不深，多在字句上下功夫"；"作者突出地加以抒发的只是个人的身世之感，故国之思在他的作品里不是呼之欲出而是隐而不显"。

　　从宋词的发展来看，张炎的创作时代，词体已经随着宋的灭亡而衰竭了。当时作为宋遗民的老一辈词人陈允平、周密、王沂孙等相继下世，词坛趋于荒凉冷落了。元朝的兴起，社会的审美心理发生转变，北方的杂剧和散曲发展起来，对于作为音乐文学的词体已呈现出为散曲所取代的定势。张炎这时以其创作照耀词坛犹如结束繁星灿烂的一颗明亮的晨星。当词坛衰落之时，张炎如果不用很大的力量艰苦地走艺术创新的道路，则不可能取得成就的。宋词艺术已到山穷水尽，再要创新又是极其困难的。南宋婉约词的发展，姜夔可算是第一个革新者，使词诗意化和雅化，精思苦吟，形成淡雅清冷的艺术风格，一时宗之者蔚然成风。继姜夔之后，吴文英又进行艺术革新，"返南宋之清泚"，以秾挚绵丽的艺术风格见称于宋季，讲论词法，领袖一代。张炎在艺术上正是作为吴文英的否定面而出现的。他近师白石，远绍清真，创立"清空"的艺术风格，最后又实现了艺术创新。如楼思敬所说："宋南词人姜白石外，唯张玉田能以翻笔、侧笔取胜，其章法、句法俱超，清虚骚雅，可谓脱尽蹊径，自成一家。"（《词林纪事》卷十六引）

二

　　张炎，字叔夏，号玉田，晚年又号乐笑翁；于宋理宗淳祐八年（1248）生于都城临安（浙江杭州）。其先世为西秦（陕西凤翔）人。他的家世是富贵而显赫的。南宋初年的中兴名将循王张俊是其六世祖。曾祖父张镃，"能诗，一时名士大夫，莫不交游，其园池声妓服玩之丽甲天下"（《齐东野语》卷二十）。他也能词，与姜夔为词友，有《南湖集》十卷传世。祖父张濡于南宋末年任浙西安抚司参议官，率宋军扼守独松关（浙江安吉至杭州之间）以拒元军。元人陶宗仪《辍耕录》卷一记述张濡于宋德祐元年即至元十二年（1275）擒斩元使之事：

　　　　乙亥春，（宋）诸郡望风降败，（元）丞相伯颜遣员外郎石天麟诣阙奏闻。世皇（元世祖忽必烈）喜，谓侍臣曰："朕兵已到江南，宋之君臣必畏恐，兹若遣使议和，邀索岁币，想无不从者。"遂勒伯颜按兵，乃命礼部尚书廉希贤、侍郎严忠范、计议官宋德秀、秘书丞柴紫芝等，赍奉国书使宋。次建康（南京），希贤等借兵卫送。伯颜曰："方今两军相拒，互有设险，宜令行人先往道意，若使拥兵前进，吾恐别生蟆隙，则和议之事必难成矣。"希贤等坚请，乃简阅锐卒五百畀之。
至独松关，戍关者宋浙西安抚司参议官张濡也。以为北兵叩
关，率众掩击，杀忠范、执希贤，希贤亦病创死。

张濡擒斩元朝使臣，强硬地拒绝了元廷的议和。张炎的父亲张枢，
字斗南，号寄闲；宋末"为宣词令阁门簿书，详知朝仪典故。其
姑缙云夫人承恩穆陵（宋理宗），因得出入九禁，备见一时宫中燕
幸之事，尝赋宫词七十首"（《浩然斋雅谈》卷中）。张枢"畅晓音
律，有《寄闲集》旁缀音谱，刊行于世。每作一词，必使歌者按
之，稍有不协，随即改正"（《词源》卷下）。其词集《寄闲集》和
《倚声集》皆佚。从张炎的家世来看，是世受宋恩的贵胄，而且其
曾祖父和父亲都善于作词，有家学渊源。

　　南宋灭亡之时张炎已三十二岁，在宋时他必然以恩荫而曾入
仕。所以他在后来的词里常常说："叹贞元朝士无多"（《解连环·
拜陈西麓墓》），"贞元朝士已无多"（《霜叶飞·毗陵客中闻老妓
歌》）。他以"朝士"自居，而且以唐代贞元时的韩愈、柳宗元等
诸贤自许。他曾有题《衣带水》诗云："犀绕鱼悬事已非，水光犹
自湿云衣。"（《宋诗纪事》卷八十）这寄托了作者在宋亡之后的沧
桑之感，反映了其对"犀绕鱼悬"的仕宦生活的留恋。戴表元记
述在宋时最初见到张炎的印象说："玉田张叔夏与予初相逢钱塘西
湖上，翩翩然飘阿锡之衣，乘纤离之马；于时风神散朗，自以为
承平故家贵游少年不翅也。"（《送张叔夏西游序》，《剡源集》卷十
三）可见张炎当时还是富贵幸福的风流公子。南宋灭亡，他的命
运发生了急剧的转变。因为张濡擒斩元使之事，张氏家族与新的
元王朝结下了很深的宿怨。元世祖于宋亡后"获张濡杀之，诏遣

使护（廉）希贤丧归，后复籍濡家赀付其家"（《元史》卷一二六《廉希宪传》）。张炎的家因此被抄籍，家人星散，而他开始了飘零江湖的孤苦穷愁的遗民生活。

宋亡之初，张炎到山阴（浙江绍兴）参加了与王沂孙等人的咏物酬唱活动，通过咏物寄寓了遗民的故国之思。宋遗民的咏物词集《乐府补题》五题中，张炎仅有一首《水龙吟·白莲》。他未参加完咏物酬唱，随即被迫北上燕蓟，参加书写金字《藏经》之役；自至元十七年（1280）起驿北上，至至元二十八年（1291）北归，在燕蓟留寓十一年。北归后，"犹家钱塘十年。久之又去，东游山阴、四明、天台间，若少遇者，既又弃之西归"。张炎往返道途，意气沮丧。他说："吾之来，本投所贤，贤者贫；依所知，知者死。虽有少遇，无以宁吾居，不得已违之，吾岂乐为此哉！"（戴表元《送张叔夏西游序》）看来，他也同姜夔、吴文英等词人一样过着江湖游士的生活；但在元代统治者的民族压迫下，其处境比其前辈词人困难得多了。据袁桷《赠张玉田诗》注"玉田为循王五（六）世孙，时来鄞（浙江鄞县）设卜肆"，则他晚年竟落到卖卜为生的潦倒地步。然而当词人酒酣气张，将自己作的词噫呜宛抑地歌唱起来，便又片时忘了身外的穷达。尤其是张炎晚年在极其艰难困苦的处境下竟完成了我国文学史上第一部词学专著《词源》，对宋词作了全面的理论总结。钱良祐于元延祐二年乙卯（1315）为《词源》题跋有云："乙卯岁，余以公事留杭数月，而玉田张君来寓钱塘县之学舍。时主席方子仁，始与余交，道玉田来所自，而不知余与玉田交且旧也。因相从欢甚。"可见此时《词源》已成书，这年张炎六十八岁，大约不久便郁郁下世了。

吾識循王孫玉田先輩喜其三十年汗邊南北數千
里一空狂懷抱目日化雨為醉自仰扳婆章史邦
卿虞蒲江吳夢窗諸名勝互相鼓吹春聲於世界能
飄颺微情節節喬拍嘲明月以龍樂賣落花而陪笑能
令後三十年西湖錦繡山水消磨不容半點新愁
飛到萬花叢之上自生一種權喜痛快豈無柔芳少
年于野入所南鄭思肖書于無何有之鄉

三外

萬山中白雲詞意度超玄律呂協洽不特可倚檀口

山序
亦可被歌管膚剛方古人嘗與白石老仙相鼓吹
世謂者詩之餘詞尤難于詩失腔詩落韻詩
不過四七言而止詞乃有四聲五音均拍重輕清濁
之別若言順律舛律言謬俱非本色或字末合或怪
句皆廢街句未安所光采信夏憂于其雜又怪
邦廢儒傭鄉村自況颇其至四字沁園春卽引紙
西步稼軒龍洲自況颇其至四字沁園春卽引紙
揮篳動以東坡鷓鴣天步宮掛几擊而同聲阿和如梵五
字水調七字鷓天步宮掛几擊而同聲阿和如梵五
哦如步虛不知宮調為何物老俏倔俏郎知詞然已有
三歡曲流傳朋友朋山歌謠是足與叔夏詞
竊笑是豈與叔夏詞比哉

四

《彊村丛书》本《山中白云词》附录

张炎的主要创作活动是在元代，因此应将他算作宋词人还是元词人呢？对一位作家时代归属的处理，实际上已含有对其历史作用和在文学史地位上的基本评价。这在确定宋末元初许多文人的时代归属时尤其确定张炎等宋遗民的时代归属，须得从历史和文学发展的锁链中来考察他们与新旧两朝的关系而作出实质性的判断，单纯以时间为根据来划分是没有多大实际意义的。元灭宋统一中国后，文学上北曲兴起而旧的词体趋于没落，对待宋金元之际的作家的时代归属，应该重视这个文学史事实。周密在宋末曾西湖结社主盟词坛，宋亡时年四十八，入元后不仕，以纂辑故国野史为己任，尚生活了二十年。张炎于宋亡时三十二岁，宋亡前已有词作，其词学之师承与渊源都与宋词密不可分。这些宋遗民虽然有的在元代生活半生或大半生，他们的作品一半或一大半写作于元代，但很明显他们在艺术渊源和艺术风格上都紧密地与宋代相连接，他们的创作实际上是宋词发展过程中的延续部分。所以文学史上历来将他们列为宋代词人，这是合理的。与此相反，一些由金入元的作家，即《录鬼簿》所谓"前辈名公才人"者如关汉卿，却将他算作元曲四大家之一。这也是从北曲发展情况来确定的，不将他归入金代作家也是合理的。作家的政治倾向在改朝换代之时明显地表现为对新旧两朝的态度，这应是处理他们时代归属的重要根据。元王朝统一中国的过程中实行了野蛮的屠杀和掠夺，统一中国后对江南汉族人民施行了民族压迫政策。宋遗民坚持民族气节，入元不仕，他们的行为和作品表现了对元王朝统治的消极抵制和反抗。他们不屈志于新朝，自称"宋遗民"。遗民郑思肖嘱咐后人在他死后写上"大宋不忠不孝郑思肖"的牌位。若将这些有强烈民族意识的作家列为元人，他们的亡灵有知也会发出抗议的。他们的思想意识、政治命运和实际活动都与旧朝连接不可分，所以历来文学史上都将周密、王沂孙、张炎、刘辰翁、汪元量、林景熙、郑思肖等遗民看作宋人，而将那些奴颜婢膝投靠并出仕新朝的文人列为元代作家。詹正和赵孟頫都是宋元间人，他们都入元仕为翰林学士。他们的作品"绝无黍离之感、桑梓之悲，止以游乐为言"，其题材、内容、风格都与前朝迥异，将他们列入元代作家是最恰当的。当然，如果这位作家在前朝仅是一位少年，文学上和事业上与前朝无多大关系，理应归入新朝。但是如果这位作家在前朝已是青年或中年了，情况就较为复杂，在考虑划分其时代归属时，就应既考虑其文学史上的关系，也考虑其政治态度。张炎在宋亡时已进入中年，其父祖世受宋恩，他也因恩荫仕于宋，宋亡后一直过着遗民生活，因此无论从其与文学史的关系或从其政治态度来看，我们都应将他算作宋代词人。

三

　　张炎的词集名《山中白云词》，存词三百首。宋遗民邓牧为其词集作序云："盖其父寄闲先生善词名世，君又得之家庭所传者。中间落落不偶，北上燕南，留宿海上，憔悴见颜色；至酒酣浩歌，不改王孙公子蕴藉。身外穷达，诚不足动其心，馁其气；庚子岁相遇东吴，示予词若干首，使为序云。"(《张叔夏词集序》·《伯牙琴》) 据此可知元大德四年庚子 (1300)，张炎五十三岁时已将词作初步结集并请邓牧为序。此后十余年间的新作又陆续补入，其最迟而有纪年的词为延祐元年 (1314) 甲寅秋寓吴作的《临江仙》。《山中白云词》在元代以抄本流传，现在所知的祖本是元末学者陶宗仪的手抄本。这个抄本于明代成化二十二年 (1486) 丙午由井某偶然所得。井某《玉田词题识》云："成化丙午春二月朔，偶见是帙鹤城东门药肆，即购得之，南村先生手抄者。盖百余年矣。凡三百首，惜无目录，五月初九日辑录，以便检阅。"(龚翔麟刊本《山中白云词》附) 陶抄本在清初为钱中谐所藏，词家朱彝尊从钱氏转抄，分为八卷，由李符与龚翔麟取别本校对，并由龚翔麟镂板刊行。清代乾隆间学者江昱有《山中白云词疏证》八卷，征引宏富，考证精详，为迄今唯一的最好注本。但江昱以龚本为底本作疏证时将龚本所附别本异文全部删去，在校勘方面作了几处非常重大的改动。张炎在一些词序里有纪年说明其北游的时间，但龚本与江本在传抄与校改时都出现了错讹，以致造成研究这位词人生平事迹的一个重大疑案。根据龚本，张炎自元至元十七年庚辰（1280）北游，至元二十七年庚寅（1290）北归，留寓燕蓟十年；根据江本，张炎自元至元二十七年庚寅（1290）北游，至元二十八年辛卯（1291）北归，留寓燕蓟仅一年。这两本各有正误。张炎词集除陶氏元抄本外，目前所存的明抄本尚有三种，即明人吴讷编《唐宋名贤百家词》抄本中有《玉田词》二卷①；明水竹居抄本《玉田词》二卷②；明抄本《玉田词》一百五十首，清宋荦藏，朱彝尊《词综》卷二十一据以收入三十九首。兹据三种明抄本比勘龚本与江本如下：

（一）《台城路》词序：

　　庚辰会汪菊坡于蓟北，相对如梦，回忆旧游，已十八年矣。（《百家词》本）

　　庚辰会汪兰坡于蓟北，想如梦，回忆旧游，已十八年矣。（水竹居抄本）

　　庚辰会江兰坡于蓟北，恍然如梦，回忆旧游，已十八年矣。（《词综》卷二十一）

　　庚辰秋九月之北，遇汪菊坡，一见若惊，相对如梦，回

---

① 《唐宋名贤百家词》抄本，天津图书馆藏，北京图书馆有传抄本；又有林大椿校，上海商务印书馆排印本，1930 年。
② 见吴刚虞《玉田词版本述略》，《山中白云词》第 213 页，中华书局，1983 年。

忆旧游，已十八年矣。因赋此词。（龚翔麟本）

　　庚寅秋九月北上，遇汪菊坡，一见若惊，相对如梦，回忆旧游，已十八年矣。因赋此词。（江昱本）

以上五本文字大同小异，最值得注意的是前三种明抄本的纪年与龚本相同都作"庚辰"，可见龚本此处是正确的，而且说明张炎实为至元十七年庚辰九月自江南北上燕蓟的。江昱改"辰"为"寅"，其依据是："曾心传题日观葡萄自序，以至元庚寅入京，玉田固同行之侣，此题'辰'字，当是'寅'之讹。"这里暂且不论江昱所据的史事是否正确与充分，他这样的校改是违反校勘通例的。

　　（二）《甘州》词序：

　　辛卯岁，沈秋江同余北归，秋江处杭，余处越。越岁，秋江来访寂寞，语笑数日，又复别去。赋此词饯行，并寄曾心传。（《百家词》本）

　　辛卯岁，沈秋江同余北归，秋江处杭，余处越。越岁，秋江来访寂寞，晤语数日，又复别去。赋此饯行，并寄曾心传。（水竹居抄本）

　　饯沈秋江。（《词综》卷二十一）

　　庚寅岁，沈尧道同余北归，各处杭越。逾岁，尧道来问寂寞，语笑数日，又复别去。赋此曲并寄赵学舟。（龚翔麟本）

　　辛卯岁，沈尧道同余北归，各处杭越。逾岁，尧道来问寂寞，语笑数日，又复别去。赋此曲并寄赵学舟。（江昱本）

名娃藕絲縈艇雪鷗沙鷺夜來同夢曉風吹醒酒暈

全銷粉痕微漬色明香瑩問此花盍貯瑤池應未許

繁紅並

　　　　　　玉田張　炎　叔夏

仙人掌上芙蓉娟娟猶澄一作瀲金盤露淡妝照水

纖裳立玉無言飄一作飄似一作自一作舞幾度銷凝滿湖烟月

一汀鷗鷺記小舟清夜夜悄波明香遠渾不見花開

處　應是浣紗人妒褪紅衣被誰輕誤誤開情淡雅冶

容清潤憑嬌待語隔浦相逢偶然傾蓋似傳心素怕

七一

《知不足斋丛书》本《乐府补题》张炎词

此序四本文字亦大同小异，《词综》所据之明抄本乃是词序的简化。沈尧道号秋江，与张炎为北游友人。江昱将龚本"庚寅"改作"辛卯"，他说："按《大观录》曾心传自序谓庚寅入京……《三姝媚》词观海云杏花则系春日尚留燕京，而北归之非本年冬日，明矣。此'庚寅'自当从别本作'辛卯'为是。"两种明抄本纪年均是"辛卯"，龚本显然有误，不宜从。

（三）《疏影》词序：

> 辛卯北归，与西湖诸友，夜酌有感，书于水竹清隐。

（《百家词》本）

> 辛卯北归，与西湖诸友夜酌。（水竹居抄本）

> 余于庚寅岁北归，与西湖诸友夜酌，因有感于旧游，寄周草窗。（龚翔麟本）

> 余于辛卯岁北归。与西湖诸友夜酌，因有感于旧游，寄周草窗。（江昱本）

江昱按云："'庚寅'宜从别本作'辛卯'。"《词综》未收此词，两种明抄本均作"辛卯"，这与《甘州》词序所记北归时间相同。从明抄本比勘《甘州》与《疏影》两词序的情形来看，江昱的校改是有根据的。据此，则张炎北归时间应是至元二十八年辛卯。这样，他自至元十七年北游，至元二十八年北归，留寓燕蓟的时间为十一年。

张炎《湘月》词序云：

> 余载书往来山阴道中，每以事夺，不能尽兴。戊子冬晚，

与徐平野、王中仙曳舟溪上，天空水寒，古意萧飒。中仙有词雅丽，平野作《晋雪图》，亦清逸可观；余述此词，盖白石《念奴娇》鬲指声也。

戊子为元至元二十五年（1288），若张炎至元十七年至二十八年在燕蓟，便不可能于至元二十五年冬又在山阴（浙江绍兴）与王沂孙（中仙）等友人游。因此清代张惠言怀疑"戊子"有误，特批校云："玉田以庚辰入都，庚寅归渐，戊子不得在山阴，盖当作'戊戌'之误。"[①] 据词序谓王沂孙"有词雅丽"记述此游，但今本《花外集》内此词已佚。宋德祐二年（1276）即元至元十三年二月元军占领南宋都城临安，宋亡后，遗民王沂孙、张炎等曾聚会于山阴参加《乐府补题》的咏物活动。张炎北归时王沂孙已经下世，而北游十一年间又不可能有山阴之行；因此，其《湘月·序》当作于宋亡之初与王沂孙在山阴咏物唱和之时，肯定不会作于"戊子"。张惠言以为是"戊戌"，也不可能。戊戌为元大德二年（1298），这时王沂孙已下世多年了。明抄《唐宋名贤百家词》和水竹居本《湘月·序》与龚本大致相同，但"戊子"却作"一日"，无纪年，可知此词不一定就是"戊子"所作。根据张炎与王沂孙交游活动来看，应是宋祥兴元年戊寅即至元十五年（1278）宋亡后于山阴作的。"戊子"当是"戊寅"之误。

① 转引自吴刚虞校《山中白云词》第38页。

國香沈梅嬌杭妓也忽于京都見之把酒相勞苦猶能歌周清真意難忘臺城路二曲因囑余記其事詞成以羅帕書之

鶯柳煙堤記未吟青子曾比紅兒嫺嫣弄春微透鬟翠雙垂不道留仙不住便無夢吹到南枝相看兩流落掩面凝羞怕說當時淒涼歌楚調嫋餘音不放一朵雲飛丁香枝上幾度款語深期拜了花梢淡月最難忘弄影牽衣無端動人處過了黃昏猶道休歸

山一　五

臺城路庚寅秋九月之北遇汪菊坡一見若驚相對如夢回憶舊游已十八年矣因賦此詞

十年前事翻疑夢重逢可憐俱老水國春空山城歲晚無語相看一笑荷衣換了任京洛塵沙冷凝風帽見說

江昱《山中白云词疏证》书影

从宋亡后到至元二十八年辛卯的十一年间，张炎无江浙等处行迹，可考的只有十余首北游期间的作品。他后来在词里回忆北游时曾说："十年孤剑万里，又何似畦分抱瓮泉"（《瑶台聚八仙》），"万里舟车，十年书剑，此意青天识"（《壶中天》）。从张炎生平活动来看，这时期"十年"（实为十一年，此举其整数）、行程"万里"，正是指其北游，并与其词序所纪北游时间相符，绝非指中年以后飘零往返江浙的某十年。同时北游的友人曾遇，后来回忆也说"万里归来家四壁，沙鸥笑人空役役"（《大观录》卷十五）。可见"万里"都是他们用以特指北游行程的。

元初统治阶级大力宣扬佛教文化，建造佛寺和翻译刻写佛经盛极一时。至元十四年（1277）翻刻《藏经》迄至元二十七年（1290）春告竣，计一千四百二十二部，六千一十七卷，后世称为"元藏"。在翻刻《大藏经》的十三年之间又同时进行了以金泥抄写金字《藏经》的工作。元上都和大都等处的重要寺院都得庋《金字大藏经》一部。这样需许多的书法精善的儒生文士参加抄写工作，成为一时的写经之役。赵孟𫖯于"大德丁酉（1297）除太原路汾州知州兼管本州诸军奥鲁劝农事，未上。召金书《藏经》，许举能书者自随；书毕所举廿余人皆受赐得官"（杨载《赵公行状》，《松雪斋文集》后附）。由此可知，当时参加写经须由大官员举荐善书者，写经者于写经毕事后可以受赐得官。元初最高统治者之所以发动写经之役还不仅仅为了弘扬佛法，乃企图以此作为笼络与强迫江南士人入仕的手段，使他们通过写经而接受新王朝的赐官。据释氏念常的《佛祖历代通载》卷二十二："帝（元世祖）命写《金字藏经》。……帝以金为泥，命僧儒缮写《大藏经》一藏，贮以七宝琅函，流传万世。"（《大藏经》卷四十九，二〇三六）这次写经之役为时甚久，完成于至元二十七年（1290）以前。据《元史》卷十六，至元二十七年六月"缮写《金字藏经》，凡糜金三千二百四十四两"。这说明此次写经完成的时间及用金之数目。清人赵翼谈到"元时崇奉佛教之滥"时也是这样理解的，他说："至元二十七年缮写《金字藏经》成，凡用金三千二百余两。"《陔余丛考》卷十八）可见不能据《元史》所载而误认为至元二十七年才开始发起写经之役。其友人也含糊地说他"尝以艺北游"（戴表元《送张叔夏西游序》），或言其"夜攀雪柳蹈河冰，竟上燕台论得失"（袁桷《赠张玉田诗》）。清人吴升辑的《大观录》卷十五《温日观墨葡萄画卷》题跋后附张炎《甘州·题曾心传藏温日观墨葡萄画卷》为《山中白云词》所未收。这提供了张炎参加写经之役的线索。同时参加写经之役的沈钦和词《甘州·序》云："心传（曾遇）索词屡矣，久以缮金字之冗，未暇填缀。玉田生乃歌白雪（指《甘州》）之章，汏沈钦就用其韵。"刘沆也有和词。沈钦、刘沆、张炎都是参加写经之役的，这次唱和表示了他们决定不接受赐官而准备北归的愿望。唱和的起因是曾遇客边所携藏的温日观画卷。曾遇字心传，华亭（上海松江）人，博学而尤工书法，他于至元二十七年被选入京书写《金字藏经》。他所珍藏的温日观画卷有一段不寻常的来历，其中还有深刻的政治寓意。后来曾遇为此画作的跋语云：

　　至元庚寅，以写经之役，自杭起驿入京。濒行之际，先一日过灵隐别虎岩长老，出至廊庑。一老僧素昧平生，闻余华亭音，迎揖而笑，握手归房，叱其使令于方丈索酒果款洽；执缣素者填咽其门，皆拒而不纳。问之，甫知其为温日观也。

以（曾）遇将有行役，引墨作葡萄二纸，一寄子昂（赵孟頫）学士，一以见赠，且以荣名相期。此意厚甚。别后留燕，书经讹事，将得官，而轰荐福之雷此纸偶留。集贤翰林诸老处，多蒙著语，大为归装之光。……曾遇自叙，大德改元，书于学古家塾。（《大观录》卷十五）

温日观，字仲言，号知归子，作水墨葡萄自成一家法。他是很有民族气节的士人，宋亡后出家于杭州玛瑙寺为僧。因与曾遇同乡，得知曾遇将北赴写经之役，特画墨葡萄以赠，"且以荣名相期"。意为勉励曾遇保持民族气节，勿屈辱受官，保住"荣名"。所以当曾遇、张炎、沈钦、刘沆等人书写《金字藏经》完毕，按规定"将得官"，他们展玩温日观的画卷时，它竟成为轰荐福碑之雷，使他们得以保全"荣名"。张炎《甘州》词云：

想不劳、添竹引龙须，断梗忽传芳。记珠悬润碧，飘飘秋影，曾印禅窗。诗外片云落莫，错认是花光。无色空尘眼，雾老烟荒。　　一剪静中生意，任前看冷淡，真味深长。有清风如许，吹断万红香。且休教夜深人见，怕误他、看月上银床。凝眸久，却愁卷去，难博西凉。

词的上阕赞美温日观墨葡萄之墨妙，描述其枝梗藤叶，浓淡间发，点染有灵趣。下阕借物寄意。这一枝墨葡萄，甚是平淡，以前未发现其"真味"；现在临到这几位遗民将接受新王朝赐官时，他们由此想起了温日观"以荣名相期"的深意。于是它有如一阵清风，吹断繁盛的"万红"春梦。作者最后表示，愿将画卷珍藏，不愿为人轻易换取或出售，寄寓不接受赐官而归隐江南之意。刘沆的词表示赞同张炎之意："珍重好，卷藏归去，枕屏间、偏称道人床。江南路，后会重见，同话凄凉。"终于他们为温日观的民族气节与所寓深意感动了，抄写《金字藏经》毕事之后便亟亟北归了。

赵孟𫖯时在元大都仕为集贤直学士奉议大夫。他为曾遇所藏温日观画卷作有跋语：

> 去冬曾君自吴来燕，辱以一纸见寄，相望数千里不遐遗，乃尔展转把玩，因想胜风。欲相从西湖山水间，何可得也。因曾君出示此卷，敬书其后而归之。辛卯二月廿一日，吴兴赵孟𫖯。

此跋亦收入《大观录》卷十五，跋后即附有张炎、刘沆、沈钦三首《甘州》词。赵跋所谓"辱以一纸见寄"即温日观托曾遇寄赠的另一纸墨葡萄，它引动了赵孟𫖯相从湖山之念。跋是为曾遇画卷题的，作于辛卯二月，张炎等唱和的词附后。张炎作《甘州》当在同时，可证他辛卯春尚在燕蓟，旋即北归。这与张炎后来作的《甘州》《疏影》词序所言辛卯北归相符，进一步证实他确于至元二十八年辛卯北归的。

从张炎的身世及其北游的有关文献所提供的线索来看，他的北游是蕴藏着难言的辛酸和痛苦的，因而他与友人都避免具体谈到。邓牧的《张叔夏词集序》云："中间落落不偶，北上燕南，留宿海上，憔悴见颜色。""留宿海上"是用西汉时苏武被匈奴拘留北海，牧羊自食之事。这暗示了张炎的北游是具强迫性质的。舒岳祥《赠玉田序》云："宋南渡勋王之裔子玉田张君，自社稷变置，凌烟废堕，落魄纵饮，北游燕蓟，上公车、登承明有日矣。一日，思江南菰米莼丝，慨然襆被而归。"有学者据这段文字而认为张炎"甫得官，辄为人所阻"，或以为"张炎是准备向新王朝屈膝的，虽然他事实上没有做新王朝的官"，这属于误解。"社稷变置"谓南宋的灭亡与元政权的建立；"凌烟废堕"谓南宋凌烟阁毁坏，意指功臣贵胄没落衰败；"承明"用曹植诗"谒帝承明庐"，谓皇帝诏见。舒岳祥之意为，张炎在宋亡后，家遭变故，失意落魄，北游燕蓟时有了登上官车而接受皇帝诏见的希望，然而他却慨然回到江南了。他并未准备向新王朝屈膝，没有接受赐官，仍甘做宋遗民。对张炎北游情形的了解，非常有助于我们对这位词人思想和艺术的评价。

四

　　张炎主要的创作时期是元王朝统一中国，并使其统治逐渐稳固下来的时代。元代统治集团对汉民族施行了残酷的民族压迫政策，江南汉族人民在政治、法律和经济上受到极不平等的待遇；汉族的一些贵族和豪强地主也依附新朝，成为元代统治集团的帮凶。元初的民族压迫和阶级压迫是特为严重的。元代统治阶级对汉族知识分子则采取了拉拢与政治迫害的软硬兼施手段，而江南许多士人也纷纷北游以谋求富贵利禄，蔚为风气，其软媚可怜之状确如袁桷所说："四方士游京师，则必囊笔楮，饰赋咏，以侦候于王公之门"，而"多羁困不偶，煦煦道途间，麻衣敝冠，柔声媚色"（《送邓善之应聘序》，《清容居士集》卷二十三）。张炎与其师友陈允平、王沂孙、周密、施岳祥、戴表元、郑思肖、邓牧等，却是与这些软媚而亟于富贵的士人不一样，走着消极反抗元朝统治的道路。他们崇尚民族气节，不愿屈志新朝，拒不受官，退隐江湖，过着清苦的遗民生活。张炎传世的三百首词是他思想、情感、生活、交游的记录，一一留下时代的印记，是元初的宋遗民思想与生活的缩影。不难发现，《山中白云词》的主题思想与作者的家世、个人遭遇、政治态度有密不可分的关系。它的主题思想显而易见的是词人的黍离之感、江南之恋和落魄江湖之愁，它们渗透在词人的字里行间。

张氏家族与新王朝结下旧仇新恨，张炎以遗民自居而与新王朝敌对。因此，对现实的感伤、对故国的怀念成为张炎作品的重要主题。这是其爱国思想的自然流露，但其爱国思想由于出身贵族阶级的局限而缺乏更为广阔的社会意义，所以它与宋季忠义之士如文天祥、林景熙、谢枋得、谢翱、郑思肖等的爱国主义思想比较起来是黯淡得多的。张炎的《月下笛》词序中说："孤游万竹山中，闲门落叶，愁思黯然，因动《黍离》之感。"黍离之感是张炎爱国思想的特质，这种士大夫的亡国之悲局限了词人去获得更多的人民性。他的眼光仅仅看着自己的不幸，没有更多地关注满目疮痍的乾坤和处于水深火热之中的广大汉族人民。张炎与其师友王沂孙、周密、仇远、陈恕可等一群词人的爱国思想都具这种性质，他们毕竟是封建时代自命高雅的士人。他的《月下笛》词云：

> 万里孤云，清游渐远，故人何处？寒窗梦里，犹记经行旧时路。连昌约略无多柳，第一是、难听夜雨。谩惊回凄悄，相看烛影，拥衾谁语。　　张绪，归何暮？半零落依依，断桥鸥鹭。天涯倦旅，此时心事良苦。只愁重洒西州泪，问杜曲、人家在否？恐翠袖、正天寒，犹倚梅花那树。

西秦玉田生張炎叔夏著

仁和許增邁孫校栞

南浦

春水

波暖綠粼粼燕飛來好是蘇堤纔曉魚没（○舊鈔浪痕圓流 本作㳻浪痕圓流）紅去翻笑東風難掃荒橋斷浦柳陰撐出扁舟小回首池塘青欲徧絕似夢中芳草 和雲流出空山甚年年淨洗花香不了新綠乍生時孤村路猶憶那回曾到餘情渺渺茂林觴詠如今悄前度劉郎歸去後溪上碧桃多少

別溪燕戲游絲芹根（一作葏葏）鴨綠光動晴暁（一作㬉曉）何庭蕪紅多芳菲夢翻又嫩實碎琤（一作深藻）一番夜雨一番

《榆園叢刻》本《山中白云詞》書影

此词作于晚年游浙东天台等地。万竹山在赤城县西南，它为作者曾经游赏之处，也当是南宋帝王巡幸之地。连昌宫（河南宜阳）为唐代帝王的行宫，"安史之乱"后便残破废置了。以此借指南宋帝王巡幸之地，而今已是夜雨凄悄。词人于宋亡后重游不胜兴亡变迁的感慨。张绪为南齐时人，风姿俊美，齐武帝置蜀柳于灵和殿前曾叹云："此杨柳风流可爱，似张绪当年时。"词人以张绪自喻，而今零落漂泊，心事良苦，已无复当年王孙公子的风姿了。杜曲在唐代都城长安之东，为世代贵官大姓杜氏聚居之地。词人有似晋时羊昙重过西州门而有"生存华屋处，零落归山丘"的感叹。尤其是当年的贵家妇女，经过丧乱流离，天寒翠袖薄，想象其犹倚旧时梅树，便愈使人心酸了。词中所表达的"黍离之感"是非常含蕴和深沉的。宋亡之初，张炎也曾有过激昂慷慨的情感，希望自己能像秦末的张良那样去为国复仇，可是历史的命运已无法改变，大势已定，华夏正音不复，所以他感到："壮志已荒圮上履，正音恐是沟中木。"（《满江红》）宋祥兴元年（1278）帝昺逃于崖山，宋王朝国运如丝，危在旦夕，元军已征服了整个江南，繁华之地多成丘墟。这年秋天，张炎经过故宋权贵韩侂胄的庆乐园，已是荒凉一片。他联系到贾似道的葛岭别墅，后乐园也将是同样的景象，于是引起了古今兴亡的慨叹，写下了一首《高阳台》。词序云："庆乐园即韩平原南园，戊寅岁过之，仅存丹桂百余株，有碑记在荆榛中，故末有亦犹今之视昔之感，复叹葛岭贾相之故庐也。"词云：

古木迷鸦，虚堂起燕，欢游转眼惊心。南圃东窗，酸风扫尽芳尘。冀貂飞入平原草，最可怜浑是秋阴。夜沉沉，不信归魂，不到花深。　　吹箫踏月幽寻去，任船依断石，袖裹寒云。老桂悬香，珊瑚击碎无声。故园已是愁如许，抚残碑却又伤今。更关情，秋水人家，斜照西泠。

南宋开禧二年（1206），以韩侂胄为首的主战派得到宋宁宗的支持，出师北伐，由于用人不当，遭到叛徒和主和派的破坏，开禧北伐很快以失败告终。次年，韩侂胄被暗杀，宋函其首送与金人，以成和议。词中之"归魂"指韩侂胄，结尾之"秋水人家"即序中所谓"复叹葛岭贾相之故庐也"。在张炎看来，韩侂胄的轻率北伐与贾似道的专权误国导致了南宋的衰亡，使国势不可收拾。两家繁盛的庄园现在随宋亡而荒残了，词人抚残碑而伤今，这有多少值得深思的历史教训！此词的黍离之感，表现了对国家命运感到的悲哀，虽然是采取消极的感伤与批判的态度，仍流露出爱国的情感。张炎晚年为友人周密《武林旧事》题的一首《思佳客》，将黍离之感表达得最为深刻：

梦里蒨腾说梦华，莺莺燕燕已天涯。蕉中覆处应无鹿，汉上重来不见花。　　今古事，古今嗟。西湖流水响琵琶。铜驼烟雨栖芳草，休向江南问故家！

杭州旧称武林，曾为南宋都城。周密的《武林旧事》作于宋亡之后，他记下了南宋百余年间其所耳闻目睹之制度文物和节序风情，寄托对亡宋故国之思。"读此书者，不能不为之兴叹"（宋廷佐《武林旧事跋》）。这首小令气韵流畅，音节哀婉，一意贯注，可想见词人当时心情之激动。南宋的繁华已经成梦，宋亡后再记下它，真是梦中说梦了。"莺莺燕燕"借代家中的歌姬舞女，她们而今星散天涯，暗寓故家的衰败。用蕉鹿事以喻人生之得失如梦。《列子·周穆王》："郑人有薪于野者，遇骇鹿，御而击之，毙之。恐人之见也，遽而藏诸隍中，覆之以蕉，不胜其喜；俄而遗其所藏之处，遂以为梦焉。"得失如梦，旧情如梦，古今兴亡也如一梦，令人嗟叹。西湖的水声似乎像唐代流落江南的老乐工李龟年弹着琵琶正在诉说开元天宝的遗事。"铜驼烟雨栖芳草"以示宋之宫殿毁于兵火之中。《晋书·索靖传》："靖有先识远量，知天下将乱，指洛阳宫门铜驼，叹曰：'会见汝在荆棘中耳！'"《武林旧事》中记有张炎家世显贵豪华的轶闻，张炎读之特别悲伤：国已不存，何必再说江南故家！这不是一小曲《哀江南》吗？张炎此词与周密的《武林旧事》都各以特殊的方式表现他们的爱国思想。张炎在更多的场合下，其爱国思想情感是极其隐伏幽微的，如他在席上听琵琶有感而作的《法曲献仙音》：

　　云隐山晖，树分溪影，未放妆台帘卷。簟密笼香，镜圆窥粉，花深自然寒浅。正人在、银屏底，琵琶半遮面。
　　语声软。且休弹、玉关愁怨。怕唤起西湖，那时春感。杨柳古湾头，记小怜、隔水曾见。听到无声，漫赢得、情绪难剪。把一襟心事，散入落梅千点。

词的上阕描述歌妓弹唱的情形，下阕写听琵琶的感受。他不希望听到汉代王昭君出塞和番用琵琶弹起的哀怨之曲，是它将唤起曾在西湖的一段伤心的情事。杨柳古湾是西湖之一角，那是最值得回忆和纪念的地方。"小怜"本北齐后主之宠妃冯小怜。《北史》

卷十四《冯淑妃传》："冯淑妃名小怜，大穆后从婢也……慧黠能弹琵琶，工歌舞。"词中用以借指作者曾恋之某歌妓。一提起西湖，词人禁不住缅怀往事，美好的景色、甜蜜的初恋，一桩桩、一件件都难以忘怀。直到琵琶曲终，作者的愁绪未断，他省去了关于宋亡后与"小怜"的伤心事的叙述，"落梅千点"可能是她命运的象征。在张炎的词中，这些个人生活的感受与爱国之思、江南之恋是纠结在一起的，因而更加感人。

张炎生长于杭州，除北游燕蓟而外一直生活在江南，江南的景物他是那样的熟悉和热爱。他既留恋锦绣繁胜的江南，也不能忘情于现实残破荒凉之江南。祖国之爱于张炎是深深扎根在江南的乡土之中，在其笔下的祖国山河、江南水乡总是出奇的秀美，具有浓郁的诗情画意，美得那样动人。他的名篇《南浦·春水》是咏西湖春水的：

> 波暖绿粼粼，燕飞来，好是苏堤才晓。鱼没浪痕圆，流红去、翻笑东风难扫。荒桥断浦，柳阴撑出扁舟小。回首池塘青欲遍，绝似梦中芳草。 和云流出空山，甚年年净洗，花香不了。新绿乍生时，孤村路，犹忆那回曾到。余情渺渺，茂林觞咏如今悄。前度刘郎归去后，溪上碧桃多少。

张炎曾因此词而享有词坛盛名。邓牧说："《春水》一词，绝唱千古，人以'张春水'目之。"（《张叔夏词集序》）前人盛赞此词写作技巧的高超，以其婉丽骚雅，构思巧妙，善于融情于景；但是较为忽略其整体形象。作者通过西湖春水的描写，深情地称美江南水乡。春暖花开，燕子飞来，湖面绿波粼粼，鱼戏落红，柳阴扁舟，流水永远带着花香，堤畔碧桃盛开更映衬得西湖宛如西子了。词人对西湖特征的把握确切而细致，传达出其美妙之处。从整首词轻快柔婉的笔调与闲适平和的氛围来看，当是张炎早年的作品。词人晚年"己亥春复回西湖"作的《春从天上来》仍表现出对湖光山色的深深留恋。词云：

> 海上回槎，认旧时鸥鹭，犹恋蒹葭。影散香消，水流云在，疏树十里寒沙。难问钱塘苏小，都不见，擘竹分茶。更堪嗟，似荻花江上，谁弄琵琶。　　烟霞。自延晚照，换了西陵，窈窕纹纱。蝴蝶飞来，不知是梦，犹疑春在邻家。一掬幽怀难写，春何处，春已天涯。减繁华，是山中杜宇，不是杨花。

这年词人五十二岁，由浙东回到杭州。流水、疏树、寒沙、琵琶声，他都感到亲切。虽然他当时的境况十分艰难，穷愁潦倒，而西湖的落霞晚照，犹如着上窈窕纹纱的西子。这景象令忧绪万端的词人激赏赞叹，还唤起了许多往事的回忆，也感到几分凄凉的情意：繁华随春去而衰减了。《山中白云词》中常常流露出对江南家乡的眷恋之情，如："胜游地，想依然断桥流水"（《扫花游》）；"故乡几回飞梦，江雨夜凉船，纵忘却归期，千山未必无杜鹃"（《忆旧游》）；"断肠不恨江南老，恨落叶飘零最久"（《月下笛》）；"花底莺声深处隐，柳阴淡隔湖里船，路绵绵，梦吹旧笛，如此山川"（《瑶台聚八仙》）。江南之恋的思想情感几乎充溢在张炎所有的词中，具有强烈的美感，因而它产生了一种词人未曾料到的社会意义。爱国志士郑思肖在《山中白云词序》里初次揭示了这种意义。他说：

> 吾识张循王孙玉田先辈，喜其三十年汗漫南北数千里，一片空狂怀抱，日日化雨为醉。自仰扳姜尧章、史邦卿、卢蒲江、吴梦窗诸名胜，互相鼓吹春声于繁华世界。飘飘征情，节节弄拍，嘲明月以谑乐，卖落花而陪笑，能令后三十年西湖锦绣山水犹生清响，不容半点新愁，飞到游人眉睫之上。……

张炎词以生动优美的艺术形象，在元统治时期，使"西湖锦绣山水犹生清响"，唤起人们热爱江南、热爱祖国河山的情感。这就是它所产生的客观的积极的作用。

宋亡后张炎家被籍没，资财丧失，家人离散，大约在其北归杭州重经旧居时作的《长亭怨·旧居有感》，深深地写出了所遭受的灾难：

> 望花外、小桥流水，门巷愔愔，玉箫声绝。鹤去台空，佩环何处、弄明月？十年前事，愁千结、心情顿别。露粉风香，谁为主，都成消歇。　　凄咽。晓窗分袂处，同把带鸳亲结。江空岁晚，便忘了、尊前曾说。恨西风、不庇寒蝉，便扫尽、一林残叶。谢杨柳多情，还有绿阴时节。

旧居仍在，门巷悄然，于花外远远望见，勾起了作者"十年前事"。显然是被籍家的情景，尚惊心动魄，词人着重叙述了与家人（可能是妻子）的死离生别的情形；临晓分袂，凄咽不忍。而今露粉风香无处可寻，不知魂归何处。暗示了作者当时仓皇出逃后家庭发生的惨变。"恨西风、不庇寒蝉，便扫尽、一林残叶"，这是作者发出的悲痛绝望的呼声，也是对元代统治者施行民族压迫政策的愤怒的抗议。元代统治者毫无人性地灭绝了他的人生的希望，像肃杀的西风扫尽了一切。我们不应简单地认为它是没落贵族像寒蝉一样地哀鸣，只有放在具体的历史背景下才能理解其意义。张炎的名篇《解连环·孤雁》更表现了作者国破家亡，孤独无依，悽惶惊惧的心理。词云：

> 楚江空晚。怅离群万里。恍然惊散。自顾影、欲下寒塘，正沙净草枯，水平天远。写不成书，只寄得相思一点。料因循误了，残毡拥雪，故人心眼。　　谁怜旅愁荏苒。谩长门夜悄，锦筝弹怨。想伴侣犹宿芦花，也曾念春前，去程应转。暮雨相呼，怕蓦地、玉关重见。未羞他、双燕归来，画帘半卷。

从词意推测，可能是作者北游时期的作品。当时宋亡不久，作者被迫北上："离群万里"，内心充满对政治处境的疑惧，同时感到身世有如凄凉悲怨的孤雁一般。元人孔齐说："钱塘张炎，字叔夏，自号玉田，长于词曲，尝赋《孤雁》词，有云'写不成行，书难成字，只寄得相思一点。'人皆称之曰张孤雁。"(《至正直记》卷四)可见此词是很有影响的，而且人们也发现以孤雁寄寓张炎的身世是很恰当的。北归后张炎作的《国香·赋兰》则寄托了其遗民生活的情趣。词云：

空谷幽人。曳冰簪雾带，古色生春。结根未同萧艾，独抱孤贞。自分生涯淡薄，隐蓬蒿、甘老山林。风烟伴憔悴，冷落吴宫，草暗花深。　　霁痕消蕙雪，向厓阴饮露，应是知心。所思何处，愁满楚水湘云。肯信遗芳千古，尚依依、泽畔行吟。香痕已成梦，短操谁弹，月冷瑶琴。

词中描绘的形象是以山野厓阴的兰比拟身居空谷、甘老山林、风烟憔悴而相信遗芳千古的江湖遗民。生涯淡薄，独抱孤贞正表现遗民孤高的品格。词人是甘愿过这种生活的。张炎于大德三年（1299）"己亥客阖间，岁晚空江，暖雨夺雪，簇灯顾影，依依可怜"，赋了一曲《探春慢》，较真实地表现了词人晚年的凄苦情景。词云：

列屋烘炉，深门响竹，催残客里时序。投老情怀，薄游滋味，消得几多凄楚。听雁听风雨，更听过数声柔橹。暗将一点归心，试托醉乡分付。　　借问西楼在否？休忘了盈盈，端正窥户。铁马春冰，柳娥晴雪，次第满城箫鼓。闲见谁家月，浑不记旧游何处？伴我微吟，惟有梅花一树。

除夕将近，爆竹声声，家人团聚，酒席热闹，妇女们戴着迎春的首饰。词人却只身孤影，漂泊于江湖风雪之中，追念旧日的繁华欢乐，益不堪怀。作者以对比的手法，将欢聚的热闹场面与自己孤苦凄寒作了鲜明对照，真实地抒写了个人生活的不幸。作者个人身世遭遇的不幸是跟南宋的灭亡和汉民族的灾难有一定联系的，它激荡着时代的回声。张炎不愿屈志新朝，拒绝受官，宁愿与江南遗民为伍，宁愿独抱孤贞穷愁以死，因而他抒发的个人身世不幸之感还是有一定社会意义的。

以上所述《山中白云词》的主题思想在具体的作品中它们往往缠杂一起，使词意具有多层的意义，收到较佳的艺术效果。如元军占领都城临安后，南宋之繁华锦绣一旦毁于兵燹之中，张炎伤痛之余写下了传世名篇《高阳台·西湖春感》。词云：

> 接叶巢莺，平波卷絮，断桥斜日归船。能几番游，看花又是明年。东风且伴蔷薇住，到蔷薇春已堪怜。更凄然，万绿西泠，一抹荒烟。 当年燕子知何处？但苔深韦曲，草暗斜川。见说新愁，如今也到鸥边。无心再续笙歌梦，掩重门、浅醉闲眠。莫开帘，怕见飞花，怕听啼鹃。

词中反复抒写春归的感怀，它是有象征意义的，象征着美好的事物和西湖的繁胜都随宋亡而去，当年乌衣巷的燕子飞去；唐代长安胜地如韦曲、晋贤清游之地如斜川都借喻西湖，而现在这些地方已是苔深草暗了。这不是词人的黍离之感么？春的归去，也结束了词人早年的欢乐，国破家亡，"无心再续笙歌梦"了。虽然怕见与怕听标志春归的花飞鹃啼，而春归之势已成必然，无可奈何了。词人个人的不幸是紧紧与亡国之痛联结在一起的。"万绿西泠，一抹荒烟"，西湖虽是荒凉冷落，可是它依然那么美，那么有诗意，词人充满深情地抒写了它的不幸，却依然眷恋着。此词思深言婉，托意高深，所以清人陈廷焯赞扬它"凄凉幽怨，郁之至，厚之至"（《白雨斋词话》卷二）。词人感慨万端却以蕴藉出之，语言平易精警，音律谐婉，而且运掉虚浑，笔笔清空，最能代表作者的艺术特色。

清空

詞要清空不要質實清空則古雅峭拔質實則凝澀晦昧姜
白石詞如野雲孤飛去留無迹吳夢窗詞如七寶樓臺眩人
眼目碎拆下來不成片段此清空質實之說夢窗聲聲慢云
恨綠金碧烟輕迷萊霧雲不鏽芳洲前八字恐亦太澀如唐
多令云何處合成愁離人心上秋縱芭蕉不雨也颯颯都道
晚涼天氣好有明月怕登樓　前事夢中休花空煙水流燕
辭歸客尚淹留垂柳不縈裙帶住謾長是繫行舟此詞疏快
卻不質實如是者集中尚有惜不多耳白石詞如蕙影暗香

揚州慢一則紅琵琶仙探春八歸高陽臺等曲不惟清空又
且騷雅讀之使人神觀飛越

〔词源卷下

五

《榆园丛刻》本《词隙》书影

五

　　张炎的词学是有家学渊源的，还师事过音乐家兼词学家杨缵。他说："昔在先人（张枢）侍侧，闻杨守斋（缵）、毛敏仲、徐南溪诸公商榷音律，尝知绪余，故平生好为词章。"（《词源·序》）从张炎的家学渊源及师承情况看来，他是继承了婉约词人中精通音律的、典雅的一派的传统。《词源》是中国词学史上第一部专著，上卷讲论乐律、宫调、谱字、管色等词乐的问题，下卷详述词的创作过程中的音谱、制曲、句法、字面、虚字、清空、意趣、用事、咏物、节序、赋情等具体问题。这是非常全面的系统的词学理论著作，总结了词的创作经验，具有很高的理论意义，保存了重要的词乐资料。它是张炎为宋词理论建设所做的杰出贡献。张炎在《词源》里所表述的理论与其词的创作实践有密切的关系。他主要强调了作词必须协律，词旨须归于雅正，作词要清空。这些观点既体现了南宋词自姜夔以来的雅化的创作倾向，也体现了张炎个人的审美趣味。其词乐理论深受儒家传统乐论的影响并使它与唐以来流行的燕乐调和起来，力图为词体找到正统的理论根据。其创作论主要是作为梦窗词"质实"的否定面而出现的，因而力主清空。这是张炎论词的两个基本出发点。他于晚年授意而由门人陆行直撰述的《词旨》更简要地表述了其论词主张，即"周清真之典丽，姜白石之骚雅，史梅溪之句法，吴梦窗之字面，取四家之所长，去四家之所短"。这就是所谓的作词的"指迷要诀"。张炎在词的理论上准备集婉约词之大成，而在词的创作实践中又转益多师力图集各家之长。其词的艺术特点正体现了其论词主张。

南宋婉约词自姜夔即开始向典雅一路发展，曾慥辑的《乐府雅词》、铜阳居士辑的《复雅歌词》和周密编选的《绝妙好词》，都以典雅为选取标准，吴文英也主张"下字欲其雅"。张炎继之而对典雅特别强调，他认为宋代婉约词发展过程中存在一种不良的倾向，即失之"软媚"和"浮艳"，这样有乖"雅正之音"。他说：

> 词欲雅而正，志之所之，一为情所役，则失其雅正之音。耆卿（柳永）、伯可（康与之）不必论，虽美成（周邦彦）亦有所不免；如"为伊泪落"，如"最苦梦魂，今宵不到伊行"，如"天便教人霎时得见何妨"，如"又恐伊寻消问息，瘦损容光"，如"许多烦恼，只为当时，一饷留情"，所谓淳厚日变成浇风也。（《词源·杂论》）

张炎从传统的儒家诗教出发，力诋"郑卫之音"。他说："簸弄风月，陶写性情，词婉于诗；盖声出莺吭燕舌间，稍近乎情可也。若邻乎郑、卫，与缠令何异也！……若能屏去浮艳，乐而不淫，是亦汉、魏乐府之遗意。"（《词源·赋情》）这是南宋以来词人们欲尊词体，故意将遣兴娱宾的艳科小词勉强与古老的"诗序"遥向联结。词在宋代本是雅俗共赏的文艺形式，张炎所提倡的"雅正"并非那种佶屈聱牙、古香古色的东西，他深知词要"正取近雅，而又远俗"（《词旨序》），即要求符合风人之旨的"温柔敦厚"而又保持一定的自然通俗。这体现为《山中白云词》之纯净雅致的白话，不艳不亵，叙事与抒情含蓄能留。如"水国春空，山城岁晚，无语相看一笑"（《台城路》）；"小立斜阳，试数花风第几"（《扫花游·台城春饮》）；"知他甚时重逢，便匆匆背潮归去"（《还京乐·送陈行之归吴》）。这些句中全不用典，明白易懂，是从通俗白话中提炼出来的。它们以细致的白描方法表现了一幅幅富于雅趣的动人情景。在词的思想内容方面。张炎也力求雅致，不艳不俗，格调很高。如其著名的《国香》：

　　莺柳烟堤。记未吟青子，曾比红儿。娴娇弄春微透，鬟翠双垂。不道留仙不住，便无梦，吹到南枝。相看两流落，掩面凝羞，怕说当时。　　凄凉歌楚调，袅余音不放，一朵云飞。丁香枝上，几度款语深期。拜了花梢淡月，最难忘弄影牵衣。无端动人处，过了黄昏，犹道休归。

词序云："沈梅娇，杭妓也，忽于京都见之。把酒相劳苦，犹能歌周清真《意难忘》《台城路》二曲，因嘱予记其事。词成，以罗帕书之。"这种题材若是柳永、秦观、周邦彦、康与之等写来，难免不近浮艳，甚至猥亵。张炎此词不能作为一般艳情词读。沈梅娇是杭州的歌妓，张炎当年是贵公子，他们在歌筵歌席上或花梢月底有过很深的情意。南宋亡后，他们不幸分离了，谁知在新王朝的京都偶然重逢，"相看两流落"，同病相怜，痛苦而又惭愧，说不尽尘世沧桑之感。"掩面凝羞，怕说当时"，这"羞"既为当年的情事，也为目前的流落，深刻地表现了沈梅娇心情激动和痛苦的感人情态。词淡淡抒写现实的感受，含蕴了许多的难言之情；更主要的是对当年美好情景的追忆，寄寓兴亡的感慨。"莺柳烟堤"是西湖最美的画面，那时初识梅娇，她是头梳双螺髻的妙龄歌妓。他们情意缠绵，款语深期。她的娇憨情态给词人留下很深的印象："最难忘弄影牵衣"。整首词的词意含蕴，描绘细腻，塑造了一位流落风尘的可爱的歌妓形象。作者对恋情的描述充满诗情画意，而又情感诚挚，表现了对沈梅娇的尊重和同情。张炎北归后作的《忆旧游·过故园有感》也是一首哀婉的词：

记凝妆倚扇，笑眼窥帘，曾款芳尊。步屧交枝径，引生香不断，流水中分。忘了牡丹名字，和露拨花根。甚杜牧重来，买栽无地，都是销魂。　　空存，断肠草，伴几摺眉痕，几点啼痕。镜里芙蓉老，问如今何处，绾绿梳云？怕有旧时归燕，犹自识黄昏。待说与羁愁，遥知路隔杨柳门。

此词与《长亭怨·旧居有感》题材相同，都是抒写重过故居的感慨。《长亭怨》侧重写与家人分别的悲惨场面，此词则追述当年与家人的欢乐并寓悼念之情。两词都暗寓了国家沧桑之感。此词的上阕记述在故家与家人筵席尊前的欢聚和在园亭观赏牡丹的乐趣，反映了闲适幸福的生活。"甚杜牧重来"是词意的转折点，进入对现实情景的叙述。当词人重来之时，有家难归，空无所有了。词的下阕由描述故园的荒凉，联想到伊人必定不再是芙蓉如面，尤其是不知她此时会在何处梳妆。从断肠草上的眉痕啼痕，可知她早已不在人世，而作者却不忍点明。他像旧燕一样黄昏归来犹识旧家，而杨柳路隔，已无人可与诉说多年的飘零之愁苦了。词的意蕴深厚，情趣优雅，语言流美清丽，很具张炎此类词的特点。张炎提倡的雅正在抵制"浇风"和防止文化污染方面都是有一定积极意义的。我们也可发现他的"雅正"与儒者诗教的迂腐之见又是有相异之处的。

以"清空"论词是张炎词评的特点，也是其词艺术风格的特点。它是作为"质实"的梦窗词的对立的意义而提出的。张炎说：

> 词要清空，不要质实；清空则古雅峭拔，质实则凝涩晦昧。姜白石词如野云孤飞，去留无迹。吴梦窗词如七宝楼台，眩人眼目，碎拆下来，不成片段。此清空质实之说。(《词源·清空》)

张炎对其前辈大词人吴文英是尊崇的，对梦窗词也有较全面和公允的评价。此处，他是从自己艺术创新的意义和自己的审美趣味出发，将"清空"与吴文英的"质实"对举的，而表示对"质实"的否定。"清空"也不是姜夔词的基本特点，姜词也有凝涩晦昧之处。什么是"清空"呢？即清淡空灵之意。仇远读《山中白云词》所感到的"意度超玄，律吕协洽"正是这"清空"的艺术效果。纵观《词源》，张炎以为作词要清空，大致有如下的要求：

（一）意趣超远。即"命意贵远"，不宜胶着于题材的狭窄范围，意境开阔，有寄托、有新意。张炎列举了苏轼的《水调歌头》《洞仙歌》，王安石的《桂枝香》和姜夔的《暗香》《疏影》，认为"此数词皆清空中有意趣，无笔力者未易到"(《词源·意趣》)。张炎的词如《壶中天·夜泛黄河》：

扬舲万里，笑当年底事，中分南北？须信平生无梦到，却向而今游历。老柳官河，斜阳古道，风定波犹直。野人惊问，泛槎何处狂客。　迎面落叶萧萧，水流沙共远，都无行迹。衰草凄迷秋更绿，惟有闲鸥独立。浪挟天浮，山邀云去，银浦横空碧。扣舷歌断，海蟾飞上孤白。

词意非常空灵，多用北方雄浑苍凉的意象表达作者清狂野逸的诗情，而又淡淡地寄寓了一点历史的感慨。此词是张炎北游期间夜渡古黄河作的，他当时有许多现实政治的感受都不愿在作品里较为清楚地表现出来。词的开头"扬舲万里，笑当年底事，中分南北"，这是从大处着眼，从远着起笔，而起笔即矫健有力，提出了一个重大的历史疑问；"笑"字表示对历史命运的无可奈何的心情，正如他晚年号"乐笑翁"一样，将历史的兴亡、个人的恩怨付诸一笑。他无法理解：既然现在是元朝以野蛮残暴的方式统一了中国，当初为何又要在靖康之难后使南北分裂呢？其中隐含了亡国的悲痛。但是作者不愿将这层意义发展下去，转而写北方萧瑟的景象，结尾以"扣舷歌断，海蟾飞上孤白"，暗示一种激荡不平的情绪，并将现实情景引向高远空阔。这首词真可谓"野云孤飞，去来无迹"，"清空中有意趣"的。

（二）用事典要"融化不涩"。张炎说：

词用事最难，要体认著题，融化不涩。如东坡《永遇乐》云："燕子楼空，佳人何在，空锁楼中燕。"用张建封事。白石《疏影》云："犹记深宫旧事，那人正睡里，飞近蛾绿。"

用寿阳事。又云："昭君不惯胡沙远，但暗忆江南江北。想佩
环月夜归来，化作此花幽独。"用少陵诗。此皆用事不为事所
使。（《词源·用事》）

这样可以避免饾饤垛叠、过于质实，乍见似未用事典。张炎的词
也偶尔用典却不露痕迹。如《解连环·孤雁》的"写不成书，只
寄得相思一点"，暗用了雁字成行和汉代苏武雁足传书的故事。意
谓雁飞时行列整齐，队形如字，而孤雁排不成字就写不成书；孤
雁在天空只有一点，故"只寄得相思一点"。《高阳台·庆乐园》
的"老桂悬香，珊瑚碎击无声"，"老桂"系融化李贺《金铜仙人
辞汉歌》的"画栏桂树悬秋香"；"珊瑚"本形容桂枝而暗用晋代石
崇与王恺斗富事，正以石崇的金谷园比韩侂胄的庆乐园。《南浦·
春水》的"回首池塘青欲遍，绝似梦中芳草"，系用晋宋间诗人谢
灵运梦见谢惠连而得佳句之事。像以上三例之使用事典，融化无
迹，贴切词意，无质实之感，而有清空之效。

（三）善于使用虚字。这样可以克服质实板滞的缺陷而使词意
流转灵活，左右盘旋，前后照应，清空有致。张炎说："若堆叠实
字，读且不通，况付雪儿（唐代歌妓）乎？合用虚字呼唤……要
用之得其所，若能尽用虚字，句语自活，必不质实。"（《词源·虚
字》）这也是针对梦窗词少用虚字而言的。张炎的《解连环·孤
雁》是善用虚字呼唤的例子，一词中就用了"恍然""自""正"
"料""谩""也曾""怕蓦地"等虚字连贯词意。《忆旧游·过故园
有感》也用了"记""引""甚""问""怕有""犹自""待"等虚
字。这样使张炎词显得词意转折变换，灵活多姿了。

（四）偶尔使用健笔，使词意峭拔。张炎取法周邦彦词的"浑

成处，于软媚中有气魄"，喜欢秦观词的"骨气不衰"；他不满意辛弃疾等词人的叫嚣怒骂"作豪气词"，却赞许苏轼的《水调歌头》《卜算子》《哨遍》等词。可见他对婉约词与豪放词都有所取舍，其"清空"盖欲取婉约词的典雅婉丽与豪放词的劲健开阔而浑一。他似有糅和两大词风格类型的趋势。值得我们注意的是《山中白云词》中曾用过《念奴娇》《壶中天》和东坡韵，而有三首《满江红》如"慷慨悲歌惊泪落，古人未必皆如此"；"壮志已荒圮上履，正音恐是沟中木"；"天下神仙何处有，神仙只向人间觅"。这些都属豪放词的语调气势了。张炎北归前的作品中使用健笔的现象颇为突出，如"古台半压琪树，引袖拂寒星"（《忆旧游》）；"山势北来，甚时曾到，醉魂飞越"（《凄凉犯》）；"平沙催晓，野水惊寒，遥岑寸碧烟空"（《声声慢》）。北归之初他作的《甘州》也是以健笔写成的：

> 记玉关、踏雪事清游。寒气脆貂裘。傍枯林古道，长河饮马，此意悠悠。短梦依然江表，老泪洒西州。一字无题处，落叶都愁。　　载取白云归去，问谁留楚佩，弄影中州。折芦花赠远，零落一身秋。向寻常、野桥流水，待招来，不是旧沙鸥。空怀感，有斜阳处，却怕登楼。

清人谭献以为此词"一气旋折，作壮词须识此法"（《复堂词话》）。他发现了张炎健笔作壮词的现象，而这却未引起词界的重视。

西秦玉田生張炎叔夏著　　仁和許增邁孫珏校梓

古之樂章樂府樂歌樂曲皆出於雅正粵自隋唐以來聲詩

間為長短句至唐人則有尊前花間集迄於崇寧立大晟府

命周美成諸人討論古音審定古調淪落之後少得存者曲

此八十四調之聲稍傳而美成諸人又復增演慢曲引近或

移宮換羽為三犯四犯之曲按月律為之其曲遂繁美成負

一代詞名所作之詞渾厚和雅善於融化詩句而於音譜且

間有未諧可見其難矣作詞者多效其體製失之軟媚而無

所取此惟美成為然不能學也所可學者美成而

已舊有刊本六十家詞可歌可誦者指不多屈中間如秦少

游高竹屋姜白石史邦卿吳夢窗此數家格調不侔句法挺

《榆园丛刻》本《词隙》书影之一

婉约词自李清照、姜夔、吴文英以来，词意向深婉的方向发展，含蕴曲折，耐人细细寻绎。这是婉约词的一种优良的艺术传统。张炎继承了它，使其词清空而又深婉，不流于空滑浅薄。清人戈载说："学玉田以空灵为主，但学其空灵而笔不转深，则其意浅，非入于滑，即入于粗。"（《宋七家词选》）后之论玉田词者也易见其清空，而忽视其深婉。刘熙载说："张玉田词，清远蕴藉，凄怆缠绵。"（《艺概》卷四）此即指其深婉而言。张炎在燕蓟遇都城寒食，作了一曲《庆宫春》将京都节日风物的热闹场面白描地、细腻地描述，直到末尾才来一个大转折："旅怀无限，忍不住低低问春，梨花落尽，一点新愁，曾到西泠?"最后一笔点明由异乡节物风光所引起的对故乡杭州的怀念，隐伏着故国之思。其《湘月》记述与王沂孙山阴之游，词有云："堪叹敲雪门荒，争棋墅冷，苦竹鸣山鬼。纵使而今犹有晋，无复清游如此。"词人常以晋人自况，也常以东晋喻偏安的南宋，他痛苦地自慰：假如而今东晋（意指南宋）还存在，也许他们将有一番作为，就不会像这样的优游清闲了。这里爱国思想是以极曲折的方式表达的。自北归后"故园荒没，欢事去心"，张炎的《斗婵娟》词里一往情深地回忆着故园的良辰美景和春日的欢乐，词的下阕才从追忆中回到现实，以"谩伫立东风外，愁极还醒，背花一笑"为结。这将词人痛定思痛的情绪表现得很深刻：在愁极之时，忽被眼前残酷的现实惊醒，又怕再对着春花而引起往事的重省，只得背着它无可奈何地凄然一笑。以上三例都可见《山中白云词》词意的深婉含蕴和表现方式的特殊。这些词的词意不像豪放词那样率露明显、跃然纸上，稍不经意便有隐而不现之感，致使它常遭误解。清代词学家周济说："叔夏所以不及前人处，只在字句上着功夫，不肯换意。"

（《介存斋论词杂著》）他又说："笔以意行也，不行须换笔，换笔不行，便须换意。玉田惟换笔不换意。"（《宋四家词选·目录序论》）这显然也属误解。若就张炎全部词作而论，确有词意雷同和意象重复的现象。这与词人后期生活面的狭窄、脱离现实有关。然而周济所说的"换笔"与"换意"，并非指玉田词的总体，而是指一首词中"笔"与"意"的关系。张炎无论叙事、抒情、写景，始终围绕词意盘旋曲折，一脉到底，还注意"在过变不要断了曲意"。他不喜用那种大开大阖、驰骤跳掷的笔法，也不习惯简单的上片写景、下片抒情，而是情景夹杂地在一个特定的时间写出特定环境中的感受，其意脉如一缕萦旋宛曲的丝绪。换笔不换意，词意深婉，这是张炎词的特点①。

　　王国维先生对南宋词是存在艺术偏见的，对于张炎的词尤无好评。他说："玉田之词，余得取其词中之一语以评之曰：'玉老田荒'。"（《人间词话》）这个权威性的评断在词学界影响很大。"玉老田荒"的确是张炎后期生活中所感到的，另外在《踏莎行》中也感到"田荒玉碎"。这是词人一生事业无成，老大意拙，心事迟暮的真实感受，反映了其精神的颓废和痛苦。但是若以"玉老田荒"作为张炎词品的简单随意的概括，无论就其词的艺术风格或思想内容而论，都显然是不恰当的，而且也不能说明什么问题②。张炎不仅从理论上总结了宋词的创作经验，而且在自己的创作实践中转益多师、集众家之长，根据自己的审美兴趣在新的历史文化条件下形成了独创的艺术风格。张炎所处的时代，他的家

---

① 参见谢桃坊《宋元之际词学的理论建设及其意义》，《文学遗产》1990 年 1 期。
② 参见谢桃坊《评王国维对南宋词的艺术偏见》，《文学评论》1987 年第 6 期。

世、个人的生活遭遇和政治态度，促使他在词中表现了其特具的爱国的思想情感。在宋元之际的许多词人中，张炎不愧是成就最卓著的词人。就其艺术渊源、艺术风貌和就宋词的发展过程来看，张炎词都是宋词的延续部分，所以可以认为张炎是宋代最后一位词人，也是宋词的光辉结束者。